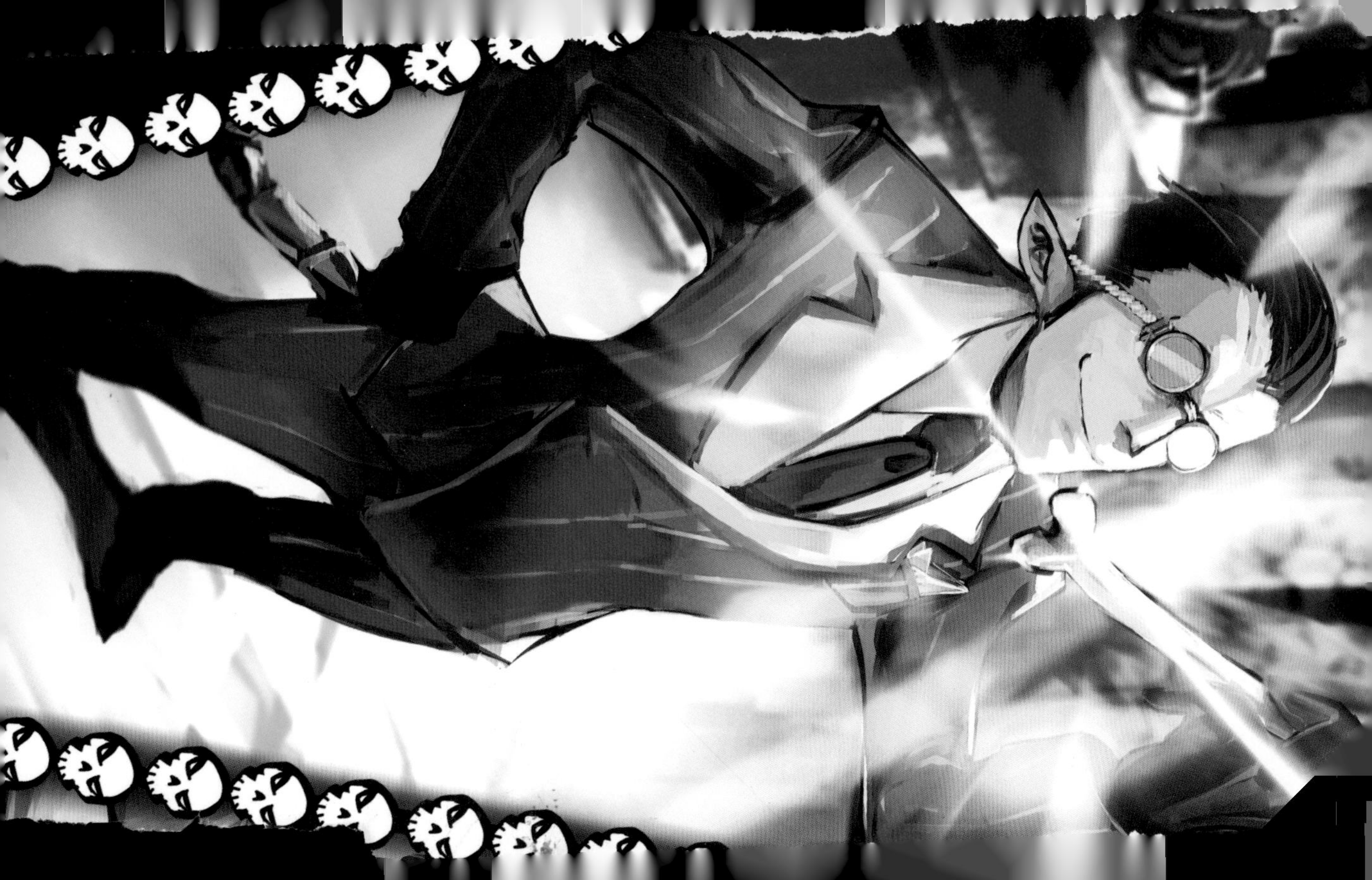

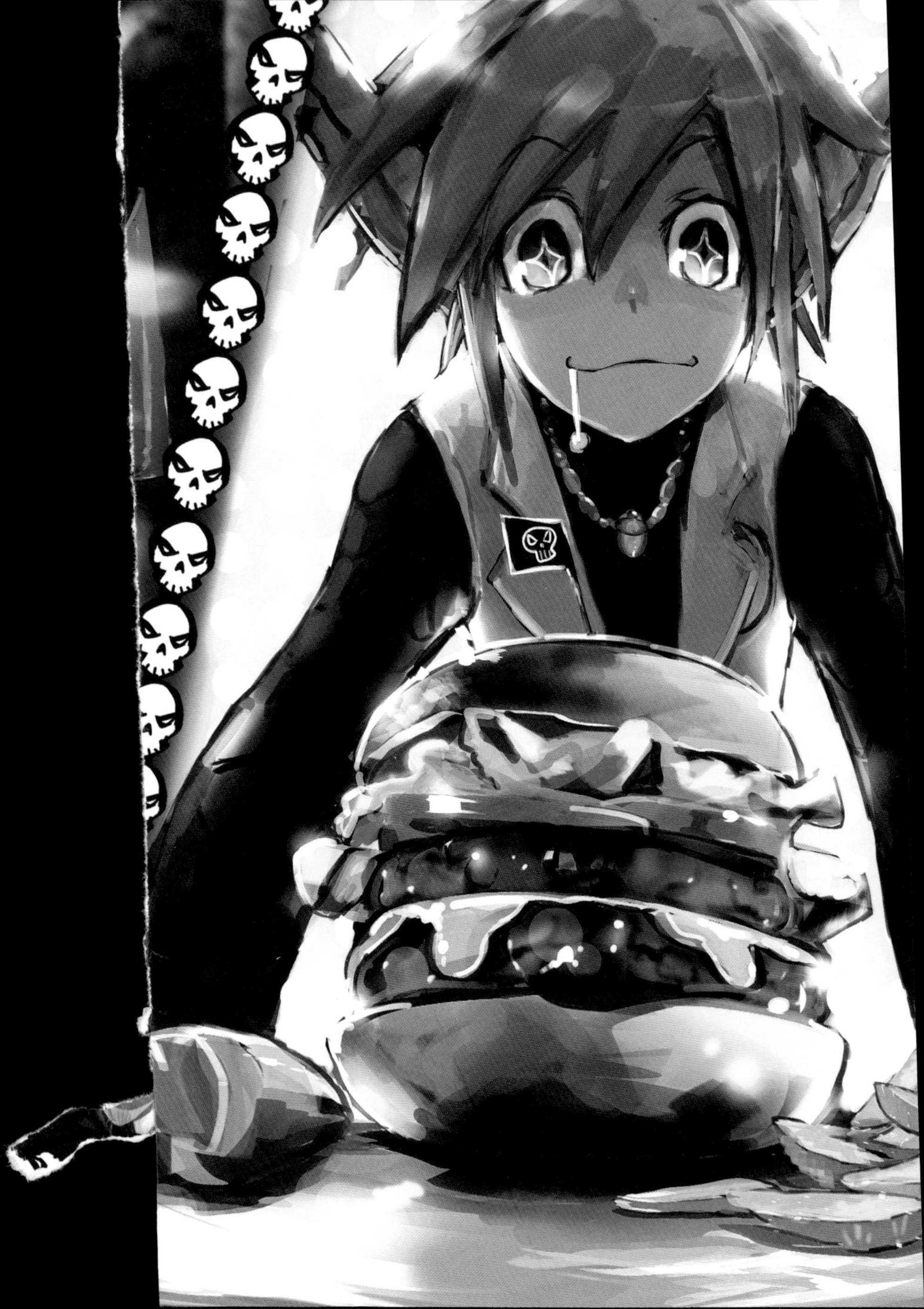

OVERLORD

4

蜥蜴人勇者們

OVERLORD [4] The lizard man Heroes

丸山くがね 插畫●so-bin

Kugane Maruyama | illustration by so-bin

Kadokawa Fantastic Novels

目錄 Contents

Prologue

「歡迎回來，安茲大人。」

睽違半個月回到自己房間的安茲，因為對方接下來發出的那句話而渾身一軟。

「您要吃飯嗎？洗澡嗎？還、是、要、我♥呢？」

安茲感覺自己好像看到雅兒貝德的背後出現好幾顆粉紅色的愛心亂飛。

「……妳這是在做什麼？」

「這是在玩新婚家家酒啊，安茲大人。人家聽說，這是新婚妻子在帶著寵物單身出差的丈夫回到家時，最佳的迎接方式。不知道您覺得如何呢？」

知道對方這次沒有到地面迎接自己是因為這種理由，這名想要冷冷回答「誰管妳啊」，而且別說結婚了，連女朋友都沒交過的男子把話吞了回去。因為他人窮志不窮，內心湧現男人的傲氣，想保住自己的形象。再說，會問「您覺得如何」的人，到底想要怎樣的回答啊？

雖然他沒什麼自信，但姑且還是擺出一切盡在我掌握之中的態度，做出一個不會有什麼大礙的回答。

「這是很有魅力的迎接方式喔，雅兒貝德。」

雅兒貝德微笑著開心回應：「那真是太好了呢，嘻嘻嘻。」

看到那嬌媚笑容——安茲輕輕沉下腰，差點擺出備戰態勢。

他感到背脊有一股毒蛇竄動般的感覺。

隱藏在雅兒貝德眼神底下——獸慾之類的某種慾望，大概就是竄過背脊的那股感覺吧。

而且那金黃眼瞳中沒有半點玩笑之意。如果回答「我當然是要妳啊」而被抓到話柄，就算只是開玩笑，也保證會遭到最強肉食獸的猛烈侵襲。腦中甚至浮現逆向強暴這個字眼。

雖然變得幾乎沒什麼性慾，但遺留下來的人格殘渣卻像是在回應雅兒貝德散發出的氛圍般，告訴自己想要稍微看看後續發展。而尚未消失的好奇心還讓這份心情變得更加劇烈。

（快停止，笨蛋。）

雖並非自制力所致，但安茲以類似的力量——若非不死者應該無法辦到吧——令自己不理會對方的真正意圖。

不過，安茲還是感受到內心一角湧上類似自我厭惡的情感。在傳送到這個異世界之前，他曾開玩笑地將雅兒貝德的設定改寫成「愛著自己」，自己明明不斷利用性格因此扭曲的她，卻不和她有更進一步的關係。

（但已經消失了……又教我能怎麼辦呢。再說，男女關係不可能只憑著精神上的結合就能進展順利吧……所以我才會害怕有更進一步的關係嗎？）

不曾和女孩交往過的處男安茲如此思考。

此外還有另一個想法也掠過他的腦海。過去同伴打造的ＮＰＣ，換個角度來看也像是對方小孩。怎麼可以有玷污這些寶貝孩子的行為，還讓她們的思想行為繼續偏差下去。

（笨蛋，現在不是想這些事的時候吧。）

「啊！」

雅兒貝德突然發出的聲音，讓安茲眼窩中的燈火更加明亮起來。

「怎、怎麼了嗎，雅兒貝德，發生什麼事了！」

「真是失態。聽、聽說本來新婚妻子應該以最終決戰裝備（裸體圍裙）來迎接丈夫才是正確的禮儀……」

說完，雅兒貝德望著自己身上的禮服，然後紅著臉開口說：

「如果您下令，人家馬上……」

聲音不大，卻聽得相當清楚。她不斷偷瞄安茲，接著說：「在安茲大人面前換……」

「啊……是……唔嗯！真是的……唉，雅兒貝德，玩笑就開到這裡吧，接下來要開始舉行情報交流會議了喔。」

「是的，遵命。」

安茲有些遺憾地——不知道是關於哪方面的遺憾——努力不理會雅兒貝德的誘惑，一屁股坐到自己的椅子上。接著往桌上丟出三個皮囊，對從「性」致勃勃的新婚妻子轉變成優秀祕書的雅兒貝德下達指示。

「我先把在耶・蘭提爾賺到的錢交給妳，拿去用在實驗上吧。」

三個皮囊的大小各不相同，最大的那個已經快要脹破，裡面放的是安茲以冒險者身分賺取的金幣、銀幣和銅幣。

「遵命，那麼我就利用這些資金進行實驗，看看是否可以用在納薩力克防衛系統，以及召喚魔物等方面。」

「交給妳了。另外也確認一下可否用來生產道具，例如製作卷軸之類物品。」

安茲目光從深深地低頭行禮的雅兒貝德身上移開，然後帶著祈禱般的心情望向皮囊。

在YGGDRASIL這款遊戲中獲得的金幣，除了可以用在購買道具之外，還可以當作公會根據地的維持費用；三十級以上的非自動重生魔物的召喚費用、部分魔法的發動媒介、製作道具的所需費用，以及死亡NPC的復活費用等等各種用途上。

已經確認可以毫無障礙地使用YGGDRASIL的金幣。不過還沒確認這世界流通的一般貨幣是否也通用，尤其是銀幣和銅幣——因為YGGDRASIL中只有金幣而已。

這次的實驗說是掌握著納薩力克今後的命運也不誇張。若是在這個世界獲得的金錢和YGGDRASIL的金幣具有相同功用，今後的發展應該也會有巨大改變。因為賺錢的重要度會變得截然不同。

某些狀況下還可能需要大幅提昇賺錢的優先程度。反之，如果這裡的貨幣無法使用，存放在寶物殿中的財寶就是救命財，必須減少無謂的支出。

「還有，關於克萊門汀──」

安茲說出屍體消失的女子名字，皺起了他不會動的臉。

因為安茲的失策而掌握到好幾項情報的女子，不知道會不會已經復活，還將這些情報洩漏給其他人。安茲心中湧現如此不安。

必須嚴加戒備的假想敵眾多，卻還沒獲得任何情報。而且自己還不小心洩漏情報。

（如果這些情報傳到那些或許也身在此處的同伴耳中……還是不該期待會如此幸運吧。今後必須謹慎行事才是。總之，當務之急是該如何處理飛飛這個身分。）

如果被人盯上，那就是飛飛會被盯上。不過，目前正在將他打造成墊腳石，現在放棄這個墊腳石的話太過可惜。讓大家知道安茲和飛飛是同一個人的時候還沒到。

（只能隨機應變了……）

安茲不管怎麼想，思考都會陷入得不出答案的死胡同中，於是他決定暫時把問題擱下，不再思考。

「乾脆命令潘朵拉・亞克特將那女人的其中一把劍放到寶物殿的碎紙機裡看看好了。」

「碎紙機嗎？」

聽到雅兒貝德感到納悶的聲音，安茲才想起那項道具的正式名稱。

「就是兌幣箱，如果是由擁有商人系特殊技能的人使用兌幣箱，可以獲得更高的估價。命令潘朵拉．亞克特變身成音改桑的模樣使用特殊技能。」

安茲望著行禮表示了解的雅兒貝德，將拿來的羊皮紙鋪在桌上。

「還有一件事，這是我在耶．蘭提爾好不容易才得到的世界地圖。」

「這就是……是嗎。」

安茲很清楚雅兒貝德微微皺眉的理由，因為鋪在桌上的地圖內容實在太過籠統。

「我很清楚妳的不滿，而且這張地圖還只是這一帶──世界的一小部分而已。比例尺大概是隨便寫的，沒記載的地形也很多，而且基本上以人類國家為主，亞人類的國家只有記載著一個。雖然是很粗略的一張地圖……但似乎很難找到更好的。」

例如，形成人馬(Centaur)部族的草原、沙漠的蠍人(Pabilsag)聚落、矮人國所在的山脈等，這些安茲從交情漸深的耶．蘭提爾魔法師工會長口中打聽到的情報，都沒有記載在地圖上。這只是一份方便人類使用的地圖罷了。

這種曖昧的地圖無法依靠，但必須花費大量金錢與時間，才能得到更加詳盡的地圖。

這是魔法師工會長提歐．拉克希爾親口所說，而且他對安茲很有好感，所以這個情報應該不會有錯。

再說，從對方反應就能稍微了解，要拿到這種程度的地圖已經是相當勉強的要求了。

「知道了，那麼我立刻讓人複製這份地圖，然後交給各個守護者。」

「就這麼辦吧。那麼，在那之前，我先簡單說明一下地圖內容吧。」

安茲指向地圖正中央，那是周圍環境寫得頗為詳細的一個地方。

「這裡是耶．蘭提爾，而這一帶是納薩力克地下大墳墓。」

手指從中央移動到東北方的一座巨大森林附近。如果是納薩力克的周圍環境，他可以很有自信地從地形等方面斷定是哪些地區。

「這裡是里．耶斯提傑王國和巴哈斯帝國的國界，安傑利西亞山脈。從南端山麓到山脈周圍的廣大森林是都武大森林，而這裡有一座巨大湖泊。」

位於山脈南端和大森林之間的大湖泊由山脈間的河川匯流而成，呈顛倒的葫蘆形狀。安茲的手指在湖泊南端停了下來。

「這裡是大溼地，也是蜥蜴人村落的所在地。」

看到雅兒貝德點頭表示了解後，安茲繼續說道：

「接下來是魔法師工會長告訴我的周邊國家簡易說明。在王國西北方，有一個山脈縱橫的山區，這一帶是由數個亞人種建立的亞格蘭德評議國。這個國家最需要提防的是擔任該國評議員的龍（Dragon），據傳是五隻，也有人說是七隻。至於王國西南方，這裡是名為聖王國的國家。

聽說這個國家的國土四面圍繞著高大城牆，在這份地圖上也有籠統的標示，叫作萬里長城。這個國家警戒的是此處的荒野，雖然地圖上沒有記載，但那裡是許多亞人類終日激戰的戰場。」

「是迪米烏哥斯前往的地方呢。」

「沒錯，至於荒野另一頭的這一帶是斯連教國，是必須提防的對象。」

「這條線是國界線嗎？」

雅兒貝德如白魚般的手指，沿著周圍的線繞了一圈。

「大概吧。老實說，參考這條國界線沒什麼用，因為這份地圖的資料太過籠統。那麼，來看看帝國這邊吧。帝國的東北方，這一帶有眾多都市國家，這些國家結合成一個都市國家聯盟，裡面似乎也有亞人類的都市。接下來是帝國西南方，這裡是矗立著許多巨大石英岩石柱的地區，有無數洞窟，似乎有應該是人類種族的人們在其中豢養著飛龍（Wyvern），在此形成部落生活。」

總結安茲聽到的情報後，那裡應該是一個類似張家界武陵源的地方，但詳情尚不清楚。

「是飛龍騎士（Wyvern Rider）嗎？」

在YGGDRASIL中，等級接近四十級且擁有騎兵系職業的人，可以召喚出飛龍這種騎乘魔獸。只不過，並沒有任何證據可以佐證這個世界也一樣。

「……可能吧。按常理推斷，對方應該是很強，但不管如何，對地下大墳墓納薩力克來說還不是可怕的對手……不過，在這下方，這座巨大湖泊的東邊——在這份地圖上並沒有畫完呢。」

安茲指向地圖外面、放在桌上的資料表。

「聽說這裡有個龍王國。」

「龍嗎？」

「對，這是由過去強大的龍所建立的國家，據說這國家的王族繼承了那隻龍的血脈……但傳言是否屬實還有待商榷……總之，關於地圖的說明就到此為止。」

如果是在安茲以鈴木悟這個名字生活的那個世界，這的確是一種誇大其詞的傳言，但在這個世界的話，卻非常有可能為真。

「那麼，安茲大人，必須提防的國家是斯連教國與評議國對吧？」

安茲雙手環胸，發出「唔……」的聲音。以國家來說的確如此，但也可說是因為還處於情報收集得不夠完整的狀況，才會有這樣的見解。看到安茲這種反應的雅兒貝德緩緩地低頭道歉。

「失言了，以現況來說，每個國家都應該提防對吧。」

「……確實如此。即使那些國家的實力不怎麼樣，但當中或許會有一些擁有驚人藝業的人物。」

例如，對夏提雅使用世界級道具的那個人物。

即使這句話沒說出口，雅兒貝德似乎也能夠察覺他的意思。

安茲的手指依序指向位於地圖外面東側和南側兩處。

「不過，東方有位在海上的都市，南邊有八欲王建立的都市，這些大概才是最需要提防的都市吧，尤其是八欲王的都市……位於沙漠正中央的飄浮都市。」

「飄浮都市？」

「根據聽來的消息，切確來說是一座飄浮城堡的下方有都市存在，聽說有水會從城堡無止盡地流到都市中，而且整座都市都被魔法結界籠罩住，完全不像是位於沙漠之中。」

雅兒貝德的眼中露出一道冷光，稍微壓低聲音進言。

「要派人前往強行偵察嗎？」

「沒必要去踩老虎尾巴。就算使用世界級道具的人是來自那裡，在確認對方戰力之前，還是該和顏悅色地與之相處……夏提雅的情況如何了？」

「復活之後的肉體情況似乎沒什麼問題，不過……」

「別吞吞吐吐的，就算是我，也會很不安的啊。」

「啊！非常抱歉，其實，夏提雅的精神方面有些令人不安。」

「……精神控制的影響還在嗎？難道即使死而復生，依然無法完全消除世界級道具的影響嗎？」

「不，不是那樣……是她的心中似乎還存在著與安茲大人為敵，並因此一戰的強烈罪惡感，讓她無法原諒自己。」

安茲有些不解，但瞬間即逝。

那是安茲的失誤，夏提雅並沒有錯。這已經跟她講過很多遍了。

「還請原諒我插嘴干涉安茲大人決定的無禮舉動。」

安茲對表情嚴肅的雅兒貝德點了點頭。

「我認為，還是應該給予她懲罰。」

安茲眼窩中的紅色光芒稍微減弱，然後欲言又止地張開嘴巴又闔上。這是因為眼前的女子好像有話想說。

「……賞罰分明是世間常理。如果安茲大人給予懲罰，夏提雅心中的罪惡感應該也會消失。相對地，正因為沒有受到懲罰，她心中的罪惡感才無法昇華。」

安茲覺得她言之有理。的確，正因為有懲罰，獎賞也才得以成立。應該給予多少責罵，應該原諒到什麼地步，只是區區上班族的安茲無法做出這部分的判斷。若照常理判斷，一定會全部都便宜行事，輕易原諒夏提雅。

但反過來想，雖然懲罰夏提雅對她有點不好意思，但或許是一次不錯的練習。

「……我知道了，就給予夏提雅一些懲罰吧。」

「我也認為這樣比較好。還請原諒我的冒犯。」

「說這什麼話，我就是希望能有這樣的建議。我一直希望有人能夠在我不知如何是好時給我各種意見。雅兒貝德，妳這個舉動非常符合納薩力克地下大墳墓的總管身分喔。」

「感謝您的稱讚！」

雙頰紅暈、濕潤著雙眼的絕世美女高興地向安茲低頭道謝。對雅兒貝德這樣直接的反應感到難為情的安茲，瀟灑地揮了揮手，說：

「那麼，我先回去處理事情，這裡的事情就交給妳了。」

「遵命！包在我身上！在安茲大人不在的期間，我會負起責任好好管理。」

中間好像有聽到很小聲的「以妻子身分」，但他決定假裝沒聽到。因為對方還有話說。

「但是安茲大人，也請您多加留意。因為控制夏提雅的那個世界級道具擁有者，並不是一定不會襲擊我們。」

「哼！」

這是安茲回到這個房間後，第一次不悅地哼了一下。

「如果對方襲來……可能不容易對付。但放心吧，雅兒貝德，對方是底細完全不詳的敵人，遇到的話我打算以撤退為優先，而且我也姑且準備了一些肉盾。」

安茲緩緩抬頭看向天花板，開始想像需要防範的假想敵。

應該是敵人的神祕世界級道具擁有者，還有至今依然不知道是否存在的玩家們。以及，過去應該存在過的玩家身影。當然，完全把他們當成敵人看待是太過輕率，但抱持這種想法行動比較不會被趁隙而入。要做好最壞的打算來行動。

「在尚未查出對方底細前，盡可能低調行事吧。不過，或許需要撒一些誘捕敵人的誘餌……那麼，計畫方面進行得如何了？」

雅兒貝德稍微低下目光，光從這個反應，安茲已經可以預測結果怎麼樣了。

「科塞特斯還沒有傳來任何報告，安特瑪的聯絡則表示計畫皆未超出我們的預期。他們應該已經差不多要在目的地附近布陣，準備傳達事前通知了吧。」

「這樣啊……雖然不是我想要的結果，但重點在於能從中得到什麼。」

「您能這麼說，我也鬆了一口氣。」

「好了，原本我是想在這裡觀察情況發展，但很遺憾的，我還有幾件冒險者的工作需要處理，非得動身不可。但我想至少知道一下戰鬥狀況，替我錄下關於蜥蜴人與納薩力克地下大墳墓軍隊的戰鬥情況吧。」

第一章 啟程

Chapter 1 | Departure

1

座落於巴哈斯帝國和里．耶斯提傑王國之間，作為兩國界線的山脈——安傑利西亞山脈。位於其南端山麓的廣大森林——都武大森林北邊，有一座巨大湖泊。

這座約有二十平方公里的巨大湖泊，形狀像是一個顛倒的葫蘆，分為上湖泊和下湖泊。上方大湖泊因為很深而成為大型生物的棲息地，下方小湖泊則有較其小型的生物棲息。

下方湖泊的南端有一大片湖泊與溼地交雜的地方，在這一片廣大區域的溼地中有著無數建築物。房子地基位於溼地內，底下打了十根左右的木樁支撐著房子，與水上人家的那種房屋構造相同。

在眾多如此構造的房子中，有一間房子的大門開啟，房子主人在金色陽光的照射下展露身影。

他是被稱為蜥蜴人的亞人類種族。

蜥蜴人是類似人類和爬蟲類混合後的生物。如果想要形容得再正確一點，應該說蜥蜴人有著像人類一樣發達的手腳，是一種二足步行的蜥蜴，而頭部則幾乎沒有任何狀似人類的特徵。

和哥布林、食人魔一樣被歸類於亞人類種族的他們，因為沒有人類那樣進步的文明，再加上其生活方式，人們很容易以為他們相當野蠻。不過，雖然還說不上進步，但他們還是擁有自己的文明。

成年的雄性蜥蜴人，平均身高約為一百九十公分左右，體重隨便都超過一百公斤。而且，這並非身上的脂肪造成，是因為他們全身肌肉隆起，擁有傲人的魁梧身材。

他們的腰部長了一根爬蟲類的長長尾巴，用來保持身體平衡。

足部也為了方便在水中與溼地等地形中靈活移動，進化成有蹼的寬大雙腳。因此他們有些不擅長在陸地上行動，但以基本生活圈來看，還不至於造成問題。

他們身上長著鱗片，有感覺略髒的綠色，或是灰色、黑色等不同顏色。那不是像蜥蜴那樣的表皮，而是會令人聯想到鱷魚的那種角質化的堅硬外皮，比人類使用的低階防具還來得堅硬。

手和人類一樣有五根手指，前端有不是很長的尖爪。

他們拿來揮舞的武器都相當原始，因為基本上沒什麼機會能夠取得礦石等武器材料，因此最常使用以魔物利牙和尖爪等材料打造的槍，或是加裝石塊的鈍器。

耀眼的太陽高掛在澄澈的湛藍天空中，只有幾片猶如刷子刷過的白色薄雲，天氣非常好，可以清楚看到遠方的高聳山脈。

蜥蜴人的視野相當寬廣，即使頭沒有動也能看見上空的耀眼太陽。他——薩留斯．夏夏，動著上下眼瞼瞇起眼睛後，以帶著一定節奏的腳步走下房子樓梯。

薩留斯抓了抓長有著黑色鱗片胸口上的那個烙印。

這個印記代表他在部族內的地位。

蜥蜴人部族是個具有嚴明紀律的階級社會，身居最高位的掌權者是族長。這並非世襲，單純只是推選部族中的最強者為族長。他們每年會舉行一次推選族長的儀式。

另外，還有一個輔佐族長的長老會，由推選出來的年長者組成。其下有戰士級蜥蜴人、一般公蜥蜴人、一般母蜥蜴人、幼小蜥蜴人等階級，並以此結構形成一個社會。

當然也有一些不屬於這個階級結構的蜥蜴人。

首先是身為森林祭司的祭司們，他們會利用預測天氣來預知危險，或是使用治療魔法等來幫助部族。

另外是組成狩獵班的游擊兵，他們的第一要務是捕魚，但一般蜥蜴人也會協助捕魚，因此，他們最重要的工作是在森林之中活動。

蜥蜴人基本上屬於雜食動物，但主食是長達八十公分的魚類，不太吃蔬果。即使如此，狩獵班還是需要進入森林，主要目的大都是為了伐木。陸地對蜥蜴人來說並非安全的活動環境，因此光是前往森林伐木，就需要由這方面的專業人士出馬。

雖然他們能夠自行下判斷、隨意行動，但還是隸屬於族長之下，必須聽從族長的命令。蜥蜴人社會就像這樣，是一種權責相當分明的父系社會，然而也是有完全不受族長指揮的例外存在。

那就是旅行者。

聽到旅行者，或許會覺得他們應該是外國人，但這是不可能的事。因為蜥蜴人基本上是屬於封閉社會，幾乎不會接受部族以外的外人。

那麼，旅行者又是什麼樣的人呢？

那是指希望探索世界的蜥蜴人。

基本上，除非面臨生死交關——例如無法找到獵物——等緊急情況，否則蜥蜴人不會離開出生地。但還是有極低的機率，會出現一些渴望看看外面世界的蜥蜴人。

旅行者決定離開部族時，會在胸口烙上一個特別的印記。這代表離開部族——也就是跳脫權力的象徵。

而到外面世界旅行的他們，幾乎都不會回來。有時是客死異鄉，有時是發現新世界後在該處定居，都不一定。但還是有極少數人會在飽覽世界後回到家鄉。

回到家鄉的旅行者，會因為帶回外界知識而受到高度肯定。雖然是跳脫權力的異類，但卻會搖身一變成為備受矚目的人物。

其實在村落中也是有人對薩留斯敬而遠之，但受到矚目的程度還是遠勝於此。這並不只是因為他身為旅行者，受矚目的理由還有——

從最後一階樓梯走到溼地時，掛在他腰間的愛用武器碰到鱗片，發出喀啦的聲音。

那武器有著蒼白利刃，發出淡淡光芒。形狀相當奇特，像是一把利刃與握柄一體化的三叉棍，但刀身從握柄部分開始愈來愈薄，到尖端時已經薄到像紙一樣。

沒有蜥蜴人不知道這件武器。這是被附近所有部族的蜥蜴人稱為四大至寶的魔法道具之一——凍牙之痛（Frost Pain）。

擁有這把著名武器，就是薩留斯聲名大噪的理由。

薩留斯邁開步伐。

目的地有兩個地方。他身上也背著要拿去其中一處的禮物。

那是長達一公尺的大魚。他背著四條作為蜥蜴人主食的大魚大步前進，傳至鼻子的腥臭味並沒有讓薩留斯感到厭惡，應該說這味道根本令他食指大動。

好想把這些魚吃下肚——薩留斯數度哼出聲音，將這樣的慾望甩開，就這樣發出啪沙啪沙的濺水聲走向「綠爪（Green Glaw）」族的村落。

身上綠色鱗片還很鮮豔的小孩子們，笑嘻嘻地從薩留斯身旁奔跑而過，但一發現他身上的大魚後便立刻停止奔跑。在房子後面窺視眼前景象，且正值發育期、食慾旺盛的小孩子們，目光也都聚集到薩留斯——不對，聚集到魚上。每個人應該都微微張開嘴巴，分泌出了不少口水吧。即使稍微遠離他們，他們的目光還是緊緊地隨之移動。那是小孩子們在央求零食的眼神。

為此露出苦笑的薩留斯假裝沒有發現，繼續前進。因為他早已決定要將禮物送給誰，可惜的是，贈送的對象並非這些小孩。

小孩眼神中露出的光芒並非飢餓所致，讓薩留斯覺得很幸福，因為這是數年前絕對無法看到的光景——

將依依不捨的目光拋在腦後，穿過散布在路上的幾間房子，就看見了目的地的小屋。

這一帶是村落近郊，繼續往前的話就不再是溼地，而是像湖泊的地方，水也變得相當深。建造在這個微妙分界線上的小屋，結構比外觀給人的感覺更來得堅固，甚至比薩留斯自己的家還大。

奇怪的是房子有點傾斜，房子因此有一半沒入水中，但並非外力所致，而是原本就建成這樣。

薩留斯邊踩出巨大的濺水聲，邊接近小屋。

一接近小屋，小屋中就發出撒嬌般的叫聲，可能是聞到味道了吧。

一個蛇頭從應該是窗口的地方冒出身影。有著一身深棕色鱗片和琥珀色眼睛的蛇，一看到薩留斯就伸出脖子，繞在他身上撒嬌。

「好乖好乖。」

薩留斯以熟悉的動作撫摸蛇的身體。蛇像是覺得很舒服似地，把眼睛——有保護眼睛的膜和眼皮——瞇了起來。薩留斯也覺得蛇鱗的觸感很舒服。

這個生物正是薩留斯的寵物，名字叫羅羅羅。

因為羅羅羅是從小就被飼養，甚至讓人覺得牠真的會和主人對話。

「羅羅羅，我帶飼料來了喔，慢慢吃別吵架喔。」

薩留斯隔著窗戶將帶來的魚丟進去，小屋裡面立刻傳來可以用「咚嚓」或是「啪嚓」來形容的聲音。

「我是很想陪你玩，但現在得去看看魚的情況才行，先這樣啦。」

不曉得蛇是不是知道主人在說什麼，先是依依不捨地摩擦薩留斯的身體幾次，才回到小屋。不久便聽到屋裡傳來猛烈撕咬與咀嚼的聲音。

活力十足的進食模樣代表羅羅羅的身體相當健康，讓薩留斯安心地離開小屋。

離開小屋的薩留斯，這次前往的地方是距離村落稍遠的湖畔。

薩留斯帶著啪啪的腳步聲，不發一語地走在森林中。其實潛入水中會比較快，但薩留斯習慣在移動時順便確認陸地上有沒有發生什麼情況。不過，在這個視野遭到樹林遮蔽的地方前進，即使是薩留斯也會耗損不少心力。

不久，就從樹林縫隙中看見了目的地。什麼事都沒發生讓薩留斯放心地吐了口氣，就這樣穿過樹林，在剩下不遠的距離中快步前進。

避開突出樹枝穿過樹叢的薩留斯，在這時候吃驚地睜圓雙眼。因為有個意想不到的背影出現在眼前。

那是一個和薩留斯非常相似的黑鱗蜥蜴人。

「哥哥——」

「——是你啊。」

黑鱗蜥蜴人回過頭，目光銳利地看向薩留斯。這位蜥蜴人正是「綠爪」族的族長，也是薩留斯的哥哥——夏斯留・夏夏。

在過去兩次族長爭奪戰中獲勝，而這次未經過戰鬥就保住族長地位的他，身材壯碩得令人咋舌。和薩留斯兩人站在一起比較的話，連體格屬於平均值的薩留斯看起來都小了一截。

他身上的黑色鱗片有著一道白色舊傷，看起來也像是劃過烏雲的閃電。

他背著巨劍——那是長度接近兩公尺，樸實無華的厚重長劍。以鋼鐵打造的劍——也是族長的象徵——上面施加著防鏽與提昇銳利度的魔法

薩留斯來到湖畔，站在哥哥旁邊。

「你來這種地方做什麼？」

「……這應該是我要說的吧，哥哥。身為族長，不用親自來這種地方吧？」

「姆嗚。」

無話反駁的夏斯留發出口頭禪的沉吟聲後，轉頭面向眼前的湖水。

探出湖面的結實木樁，將那個地方牢牢包圍住。木樁與木樁之間架起網眼相當密集的網子。這些是用來做什麼的，應該一目了然吧。

就是養殖的魚塭。

「該不會……是想來偷吃吧？」

薩留斯這句話讓夏斯留的尾巴彈了起來，往地面拍了幾下，發出拍打聲。

「姆嗚。怎麼可能，我只是來看看養殖的情況如何罷了。」

「……」

「我說弟弟啊，你怎麼會以為你哥哥是那種人？」

以強勢語氣如此說完後，夏斯留順勢向前靠上一步，宛如牆壁進逼過來的壓迫感，甚至讓身為旅行者且身經百戰的薩留斯想要後退數步。

不過，薩留斯現在有完美的反駁方法。

「如果你只是來看看養殖情況，那就是不想要的意思嘍。真可惜呢，哥哥。如果養得不錯，我還想送一些給你呢。」

「姆嗚。」

拍打的聲音消失，尾巴無精打采地垂了下來。

「很好吃喔，因為我可是餵了很多營養飼料，把牠們養得很肥呢，比到外面捕到的還要肥美。」

「是喔。」

「咬下去就會冒出鮮美肉汁，咬一口下來吃進嘴裡，就會像在口中融化一樣呢。」

「姆嗚嗚嗚。」

現場再次發出尾巴不斷拍打地面的聲音，而且比剛才還要猛烈。

薩留斯傻眼地看著哥哥的尾巴，帶著半戲弄的語氣說道：

「大嫂說過，哥哥你的尾巴太老實了。」

「什麼？那個臭女人，竟然這樣取笑丈夫。再說，到底哪裡老實了？」

自己的哥哥看著現在一動也不動的尾巴如此反問，讓薩留斯不知道該如何反應才好，好不容易才敷衍地回應一聲：「也是。」

「哼，那個臭女人……如果你有上床過，應該就會知道我現在的心情吧。」

「我結不了婚啦。」

「哼，說什麼蠢話，因為那個印記嗎？幹嘛理會那些長老的話。再說，在這個村落中，應該沒有半個母蜥蜴人會討厭被你追求吧……即使是尾巴出色到不行的母蜥蜴人，應該也會接受你吧。」

蜥蜴人的尾巴會儲存養分。因此，擁有粗壯尾巴就是對異性的致命吸引力。若是年輕時，薩留斯或許會選尾巴較粗大的母蜥蜴人，但現在的他已經大幅成長，也見識過世界，反倒盡可能不想那樣選擇。

「在現今村落的狀況下，我不太喜歡擁有粗大尾巴的母蜥蜴人呢。只以尾巴來挑選的話，我反而會選擇細小尾巴。個人倒是覺得像大嫂那樣的也無所謂。」

「以你的性格來說，或許會這麼想……但還是不要和那樣的母蜥蜴人上床。無意義的割傷意外我可是敬謝不敏。哎，你也該了解一下結婚的辛酸，就只有我要受這種苦，未免太不公平了吧。」

「喂喂喂，哥哥，小心我跟大嫂說喔。」

「姆嗚……你看，這就是結婚的辛酸之一。隨便就可以威脅身為族長又是哥哥的我。」

寧靜湖畔出現一陣短暫的愉快笑聲。

夏斯留止住笑聲後，再次直視眼前的魚塭，百感交集地感歎道：

「不過，還真出色呢，你的……」

這時弟弟對不知該怎麼說的哥哥伸出援手。

「養殖魚塭嗎？」

「沒錯，就是那個。過去在我們的部族中，不曾有人做過這樣的養殖魚塭，而且已經有很多人知道養殖魚塭很成功。照這樣下去，應該會有很多人羨慕你的魚塭而去模仿吧。」

「這全拜哥哥所賜，我知道你向大家宣傳了不少喔。」

「弟弟啊，就算把事實告訴很多人，那又能怎麼樣？那些只不過是閒話家常罷了。你的努力讓這個養殖魚塭養出美味的魚，才是真正有意義的事情啊。」

理所當然地，養殖魚塭一開始經歷了數次失敗。畢竟只是在旅行中聽說這個做法後，根據想像打造出來罷了。甚至在建圍籬時都不斷失敗，經過一整年的持續試驗才終於打造出養殖魚塭，但事情並非就此結束。

還必須照顧魚群，也需要拿飼料過來餵食。

為了調查哪種飼料比較好，他也投入過各種飼料，還因此好幾次害死養殖魚塭中的魚群。甚至還發生過圍籬網子被魔物破壞，讓一切回歸原點的情況。

把捕獲的食用魚當作玩具看待這件事，也曾被人在背後指指點點，甚至被罵是笨蛋。但這些努力，如今都已在眼前展現了成果。

湖面下有龐大的魚兒在悠游。和捕來的魚相比，這些魚的尺寸也算是相當大。若說這是從幼魚開始養的，應該沒有任何蜥蜴人會相信吧。沒錯，除了薩留斯的哥哥和大嫂之外。

「……你很厲害喔，弟弟。」

薩留斯的哥哥和他望著相同景色，低聲道出這句稱讚。當中摻雜著許許多多的情感。

「這也是多虧了哥哥。」

弟弟回答的口氣中，也帶有和哥哥同等的情感。

「姆嗚，我哪有什麼功勞？」

的確，哥哥——夏斯留什麼事也沒有幫。但這是指表面上沒有幫忙。

只要魚兒的身體一有狀況，祭司就會突然出現在這裡；收集圍籬材料時，也有好幾個人過來幫忙；而族人捕魚回來分發時，都會分到活蹦亂跳的魚兒；還有狩獵班送來當作飼料的果實。

這些來幫忙的人完全不肯表明是受誰之託，不過就算再怎麼笨，也能知道在後面委託的人是誰，也知道對方不想暴露自己的身分。

因為一名族長幫助脫離部族階級的人，是很不恰當的行為。

「哥哥，等長得再肥大一點之後，我會第一個拿去送你的。」

「哦，那還真是令人期待呢。」

夏斯留轉身邁開步伐，然後低聲道歉：

「抱歉啊。」

「……你說什麼啊，哥哥……哥哥你一點錯也沒有啊。」

不知道夏斯留有沒有聽到這句話。夏斯留不發一語地沿著湖畔離去，而薩留斯只是默默望著他遠去的背影。

確認養殖魚塭狀況後回到村落的薩留斯，突然感到有些異樣而望向天空。天空並沒有什麼奇怪的景象，一望無際的藍天中只有北方有一座被薄雲繚繞的山脈。

一如往常的風景。

沒有任何異樣，正當覺得可能是自己的錯覺時，他突然發現天空有一朵奇怪的雲。

同一時間，村落中央突然浮現遮蔽陽光的烏雲——而且還是很厚的一層烏雲，讓村落整個暗了下來。

每個人都大吃一驚，抬頭望向天空。

祭司們說過，今天一整天都會是晴天。祭司們的天氣預測是建立在魔法和經年累月的經驗結合而成的知識之下，相當準確，所以每個人都對於天氣預測失準感到驚訝。

但奇怪的是，除了村落上面之外，其他地方並沒有半點烏雲。簡直像是有人召喚只會出現在村落上面的烏雲一樣。

怪異的景象繼續出現。

烏雲以村落為中心開始旋繞，而且旋繞的範圍變得愈來愈大。就好像天空遭到不明烏雲侵蝕般，速度相當猛烈。

這是異常狀況。

戰士級蜥蜴人們急忙進入備戰狀態；小孩子們迅速逃進家裡；薩留斯則壓低身子觀察四周，伸手握住凍牙之痛。

烏雲完全覆蓋天空，但往遠方望去，還是可以看到藍天。烏雲籠罩的區域真的只針對村落。這時村落中央傳出嘈雜的聲音，那是蜥蜴人利用聲帶發出的尖銳呼嘯聲，隨著風從村落中央傳來。

那是——警示聲。而且還是代表有強敵入侵，有時還必須緊急撤離的那種警示。

聽到警示聲的薩留斯，踩著以蜥蜴人來說算快的步伐在溼地中奔馳。

奔跑，奔跑，再奔跑。

即使溼地中難以奔跑，薩留斯還是利用扭動尾巴取得平衡。他以人類不可能達到的速度——雖然蜥蜴人的腳比較適合在這樣的地形行進——來到應該是警示聲發出的地點。

夏斯留以及戰士們在那裡圍成一圈，瞪著村落中央。薩留斯順著眾人的目光望去後，也跟著一起瞪視。

無數目光所瞪視的地方——有一團飄忽不定，像是黑霧的魔物。

那團黑霧中冒出無數駭人臉孔，然後立刻變形。雖然浮現的是各個種族的臉，但有一個唯一的共通點，那就是每個臉都露出痛苦至極的表情。

啜泣聲、怨嘆聲、痛苦慘叫聲、臨終前的喘息聲，這些聲音乘著風輪流傳來。這些幾乎要讓背脊凍結的怨念不斷進逼過來，讓薩留斯不禁害怕地顫抖。

（……不妙……這應該要讓其他人逃走，只留下我和哥哥來對付，不過，那樣的話……）

薩留斯在散布周遭的蜥蜴人部族中也算頂尖戰士，這是讓這樣的他都感到畏懼的強大不死者。

這種時候還能夠和對方周旋的人，大概只有薩留斯和他的哥哥而已吧。而且最重要的是，薩留斯還知道那個不死者具有的特殊能力。

他稍微向四周瞄了一眼後發現，即使在場的蜥蜴人全都是戰士階級，但幾乎每個人都緊張得呼吸急促，簡直像是感到害怕的小孩一樣。

占據村落中央的魔物完全沒有離開原地一步。

不知道已經過了多久時間。劍拔弩張的氣氛，可能代表著稍有風吹草動，便會立刻發生驚天動地的戰鬥。慢慢拉近彼此距離的戰士們就是最好的證明。他們拚命甩開強大的精神壓力，動了起來。

薩留斯看見視野一角的夏斯留拔出劍來，隨即也以不遜於他的速度靜靜架起劍。萬一必須戰鬥，他們打算身先士卒，比任何人都更快進行突擊。

（如果能夠讓大家知道對方的特殊能力，應該就不算是強出頭的舉動……）

沉積在空氣中的緊張感變得更加濃烈——怨嘆聲突然停了下來。

魔物發出的數種聲音混在一起，變成一個聲音，這道聲音和剛才那種不明所以的詛咒聲不同，帶有明確的意義。

「——聽好了，我是偉大至尊的部下，事先前來下達通知。」

現場一陣鼓譟，大家面面相覷。只有薩留斯和夏斯留的目光不為所動。

「在此宣布你們的死期，偉大至尊已派軍前來消滅你們。不過，心胸寬大的偉大至尊打算賜予你們一些垂死——但只是無謂掙扎的時間。從今天算起的八日後，我們會讓你們成為這座湖的蜥蜴人部族中，第二個死亡祭品。」

薩留斯的臉猙獰起來，露出銳利牙齒，發出嚇人的低吼聲。

「垂死掙扎吧，讓偉大至尊能夠心滿意足地開心嘲笑吧。」

有如煙霧無時無刻都在變形般，那魔物不斷扭曲變化形狀，飄向空中。

「別忘了，八日後——」

魔物就這樣飄往一片晴朗的空中，往森林方向飛行而去。在眾多目送魔物的蜥蜴人之中，薩留斯和夏斯留只是默默地望著遙遠的天空。

2

村落中最大的小屋——當作集會場所的這間小屋，平常幾乎沒有使用。因為村落中有掌握絕對權力的族長存在，所以幾乎沒有召開集會的必要，小屋等同虛設。不過，當天小屋中瀰漫著異常的熱氣。

現場擠滿許多蜥蜴人，讓原本應該相當寬廣的室內顯得非常擁擠。除了戰士級蜥蜴人之外，還有祭司群、狩獵班、長老會和旅行者薩留斯。大家盤腿坐在地上，面向夏斯留。

身為族長的夏斯留宣告會議開始後，首先開口的人是祭司長。

那是一位年長的母蜥蜴人，身體有以白色染料畫上的詭異圖騰，聽說這些圖騰具有許多意義，但薩留斯並不是很清楚。

「大家還記得籠罩天空的烏雲吧？那是魔法。就我所知，能夠操控天候的魔法有兩種，一個是稱為『天候操控（Control Weather）』的第六位階魔法，因此不可能是這個魔法造成，因為能夠使用第六位階魔法的魔法吟唱者，已經屬於傳說的境界。至於另一個則是第四位階魔法『雲操控（Control Cloud）』，這個魔法同樣只有強大的魔法吟唱者才能使用，只有愚者才會和這種人作對。」

排在祭司長後面，有著同樣打扮的祭司們也都點點頭表示同意。

薩留斯雖然知道厲害程度，但即使說明了是第四位階，還是有很多人無法理解那種魔法有多厲害，因此室內響起了許多疑問的低吟聲。

不知該如何解釋的祭司長露出困惑神色，伸手指向其中一位蜥蜴人。被指到的蜥蜴人也露出困惑表情，指向自己。

「沒錯，就是你。和我較量的話，你能夠打贏我嗎？」

被指到的蜥蜴人連忙搖了搖頭。

限制只能用武器的話，或許有打贏祭司長的自信，但如果考慮到也可使用魔法，那勝算就很低。不對，何止勝算低，區區戰士根本等於毫無勝算。

「不過即使是我，頂多也只能使用到第二位階魔法而已。」

「也就是說，那人有祭司長的兩倍強囉？」

祭司長對於這個不知道是誰發出的疑問嘆了一口氣，悲嘆地搖了搖頭。

「不是兩倍這麼簡單。如果能夠使用第四位階魔法，大概連我們的族長都會被輕易地殺掉吧。」

祭司長最後補上「也不能說是『絕對會』，不過需要加上『恐怕會』這種推測性的詞語」這句話後，便閉口不語。

終於知道第四位階魔法有多強大之後，室內變得鴉雀無聲。這時室內再次響起夏斯留的聲音。

「也就是說，祭司長的意思是——」

「我認為逃走比較好，即使挺身奮戰也毫無勝算。」

「妳說這什麼話！」

一個魁梧的蜥蜴人帶著一道低沉的咆哮聲猛然站起。這個身材與夏斯留並駕齊驅的蜥蜴人，正是部族的戰士長。

「妳叫我們不戰而逃嗎！再說，光是這樣的威脅就要逃亡，成何體統！」

「——你沒有長腦袋嗎！我的意思是進入戰鬥就為時已晚了！」

祭司長也站起來和戰士長怒目相視，兩人都激動了起來，下意識地發出威嚇的低吼聲。

正當每個人的腦中都閃過一觸即發這個詞時，一道冷冽的聲音響起。

「……你們都給我冷靜點。」

戰士長和祭司長帶著晴天霹靂般的表情，把臉轉向夏斯留。兩人都出聲道歉，之後便坐了下來。

「——狩獵長，讓我聽聽你的意見。」

「……我可以理解戰士長和祭司長的意見，也同意他們的說法。」

一位身材消瘦的蜥蜴人開口回答夏斯留的徵詢。說他瘦其實也不盡然，這位蜥蜴人並非沒有肌肉，只是身上的肌肉無比結實到看起來纖細而已。

「所以，既然現在還有一點時間，是不是可以靜觀其變？對方說會派軍隊前來，照理說應該會搭營設陣，有許多的前置作業需要進行，等觀察對方的動向後，再來決定下一步也不晚吧？」

在缺乏資訊的情況下，即使你一言我一語地提出各種意見也無濟於事吧——可以聽到有些人出言表達同意。

「——長老。」

「我實在沒辦法判斷，感覺每個意見都很正確。接下來應該要交由族長作主了吧。」

「姆嗚……」

夏斯留移動目光，薩留斯感覺彼此的眼神在幾個蜥蜴人之間的縫隙交會。哥哥以眼神向他點點頭，於是薩留斯便帶著宛如背部被溫柔地輕推一把的感覺——雖然那或許會把他推入絕境——舉手陳述自己的意見。

「族長，我有意見想說。」

在場的所有蜥蜴人全都將注意力集中到薩留斯身上，大部分的人都帶著期望。然而，也有一些怒目相向的蜥蜴人。

「還輪不到旅行者開口！光是讓你待在這裡就該心懷感謝了！」

長老會的其中一位長老出聲喝叱。

「你給我退——」

一條尾巴砰的一聲，往地上猛烈一拍，這個聲響像利刃般斬斷長老的發言。

「吵死了。」

夏斯留的語氣中充滿駭人情緒，可以聽到他聲音中的每個音節都摻雜著蜥蜴人情緒激動時發出的低吼聲。沒人敢在這種情況下插嘴，小屋中的緊張氣氛急速飆升，使至今一直存在著的熱氣瞬間冷卻。

這時候，一位長老開口了。不過他卻沒有察覺到，有許多要他別節外生枝的指責眼神集中在他的身上。

「可是族長，雖然他是你弟弟，但你也不能對他有特別待遇，旅行者可是——」

「我剛才說吵死了，你沒聽到嗎？」

「咕嗚……」

「我讓所有學識淵博的人都參與這場會議，不聽聽旅行者的意見不是很奇怪嗎？」

「旅行者可是——」

「族長說不要緊。還是說，你們不想聽從我的命令？」

夏斯留將目光從住嘴的長老身上移開，望向其他首長。

「祭司長、戰士長、狩獵長，你們也認為他的意見不值得聽嗎？」

「薩留斯的意見有聽的價值。」戰士長最先回應。「只要是戰士，不會有人不願聽凍牙之痛擁有者的意見。」

「我也這麼認為，非常值得一聽啊。」

狩獵長也口氣輕浮地如此回應。最後只剩下祭司長，她也聳了聳肩，說：

「當然要聽，只有愚者才會不想聽有識之士的建言。」

遭到強烈諷刺，長老會當中數人因而蹙起眉頭。夏斯留點頭同意三位首長的意見，然後頂了頂下巴示意薩留斯發表意見。薩留斯保持坐姿，開始表示意見。

「如果從逃亡和戰鬥兩者來選擇，我會選擇後者。」

「哦……理由為何？」

「因為只有這條路可選。」

本來的話，只要族長詢問理由，就必須仔細解釋清楚，但薩留斯卻沒有繼續解釋，顯露出言盡於此的態度。

夏斯留手握拳抵住嘴角，露出沉思的模樣。

（……你該不會連我在想那種事都看破了吧……哥哥。）

薩留斯努力不讓自己的內心想法透露在臉上時，祭司長不知不覺間面露難色開口發問：

「……可是，能夠獲勝嗎？」

「當然可以！」

戰士長帶著幾乎能將眾人不安衝散的氣勢叫了出來，但祭司長只是稍微瞇起雙眼。

「……不，就現況來說，我們的勝算很低吧。」

薩留斯代為回答，直接否定戰士長的意見。

「……這話是什麼意思？」

「戰士長，對方應該掌握了我們的情報——也就是戰力吧。若非如此，不可能會說出那種瞧不起我們的言論。那樣的話，以我們現今的戰力應戰，即使足以和他們對抗，也不可能獲勝。」

那麼該如何是好？正當每個人都想如此詢問的瞬間，薩留斯便隱藏著自己的真正想法，先發制人地開口回答：

「那麼就必須打亂對方的盤算……各位還記得過去那場戰役嗎？」

「當然。」

有人開口如此回答。

在場所有人都沒有糊塗到會這麼快就忘記數年前發生的那件事。不對，即使糊塗了，也不可能忘記那場戰鬥。

過去，這片溼地上有七個部族。分別是「綠爪（Green Glaw）」、「小牙（Small Fang）」、「利尾（Razor Tail）」、「龍牙（Dragon tusk）」、「黃斑（Yellow Spectrum）」、「銳劍（Sharp Edge）」和「朱瞳（Red Eye）」。

不過，這七個部族目前只剩下五個。

因為過去曾發生奪走許多性命，甚至消滅了兩個部族的戰役。

戰爭的導火線在於一直無法捕獲足夠食用的魚類，結果導致為了捕魚，狩獵班帶頭撈過界，範圍遍及湖泊多處。當然，其他部族也一樣。

不久，彼此的狩獵班終於在捕魚的地方遭遇。這可是關係到彼此部族的食物，他們當然都不能退讓。

從口角變成打架，打架又發展成互相殘殺，這個過程並沒有耗費多少時間。

沒有多久，彼此的戰士也都開始動員協助狩獵班，為了爭奪糧食展開一場激戰。

將周圍七個部族當中五個部族牽扯進來的戰役，演變成三對二——「綠爪」、「小牙」、「利尾」對「黃斑」和「銳劍」之戰，發展成除了戰士級之外，甚至連公蜥蜴人和母蜥蜴人都出動的部族總動員之戰。

經過數次傾巢之戰後，包含「綠爪」族在內的三部族這方獲得勝利，兩部族這方則是資源消耗到無法維持部族，最後各奔東西。但這些流離失所的蜥蜴人，之後就被沒有參加戰爭的「龍牙」族吸收。

諷刺的是，造成戰爭的糧食問題，也因為在溼地生活的蜥蜴人總數銳減而得以解決，每個人都能獲得足夠的魚作為主食。

「那場戰爭和現在這件事有什麼關係？」

「回想一下對方說過的話。那傢伙說這個村落是『第二個』。從此推斷，對方應該也有派使者去其他村落吧？」

「哦哦……」

現場響起理解薩留斯意見的聲音。

「也就是說，你打算再次締結同盟，是吧！」

「……不會吧。」

「沒錯，我們應該締結同盟。」

「像過去的戰役一樣啊……」

「這樣說不定能贏？」

坐在一起的蜥蜴人彼此交頭接耳，不久討論的聲音愈來愈大。小屋裡的所有人都開始研究起薩留斯的想法是否可行，只有夏斯留默默不語，沒打算開口。薩留斯無法承受那看穿心底想法的視線，不敢把臉面向哥哥。

經過一段足以讓大家細細討論的時間後，薩留斯再次開口：

「希望你們不要會錯意，我的意思是要和所有部族結盟。」

「你說什麼？」

場中第二個察覺其話中之意的狩獵長發出驚呼。薩留斯直直注視著夏斯留，位於視線路徑上的蜥蜴人全都不禁讓出一條路來。

「我提議也和『龍牙』與『朱瞳』締結同盟，族長。」

現場出現一陣騷動，說是宛如投下震撼彈般的騷動也不為過。

自己的部族和在之前戰役中沒有參戰的「龍牙」、「朱瞳」這兩個部族毫無往來，而且「龍牙」族還收留了「黃斑」和「銳劍」的流亡者，照理說應該是一支埋有強烈禍根的部族才對。

和這兩支部族結為同盟——五族聯盟。

如果能夠成功，或許有一線生機。正當大家浮現一點淡淡期待時，夏斯留突然開口，簡短問道：

「誰要當使者？」

「讓我去吧。」

薩留斯毫不猶豫的回答並沒有讓夏斯留感到吃驚，深知弟弟的哥哥，或許早預料到這個答案了吧。周遭的蜥蜴人發出感歎的聲音，覺得沒有比他更好的人選時，只有一人對此意見表示不滿。

「——派旅行者去？」

是夏斯留。他如寒冰般的眼神直直貫穿薩留斯。

「沒錯，族長。現在是緊急狀態，如果對方因為我是旅行者就不願意接見，那也不值得結盟。」

薩留斯輕鬆逼回冰柱般的眼神，彼此注視了一會兒後，夏斯留落寞一笑。不知道那笑容代表的意義是放棄，還是自己的話無法阻止弟弟的無奈，或是對自己心中早已認為他是適任者的自我嘲笑。那是毫無陰霾的一個笑容。

「——把我的族長之印帶去吧。」

這個信物具有族長代理人的意義，絕對不是可以讓旅行者持有的東西。長老會的幾名長老似乎有什麼話想說而躁動了起來，但他們在開口之前看到夏斯留的銳利目光，只好把話吞回去。

「非常感謝。」

薩留斯低頭道謝。接受道謝後，夏斯留繼續開口：

「……派往其他部族的使者由我挑選。首先——」

夜晚降臨時，會吹起陣陣涼風。因為位處溼地地形，濕度也相當高，再加上熱氣時會令人覺得悶熱，但一進入夜晚，悶熱的感覺會漸漸緩和。相反地，風一吹甚至還會感到些許涼意。當然，對於擁有厚實皮膚的蜥蜴人來說，這種程度的變化根本不算什麼。

薩留斯踩著啪沙啪沙的腳步聲走在溼地上，目的地是寵物羅羅羅的小屋。

雖然還有時間，但也說不定會有意外狀況發生，而且不知道敵人會不會遵守約定，也可能會阻礙薩留斯的出使行動。如此通盤考量後，便得出騎羅羅羅在溼地上行進是最適當計畫的結論。

薩留斯啪沙啪沙的走路聲漸漸變慢，最後停下腳步。他身上背著塞滿各種物品的皮囊，裡面的東西隨之劇烈震盪。讓薩留斯停下腳步的原因，是因為他在月光下看到一道熟悉的蜥蜴人身影從羅羅羅的小屋走出來。

彼此的目光交會，黑鱗蜥蜴人對感到困惑並停下腳步的薩留斯歪起頭，然後拉近彼此的距離。

「——我一直覺得你應該擔任族長。」

這是縮短和自己的距離到兩公尺左右的哥哥夏斯留，開口的第一句話。

「……你說這什麼話啊，哥哥。」

「你還記得過去那場戰役嗎？」

「當然。」

在會議中提出這件事的人是薩留斯，他怎麼可能不記得。接著，他才察覺夏斯留當時大概也想提出這件事。

「……你在那場戰役後成為旅行者，你知道當時我有多後悔在你胸口烙上印記嗎？我還認為就算揍你一頓也要阻止你。」

薩留斯用力搖頭。哥哥當時的表情，現在依然像一根刺，深深刺在心裡。

「……都是因為哥哥你的允許，我才能學會魚的養殖法回鄉。」

「你就算只待在這個村落，大概也能找出養殖魚的方法吧。像你這樣聰明的男人，才應該帶領整個村落。」

「哥哥……」

過去發生的事情絕對無法重來。而且，現在說什麼如果——也沒有任何意義，因為那已是前塵往事。不過，即使事過境遷還是會有如此想法，是因為他們兩人很懦弱嗎？

不對，並非如此吧。

「……我不以族長立場，而是以哥哥的身分跟你說。『你一個人沒問題吧？』這種話我不會說，但一定要平安回來，不要勉強啊。」

薩留斯帶著高傲的笑容回覆這句話。

「當然，我會完美達成任務回來。由我負責的話，應該是輕而易舉吧。」

夏斯留「姆嗚」一聲，自然地露出苦笑說「那麼失敗的話，我會把你養殖魚塭中最肥美的魚吃掉喔。」

「哥哥，這點小事完全無關痛癢。而且這時候講這種話，實在很沒魄力啊。」

「……姆嗚。」

接著，兩人彼此輕輕一笑。

不久，兩人不分先後地露出嚴肅表情注視彼此。

「那麼，你真正的目的真的只有結盟嗎？」

「……你在說什麼？你想說什麼？」

薩留斯的眼睛稍微瞇起——然後心想一聲糟糕。而且以哥哥的觀察力來說，剛才的反應也很不妙。

「……你在小屋中的說話方式好像有點保留，像是在引導大家的想法一樣。」

夏斯留繼續對無話可說的薩留斯說下去：

「……過去那場戰役會發生，單純是因為部族間的小紛爭消失，而蜥蜴人人數增加，應該也是原因之一吧。」

「哥哥……別再說了。」

薩留斯如鋼鐵般的強硬口吻，就有如是肯定了夏斯留的說法。

「果然……是那樣啊。」

「……為了不讓過去的戰役再次發生，也只能這麼做吧。」

薩留斯帶著無奈的語氣吐出這句話。這是薩留斯自己覺得很不正當又齷齪的陰險計策。可以的話，他不想讓哥哥知道。

「……那麼，如果其他部族拒絕結盟，你打算怎麼做？光靠我們那些因為選拔而變少的人和一開始就想逃的人，根本無法和敵人對抗。」

「那時候，只能先……消滅他們了吧。」

「你是說要先消滅同族的人嗎？」

「哥哥……」

聽到薩留斯帶有說服意味的語調，夏斯留像是覺得沒什麼大不了一樣笑了笑。

「我明白，你的想法沒錯，我也同意你的想法。身為部族的領導者當然要思考部族的存亡，所以弟弟，你別在意。」

「謝謝。那麼，我去帶領其他部族前來我們村落，可以吧？」

「不，如果那些傢伙的話屬實，我們村落就是第二個對象，那麼主戰場預估應該會是在第一個村落。本來，應該是先聚集到較後遭到攻擊的村落，或是防禦力較佳的村落最好，但我們的村落若是遭到燒毀，戰後情況將會很嚴峻。所以我們應該在最先遭到攻擊的村落防禦會比較好吧。關於我們和你的情報交換……我會拜託祭司長使用魔法和你進行溝通，所以你可以帶領其他部族直接到那邊去嗎？」

「了解了。」

利用哥哥所說的魔法傳送大量內容是相當困難的一件事，而且離太遠的話就無法傳送，是一個差強人意的魔法。不過薩留斯覺得在這次的情況下，應該不會有什麼問題。

「另外關於糧食方面，我會拿你魚塭中的魚喔。」

「當然沒問題。不過希望能留下幼魚，因為養殖魚塭好不容易才上軌道。即使需要放棄村落，養殖魚塭對將來還是會有幫助。」

「我答應你。那麼，那些魚可以做為多少食糧？」

「……包含魚乾在內的話，大概足以供千人食用吧。」

「這樣啊……那麼，糧食部分暫且沒問題了。」

「嗯，麻煩你了。那麼哥哥，我要出發了……羅羅羅。」

一個蛇頭回應薩留斯的呼叫，從窗口露出身影。身上的鱗片映著蒼藍月光，帶著濕潤的光澤。一枚一枚的鱗片不斷改變角度，發出淡淡光芒，看起來甚至有種如夢似幻的美感。

「我們出門吧。可以過來我這邊嗎？」

羅羅羅稍微望了薩留斯和夏斯留一會兒後，立刻把頭縮了回去。接著便傳出重物動起來的水聲，還有噗嚕噗嚕的聲音。

「那麼哥哥，有件事想先問一下。你應該已經有答案了吧，你打算帶多少人避難？根據狀況，我可能會以這些人數來當作交涉的工具。」

被問到這個問題的夏斯留，只稍微語塞了一會兒，就立刻回答：

「……十個戰士級、二十個獵人、三個祭司、七十個公蜥蜴人、一百個母蜥蜴人……還有部分小孩吧。」

「……這樣啊，了解了。」

薩留斯看到夏斯留發出疲憊的苦笑，靜默了下來。在沉重的無語氣氛中，傳來激起水花的啪沙聲。兩人往聲音方向望去，有些懷念地相視一笑。

「姆嗚……牠也長大了呢。剛才我進到小屋時，著實嚇了一大跳啊。」

「嗯，哥哥，我也是。沒想到竟然會長這麼大，畢竟撿到牠時，身體還非常小。」

「那還真是令人難以置信呢。因為在你帶牠回村落時，身體就已經相當大了。」

正當兩人回憶起羅羅羅小時候的模樣時，四個蛇頭從距離小屋不遠處的水面竄出，以同樣的動作在水面上移動，朝著薩留斯他們靠近。

這時蛇頭突然大大抬起，巨大的身影自水面探出。類似爬蟲類的四個頭有著長長的脖子，與巨大的四腳軀體相連。

魔獸——多頭水蛇（Hydra）。

這是羅羅羅的種族名。

牠絕非單純的蛇，證據就是薩留斯丟魚餵食的時候，牠有發出咀嚼聲音。

羅羅羅體型長達五公尺，行動卻意外敏捷，快速來到薩留斯身邊。

薩留斯彷彿猴子爬樹般，身手矯健地爬到羅羅羅的身上。

「你一定要平安回來。還有不要想太多，像以前一樣激動大叫『我不會讓任何人犧牲』才是你的作風。」

「……看來我也已經是大人了。」

聽到薩留斯這句話的夏斯留哼笑一聲。

「小鬼頭已經變成獨當一面的大人……算了，總之要保重。要是你沒有回來，第一個要進攻的對象是誰就不用問了。」

「我會平安回來的。等我吧，哥哥。」

接著，兩兄弟百感交集地注視著彼此一會兒——然後，不發一語的兩人就這樣漸行漸遠。

3

納薩力克地下大墳墓第九層，這個樓層有各種房間。除了有公會成員的房間和NPC的房間不用說之外，還有大澡堂、餐廳等設施，以及類似美容院、服飾店、雜貨店、護膚店、指甲美容這些商店的房間，類型可說是五花八門，應有盡有。

打造這些在遊戲中絕對沒有什麼意義的設施，應該是因為有很多人相當講究這部分，或者是對納薩力克地下大墳墓抱持著一種完美都市的印象吧。又或許是因為自己在現實世界中的勞動環境太差，心生嚮往所致也說不定。

而在這些房間中的其中一間裡。

這間房間的管理者是納薩力克地下大墳墓的副主廚，平常他都會在餐廳展露廚藝，但在某些日子和時間，他會來到這間房間準備餐點，讓人可以隨時前來享用。

這個房間以常客稀少的那種小酒吧為設計概念，室內籠罩著淡淡的柔和燈光。

這裡有一個放酒的架子和櫃臺，椅子有八張。雖然裝潢如此簡單，但他相當確定「這是一間足以安靜品酒的房間」，覺得被賦予的這個空間像是自己的城堡，感覺相當充實與滿足。

不過，在迎接首次造訪的客人數分鐘之後，他才察覺，能夠獲得那種感覺也和造訪客人的風度有關。

咕嘟咕嘟，啊呼——

如果以聲音來形容，那位客人就是以這種方式一口氣把酒喝乾。

他一邊擦拭著酒杯，心不在焉地想著：若是想要那樣喝酒，應該還有比這裡更適合的地方吧。

實際上在這個第九層當中，也有交誼廳和酒館等各種設施，應該沒必要在這間酒吧那樣喝酒。

叩的一聲，調酒杯——以大小來說是啤酒杯——往櫃臺敲了一下。副主廚拚命忍住想要板起臉的怒氣。

「再一杯！」

副主廚回應要求，往杯子裡倒入飲料。倒滿精餾伏特加生命之水後，再倒入藍色一號色素。

接著，溫柔地將調好的酒遞出去。

「這杯叫『淑女的眼淚』。」

隨便取個名字告訴眼前這個面露狐疑神色的女子後，似乎沒有看到調酒過程的女子，表情立刻變成充滿感激。

「哦，擴散開來的藍色代表眼淚的意思，是吧？」

「是的，妳說得沒錯。」

他毫不心虛地如此說謊。

女子抓起酒杯後立刻一飲而盡，氣勢猛烈得像是在澡堂洗完澡後，一口氣喝光咖啡牛奶那樣。

她和剛才一樣，將喝光的酒杯往櫃臺用力一放。

「呼，有點醉了呢。」

「妳喝太快了，這也是在所難免。今天妳就先回去休息如何？」

「……不要，我不想回去。」

「這樣啊……」

副主廚再次拿起杯子擦拭，對女子投來的目光感到厭煩。

（有話想說就直接說嘛，女人就是這樣才麻煩。適合來這家店的客人是高雅的紳士，才不是麻煩的女人。不能禁止女人進出嗎……應該不行。這樣對無上至尊們太過失禮了，不過，我還真是搞砸了。）

邀請女子來這裡的人不是別人，就是他自己。他在第九層遇到女子時，覺得她的背影看起來好像很落寞，便擔心地向她攀談，結果就變成這副下場。真的是悔不當初。但既然都讓她進來當客人了，就必須以酒吧主人的身分做出適當的應對。

（即使我已經端出隨便做的飲料招待她了，也要好好應對！）

做好心理準備的他開口發問。

「怎麼了嗎，夏提雅大人？」

這個瞬間，女子——夏提雅張開嘴巴，看起來像是等這句話等很久了，而這個推測應該並非全然的瞎猜吧。

「對不起，我不想說。」

開什麼玩笑——他的臉不禁皺了起來。不過，夏提雅看不懂菇類生物的臉部變化，並沒有特別說些什麼，只是以手指玩弄著擺在櫃臺的酒杯。

「稍微醉了呢。」

「……是嗎。」

（……怎麼可能啊。）

雖然夏提雅好像真的覺得自己已經醉了，但他有十足把握可以說，絕對沒那回事。酒醉和中毒這類的效果屬於相同類型，因此對毒有完全抗性的人不會酒醉。身為不死者的夏提雅當然完全不怕毒，所以不可能會醉。基本上，來他店裡的人都會卸下毒無效的道具，或者知道自己不會醉，單純來享受氣氛。

不過，夏提雅認為自己醉了，也是事實吧。她是因氣氛而醉。

正當副主廚思考著該如何是好時，響起了一道簡直可說天助我也的福音。他轉頭一看後，微微低下頭敬禮。

「歡迎光臨。」

「嗨，皮奇。」

因為他的外型和某種香菇很像，所以被人取了這個外號。叫了一聲這個外號後進入店內的是常客之一——管家助手艾克雷亞，還有把艾克雷亞抱在腰際的男傭人。

一如往常，艾克雷亞被輕輕放到椅子上，因為身高只有一百公分左右的艾克雷亞，很難獨自坐到櫃臺的長腳椅子上。

皮奇對於就坐在隔壁，卻沒有相互打招呼的兩人感到疑惑，然後轉頭望向夏提雅，發現她正低著頭，似乎在嘀嘀咕咕地說著什麼。隱約可以聽到，她好像是在說些對無上至尊（安茲・烏爾・恭）謝罪的話。

艾克雷亞有些裝腔作勢地向他點了杯酒。

「給我那個。」

「知道了。」

說到那個，他腦中浮現的只有一種品項。

那就是使用了十種利口酒的十色雞尾酒——納薩力克。

那種酒的外觀非常漂亮，其味道讓人只要喝一杯就足以感到滿足。常客對這杯酒的評價很高，認為很符合納薩力克這個名字，但這絕對不是會想推薦給他人喝的一款酒。

為了調出好味道，他不斷試驗再試驗，但還不曉得什麼時候才會完成。

他以熟練動作調出十色的雞尾酒，放到艾克雷亞面前。

「那邊的女士，這杯酒請妳喝。」

下一刻，傳來的是咻、啪沙——鏘的聲音。

艾克雷亞可能是想直接在櫃檯上把酒杯推給她吧，但這種動作只會出現在漫畫中，或是技巧絕佳的人才辦得到，這不是一隻企鵝辦得到的事。

皮奇拿起翻倒的酒杯，確認沒有破損後，安心地吐了一口氣。他接著拿起抹布擦拭灑在櫃臺上的酒，然後帶著不悅的眼神緩緩說道：

「可以請你不要用鰭狀肢亂揮嗎？如果你堅持要這麼做的話，我可是會把你放進大盆子裡推出去的。」

「……真的非常抱歉。」

夏提雅似乎因為這個雙人相聲而注意到艾克雷亞的存在，抬起頭來打招呼。

「哎呀，這不是艾克雷亞嗎？好久不見。」

「好久不……感覺好像妳來第九層時，都有遇見妳呢……」

「是嗎？」

「是啊，不過……妳會來這裡還真難得。我一直以為會來這裡的守護者只有迪米烏哥斯而已呢。之前他還跟科塞特斯一起來這裡默默喝酒。」

「哦，是喔？」

聽到同僚的事情後，夏提雅睜大了雙眼。

「不過，到底怎麼了，妳怎麼會這樣？」

「只不過是犯了一個大……不對，是犯了一個天大的錯誤而已。所以才會像個落魄守護者一樣，來借酒澆愁啊。」

艾克雷亞露出一個頗為複雜的表情，以眼神向皮奇詢問：「這個女孩到底怎麼了？」不過皮奇也不知所以，只能搖頭回應。

不過，他還是希望大家來這裡時能夠快樂喝酒。如此心想的皮奇，提出一個令兩人吃驚的問題。

「那麼，要不要轉換個心情，來喝杯蘋果汁？」

聽見這句話的兩人同時愣住。

「是用在第六層摘取的蘋果打成的果汁。」

這句話似乎激起兩人興趣，兩人再次同時點點頭。這種坦率的反應讓皮奇獲得強烈的滿足感。

不久，桌上便出現兩杯沒什麼特別之處的蘋果汁。雖然皮奇也有以眼神詢問男傭人需不需要，但他一如往常地默默拒絕。

而因為艾克雷亞是鳥嘴，所以也當然沒忘記插吸管。

「很爽口的味道呢。」

「雖然味道不錯，但似乎少了一點震撼感……不夠甜應該是主因吧？」

一口氣喝乾的兩人發出如此感想。

「哎，這也是在所難免的吧。因為那兒的蘋果我有吃過，蜜比保存在納薩力克的蘋果還要少。」

「第六層有蘋果樹嗎？感覺沒什麼印象呢。」

而夏提雅大概是曾聽說這回事吧，她在皮奇回答前先說出正確答案。

「那個該不會是安茲大人拿回來的蘋果吧？我從雅兒貝德那裡聽說過消耗品的補充計畫，說想要把外面的果實拿到納薩力克裡面種看看是否能夠結出果實。」

皮奇也這麼聽說過。

他還接過一個命令，要他嘗試用外面的各種食材做菜，確認看看是否能夠做出可以提昇能力的料理。

「是啊，我曾聽說過。如果順利的話，還要嘗試打造果園。不過，甜味還是遠遠不足就是了。」

「不，還不到不能喝的地步。想要來點清爽的甜味時，或許很適合喝這種果汁。」

「……不過，到底是誰在種植？亞烏菈和馬雷都外出了……是交給魔獸去做嗎？」

「不是不是，是安茲大人從外面帶回來的森林精靈。」

艾克雷亞臉上浮現像在說「誰？」的表情，而夏提雅的表情則是像在說「啊！」，兩人形成對比。

「……原來如此，這就是所謂的人盡其才呢。難道說，安茲大人在那時候就已經如此打算了？」

「怎麼回事？有新人來到納薩力克嗎？」

夏提雅回答艾克雷亞的疑問。他雖然也看過森林精靈，但不曉得來龍去脈，因此豎起耳朵仔細聆聽。

那個森林精靈，竟是在那場確認所有守護者合作情況的戰鬥中帶回來的。聽說森林精靈有訂下一些約定，然後就這樣來到納薩力克，而現在成了蘋果果農。

「也就是納薩力克不斷進化，變得更加強大了，對吧。」

皮奇和夏提雅都同意艾克雷亞的這句話。

皮奇是副主廚，所以並不清楚這件事的詳情和納薩力克地下大墳墓今後的計畫。但他現在已經充分了解，留在這個地方的最後一位無上至尊，也就是安茲．烏爾．恭，正在儲存這個世界的力量，試圖變得更加強大。

「原來如此。這麼說來，今後納薩力克或許會出現很多像那位森林精靈一樣的新人……是這樣吧。」

夏提雅鼓起臉頰對艾克雷亞的這句話表示不滿。

「……我可不希望那樣。怎麼可以讓那些低賤的傢伙，大搖大擺地走在無上至尊們打造出來的這個地方。」

皮奇也有同感。光是想像無上至尊身處的這個地方被外人玷污，就不禁皺起眉頭。不過，有一件事比他們的這些想法都還要重要。

「我們應該忍耐吧，因為這是安茲大人的決定。」

無上至尊安茲．烏爾．恭的決定是絕對的，即使是白色被說成黑色，結果也一定會變成黑色。

「我、我也不打算違背安茲大人的決定呀！」

兩人點頭同意慌張大叫的夏提雅。

「那麼，我們今後就有必要對安茲大人更加忠心，以成為眾人典範呢。當然，我也覺得除了妳之外，不會有人會反叛安茲大人。」

「沒錯。對了，夏提雅，妳覺得如何？現在的話，我可以保證妳會有崇高地位——」

艾克雷亞準備開始他那每次都會發出——但絕對不會成功的招攬，卻被一道奇怪的叫聲掩蓋。

「呀啊啊啊——」

兩人眼前的夏提雅抱起頭大叫。

口中還夾雜著忠心忠心的呻吟聲。

「……到底發生什麼事了？口氣也和平常不同。」

面對艾克雷亞感到納悶的疑問，皮奇只是搖搖頭，聳聳肩說：

「誰知道？」

第二章 集結的蜥蜴人

Chapter 2 | Gathering, Lizard man

1

騎乘羅羅羅在溼地旅行了半日，太陽已經高掛天空，薩留斯並沒有遇到他擔心的敵人，平安到達目的地。

溼地中，有幾間和「綠爪」族的房子結構相同的住宅，四周圍著尖端向外的銳利木樁。木樁的空隙雖然不小，但應該足以阻擋羅羅羅這類的大型魔物入侵。房子數目比「綠爪」少，但體積倒是比「綠爪」大。

因此，並沒有辦法確定到底是哪一方人數較多。

每一棟住居都插有一根隨風飄揚的旗子，上面畫有代表「朱瞳」的蜥蜴人標記。

沒錯，這裡就是薩留斯最先選擇的目的地——「朱瞳」族的聚落。

環顧四周一圈後，薩留斯放心地吐了一口氣。

因為非常幸運地，他們的居住地仍和他過去取得的情報一致，是在同一片濕地。他原以為，他們也可能因為之前的那場戰役而搬遷，搞不好需要從尋找他們的部族開始進行。

薩留斯回頭看向自己過來的方向，視線的彼端是自己的村落。現在，村裡應該也正如火如荼地進行各種準備吧。雖然一離開村落，心裡就湧現了不安，但應該可以斷定村子幾乎不會有遭受攻擊的可能。

薩留斯能夠平安到達這裡就是最好的鐵證。

無法確定是那個偉大至尊的百密一疏，還是自己的行動也在對方預測之內，但對方目前並不打算食言，也不打算阻止我方進行戰備。

當然，即使那個叫什麼偉大至尊的敵人出手阻止，薩留斯也只能貫徹自己的信念。

薩留斯從羅羅羅身上一躍而下，伸了個懶腰。

雖然騎著羅羅羅長途跋涉，導致肌肉有些僵硬，但伸個懶腰稍加緩和後，反倒湧現舒服的感覺。

接著，薩留斯指示羅羅羅留在原地等待，然後從背袋上取出魚乾給羅羅羅，當作早餐兼午餐。

原本是想要指示族人把自己的糧食送到這裡，但有可能會破壞到「朱瞳」族的狩獵場，所以他沒辦法下令。

薩留斯摸了羅羅羅所有的頭數次後，獨自邁出步伐。

如果把羅羅羅帶在身邊，對方可能會對多頭水蛇有所戒備而不願出來。薩留斯是前來結盟的使者，不希望給對方大太壓力。

他踩著啪沙啪沙的濺水聲前進。

薩留斯看到視野一角內有幾名「朱瞳」族戰士在柵欄內並肩走著。他們身上的武裝和「綠爪」族一模一樣，沒有穿任何鎧甲，手上拿著一把長槍，是利用在木棍前端綁著磨尖的骨頭製成。還有幾個人拿著投石器的繩子，但從沒有放上石頭這點看來，他們應該沒有立刻攻擊的意願。

薩留斯也不想刺激對方，所以慢慢靠近，就這樣來到正門前。接著轉身面向提防著自己的蜥蜴人，拉開嗓門喊：

「我是『綠爪』族的薩留斯．夏夏。有事想求見你們族長！」

經過一段說短不短，說長也絕對不長的時間後，一位拿著扭曲枴杖的老蜥蜴人現身，後面還帶著五名體格壯碩的族人。老蜥蜴人全身上下都有以白色塗料畫上的圖騰。

（是祭司長嗎？）

薩留斯威風凜凜地站著。

目前是平等的立場，絕對不能有示弱的表現。即使祭司在觀察薩留斯胸口的印記，他也依然保持不動。

「『綠爪』族的薩留斯．夏夏，有事前來拜見。」

「……不想說歡迎你，但領導我們的人願意見你，跟我來吧。」

這種奇怪的迂迴說法讓薩留斯稍感困惑。

他感到疑惑的，是對方為何不稱之為族長。而且他們沒有要求出示能夠證明身分的東西。不過要是隨便亂說話而引起對方不悅，那就麻煩了。雖然覺得不對勁，薩留斯依然默默跟在一行人後面前進。

薩留斯被帶到一間相當氣派的小屋。

以薩留斯的部族來說，那小屋比哥哥的房子還大了一圈。小屋的牆壁以罕見的塗料畫著圖騰，代表居住者的身分崇高。

令人好奇的是小屋並無窗戶，只有位於各處的通風口。薩留斯他們這些蜥蜴人，即使在黑暗中也能看得很清楚。不過，這並非代表他們喜歡在黑暗中生活。

那麼，他們為何會在這樣陰暗的小屋中生活呢？

薩留斯浮現如此疑問，但沒有人會回答這個問題。

往後一看，帶路的祭司和一起過來的戰士也都已經不在此處。

聽到帶路人叫所有人離開時，一開始還覺得對方太不謹慎，差點就想詢問對方這麼做的理由。

不過，當薩留斯聽到要所有人離開是領導者——族長代理人——的要求後，他就更加佩服在這間小屋中等待的那個人。

雖然薩留斯對哥哥說過他會平安回去，但他沒有要自己不受半點傷的意思，以武裝戰士包圍這樣的他並施加壓力也沒有任何好處。他大概反倒會先覺得他們只有這點程度，而感到失望吧。

不過，若對方早已看穿他的想法，還故意表演這一齣氣度非凡的戲碼——

（那麼，對方或許是個擅長交涉的棘手人物……）

薩留斯刻意無視在遠處觀察自己的人們，走向門前，高聲大喊：

「我是『綠爪』族的薩留斯．夏夏。聽說領導貴族的人在此處，可否拜見！」

一道細細的聲音傳來，那是沙啞的母蜥蜴人聲音，表示允許進入。

薩留斯毫不遲疑地隨意推開房門。

不出所料，室內果然相當昏暗。

雖然具有夜視能力，但光線的劇烈變化讓薩留斯也不禁眨了眨眼睛。

室內空氣帶著刺鼻的味道，不曉得是不是湯藥造成的。薩留斯原以為會是一名年老的母蜥蜴人，但傳來的聲音輕鬆顛覆了他的想像。

「歡迎大駕光臨。」

陰暗的室內傳來招呼聲，剛剛隔著一道門，所以誤以為是個老人，但這時就能發現她的聲音帶有該說是年輕的力道。

薩留斯終於適應了光線變化，他的視野裡有一道蜥蜴人的身影。

雪白。

這是薩留斯的第一印象。

如雪一般的白色鱗片沒有半點暗沉，相當潔白無暇。

渾圓的眼睛呈鮮紅色，散發出宛如紅寶石的光芒。她修長的體型並非雄性，而是雌性的身體。

她全身畫著紅黑圖騰，那圖騰代表的意思是成人、熟練多種魔法，以及——未婚。

各位有被槍刺過的經驗嗎？

薩留斯有過那種經驗。那會讓身體瞬間感受到如被人用火燙物品大力碰觸的高溫，劇痛還會隨著心跳節奏傳至全身。而薩留斯現在正感受著那種感覺。

並不疼痛，不——

薩留斯只是默默地佇立著。

不知道對方是如何看待薩留斯的沉默，她浮現諷刺的笑容說道：

「看來，連四大至寶之一的凍牙之痛擁有者，都把我當作異形呢。」

在自然界中，白化症相當罕見。這也是因為相當顯目，很難存活下來的緣故。

即使是擁有文明的蜥蜴人也有相似的地方，因為他們的文明社會還沒有發達到能夠讓害怕日光、視力也差的蜥蜴人存活下去。因此，很少能夠活到成人的白化蜥蜴人，有些甚至會在出生後立刻被殺死。

在一般蜥蜴人的眼中，白化蜥蜴人被認為是礙眼的存在還算好的，嚴重的時候甚至會被當成魔物。她的笑容就是帶著那種諷刺。

不過，這些都和薩留斯沒有關係。

「——你怎麼了嗎？」

裡面的母蜥蜴人納悶地出聲詢問站在門前發呆的薩留斯。

——沒有回答問題的薩留斯拉開嗓門，發出一道拉高尾音的聲音，中間還帶著抖音。

聽見這道聲音的母蜥蜴人睜大雙眼，嘴巴微張。那是包含了吃驚、困惑，還有害羞的表情。

這個叫聲被稱為——求愛的叫聲。

回過神來的薩留斯察覺自己無意中做了什麼樣的蠢事，尾巴不斷擺動，表現出類似人類面紅耳赤的反應，動作激烈到幾乎快把小屋拆了。

「呃，啊，不是。不，並非不是。我不是那個意思，那個——」

薩留斯驚慌失措的舉動似乎反讓母蜥蜴人冷靜下來，她的牙齒互相碰撞，發出喀喀喀的笑聲，然後她便帶著傷腦筋的口吻開口安撫。

「請冷靜點，你太失控的話，我會很困擾。」

「！啊，抱歉。」

薩留斯點頭道歉後進入屋內。這時候，母蜥蜴人的尾巴已經垂下，看起來總算回復了平靜。但她的尾巴前端還是不斷震動，可以得知她似乎還沒完全冷靜下來。

「這邊請。」

「——謝謝。」

進入屋內後，母蜥蜴人請薩留斯坐到地板上一張以某種植物編織的座墊上，薩留斯坐下後，她也在對面跟著坐下。

「初次見面，在下是『綠爪』族旅行者，薩留斯．夏夏。」

「謝謝你的鄭重介紹，我是『朱瞳』族族長代理人，蔻兒修．露露。」

彼此自我介紹完畢後，兩人像是在鑑定般互相打量對方。

短暫的沉默籠罩整個小屋，但總不能一直這樣下去。薩留斯現在是客人，那麼，該率先開口的應該是身為主人的蔻兒修。

「那麼使者閣下，大家說話就不要太拘謹了，我希望能夠敞開心胸地暢所欲言，所以可以放輕鬆沒關係喔。」

聽到對方希望彼此敞開心胸之後，薩留斯點頭回應。

「那還真是感謝了，因為我也不習慣過於正式的說話方式。」

「那麼，想請問你這次所為何來？」

蔻兒修雖然如此詢問，但其實她大致上已經可以猜到理由。

神祕不死者突然現身村落中心，而且，似乎還有人使用了可操控雲的第四位階魔法——「雲操控」。而造訪的人又是其他部族中的英雄公蜥蜴人。

那麼，答案就只有一個。正當蔻兒修思考著該如何回應薩留斯時——出現的答案卻完全出乎意料。

「——跟我結婚吧。」

——

——？

——！

「啊——？」

蔻兒修瞬間懷疑自己的耳朵是不是聽錯了。

「的確，這不是我此行的目的。我也非常清楚，原本應該先談完正事再來說這件事，但我無法違背自己的心意。妳就取笑我是個愚蠢的男人吧。」

「嗚、呃，嗯。哦……」

聽到這句她這輩子從來沒聽過，也絕對和自己無緣的話，讓她的思緒被名為混亂的暴風吹得四分五裂，完全無法集中。

薩留斯對這樣的蔻兒修露出苦笑，繼續說道：

「抱歉，真的非常對不起，竟然在這種緊急狀況中如此失態。剛才那個問題的答案，等之後再告訴我也沒關係。」

「唔，呃……嗯。」

蔻兒修好不容易重整思緒，或者說重新啟動後，回復了冷靜。但薩留斯剛才的話又立刻重現腦海，腦袋差點燒了起來。

蔻兒修以不讓對方察覺的方式偷瞄眼前的公蜥蜴人，打量著那張非常沉著的臉。

（明明對我說出那種話，還這麼冷靜……難道他經常求愛？還是很習慣被求愛……的確，他是很帥……啊！我到底在胡思亂想什麼啊！這肯定是他的陰謀，沒錯，一定是。他只是想要戲弄我罷了。再說，怎麼可能會有人向我這種人求、求愛……！）

她至今不曾被當成母蜥蜴人看待，這個體驗讓她方寸大亂，沒有多餘精神可以察覺薩留斯的尾巴前端也正不斷像痙攣一樣微微抖動。眼前的公蜥蜴人也一樣在使盡全力壓抑，不讓自己內心真實一面顯露出來。

所以現場才會產生一段空白時間。要讓一頭熱的兩人冷靜下來，需要一段沉默籠罩的安靜時間。

經過一段足夠令他們冷靜下來的時間之後，蔻兒修才終於覺得，應該先暫時回到原來的話題。

蔻兒修想要再次詢問薩留斯來這個村落的目的時，又想起對方剛才說過的話。

——怎麼問得出口啊！

蔻兒修的尾巴砰的一聲，在地上拍了一下。眼前的公蜥蜴人身體一顫，彷彿自己被打到一樣。

蔻兒修慌張起來，覺得自己的行為實在太過失禮。

即使對方是旅行者，好歹也是代表部族前來此地的使者——而且還不是一般的蜥蜴人，是持有凍牙之痛的英雄。這絕對不是對如此人物應該有的態度。

（可是，都怪你不好啊！話說回來，你倒是快點說說話嘛！）

薩留斯是對自己輕率的舉動感到難為情，才會選擇沉默，但正在努力蓋住心中活火山的蔻兒修不可能察覺這件事。

沉默不斷持續著。覺得這樣下去也不是辦法而下定決心的蔻兒修，終於想到要改變話題。

「你竟然不害怕我的模樣，該說你真有膽識嗎？」

聽到蔻兒修這句自嘲的話，薩留斯立刻面露像在說「妳在說什麼傻話」的表情予以迎擊。

蔻兒修的腦中也浮現「這個人到底在想什麼」的疑問。

「我是說，你不怕我的白色身體嗎？」

「……宛如覆蓋在那山脈上的雪呢。」

「……咦？」

「——顏色好美。」

當然，自出生以來從來沒人對她講過這種台詞。

（這、這個公蜥蜴人到底在說什麼啊！）

蓋子無法承受內部的壓力，瞬間彈開，消失得無影無蹤。

面對手足無措的蔻兒修，薩留斯隨意地伸出手，摸了一把蔻兒修身上的鱗片。薩留斯的手在那充滿光澤，有如打磨過的美麗——且帶點涼感的鱗片上輕輕滑過。

嚇！——蔻兒修口中發出這個表面上如同恫嚇聲的短促呼吸聲。

這道聲音讓兩人的腦袋都稍微冷靜了下來。

兩人都知道被做了什麼，又不禁做了什麼，使得慌亂情緒充滿了全身上下。為什麼會忍不住那麼做？又為什麼會被那麼做——這個疑問造成焦慮，而焦慮又形成混亂。

結果，兩條尾巴不斷啪啪啪地拍打房子，力道大得感覺整間房子都在搖晃。

不久後，兩人四目相交，發現彼此的尾巴狀況，接著兩人的尾巴就彷彿時間暫停般急速靜止。

「…………」

「…………」

不知道該以沉重來形容，還是以充滿緊張感來形容才好，沉默再次降臨在兩人身上，兩人只是偷偷打量著彼此。之後，終於整理好情緒的蔻兒修，帶著絕對不會看漏任何謊言的冷冽眼神發問。

「……你突然這麼做……是為什麼？」

雖然蔻兒修無法將想講的話清楚表達，但薩留斯似乎理解了她的意思，毫不遲疑地坦率回答。

「就是所謂的一見鍾情。而且，我們或許會在這次的戰鬥中陣亡，所以我不想留下任何遺憾。」

這句毫不隱藏心中想法的直接告白，讓蔻兒修一下子不知該如何回應。不過，在這句話之中有個令她無法認同的地方。

「……連凍牙之痛這把寶劍的持有者，都抱著陣亡的覺悟？」

「對方是底細不明的敵人，不能掉以輕心……妳有看到那個傳話的魔物嗎？來到我們村落的那個魔物長這樣……」

蔻兒修收下薩留斯遞過來的魔物畫像，看了一眼後便點點頭。

「嗯，是相同的魔物呢。」

「妳知道對方是什麼魔物嗎？」

「不知道，包括我在內，部族裡的人都不知道。」

「這樣啊……其實我曾經遇過那個魔物……」薩留斯說到這裡時暫時停住，然後觀察著蔻兒修的反應繼續說：「我逃了出來。」

「——咦？」

「我沒有打贏，不對，說好聽點是半生不死吧。」

蔻兒修了解到那魔物原來是那麼可怕的不死者，也鬆了一口氣地覺得，當時制止了戰士們是正確的決定。

「那傢伙會發出擾亂精神的叫聲，而且屬於非實體的魔物，沒有施加魔法的武器攻擊幾乎對他完全無效。所以沒辦法以人數優勢取勝。」

「我們森林祭司的魔法中，有種魔法能夠暫時把魔法賦予到劍上……」

「……你們能夠防禦精神攻擊嗎？」

「是能夠強化那方面的抵抗力，但要保護所有人的精神，力量還是稍嫌不足。」

「這樣啊……所有祭司都會那種魔法嗎？」

「如果是強化抵抗力，幾乎所有祭司都可以。但如果是要防禦內心混亂，在這個部族中只有我可以。」

蔻兒修發現薩留斯的呼吸有些紊亂起來。看來他似乎已經察覺，蔻兒修的地位絕對不只是虛有其表。

沒錯，蔻兒修．露露這個蜥蜴人是一名擁有熟練技能的森林祭司，她的能力恐怕在蜥蜴人的所有祭司長之上。

「……『朱瞳』族是第幾個會遭到攻擊的部族？」

「對方是說第四。」

「這樣啊……那麼，你們有什麼打算？」

時間流逝。

蔻兒修在思考，說了之後是否有好處。「綠爪」族絕對是選擇戰鬥，薩留斯此行的目的大概是要前來結盟，要求一起戰鬥吧。那麼，該怎麼做，才能對「朱瞳」有利呢？

「朱瞳」族原本就不想結盟，他們的見解是選擇避難。和能夠使用第四位階魔法的人戰鬥，根本是愚蠢至極。況且，知道對方派出的不死者具有如此恐怖的能力，更不可能有其他結論出現。

不過，將這些話老實說出來，真的好嗎？

面對陷入思考漩渦的蔻兒修，薩留斯瞇起眼睛，像是自說自話般開口：

「我就告訴妳真心話吧。」

不知道薩留斯會說什麼的蔻兒修，目不轉睛地注視著對方。

「我這次擔憂的，是避難之後的事情。」

面對無法理解這句話是什麼意思的蔻兒修，薩留斯只是淡淡地解釋。

「妳覺得，搬離已經住慣的熟悉環境後，還能夠過著和現在一樣的生活嗎？」

「沒辦法……不對，很難吧。」

離開這裡建立新的生活圈，這代表到了新環境後，必須要在賭上生命存亡的鬥爭——生存競爭中獲勝才行。其實蜥蜴人並非這座湖的霸者，且這片溼地也是經過長年累月的奮鬥才爭取到。這樣的種族，不可能在其他陌生環境中輕鬆建立起生活圈。

「妳的意思是，很有可能連求個溫飽都有困難，對吧？」

「沒錯。」

無法理解眼前這位公蜥蜴人想表達什麼的蔻兒修，帶著尖銳的狐疑聲調回應。

「那麼，如果附近的五個部族同時避難，妳覺得會演變成什麼情況？」

「這——！」

蔻兒修啞口無言，因為她已經聽出薩留斯話中的真正含意。

雖然湖泊的幅員相當遼闊，但是當一個部族會選某處當作避難區，那個區域應該也是其他部族想要爭取的地方。那麼，光是遷移到新天地就可能爆發新的生存戰了，附近又有爭奪魚類主食的對手，這麼一來，會演變成什麼樣的情況？最後難保不會有可怕的結果出現，就像過去的那場戰役一樣。

「該不會……即使沒有把握也要一戰的理由是……」

「……沒錯。不只是自己的部族，我也有考慮到要減少其他部族的人口。」

「竟然為了這種理由！」

所以才要組成軍隊應戰，即使會戰敗也是一樣。只是為了減少蜥蜴人的人口。

除了能夠參與生存戰的戰士、狩獵班、祭司外，其他人都可以犧牲的想法非常極端，但可以理解。不對，站在長遠的角度來看，也許讓其他人犧牲才是明智之舉。

只要人口減少，就不需要大量的糧食。這麼一來，或許各部族便能和平共存。

蔻兒修努力尋找可以否定此一想法的意見。

「——你的意思是指，都還不知道新天地會有多危險，就要在人口減少的狀態下展開新生活嗎？」

「那麼我問妳，如果在生存競爭中輕易獲勝的話該怎麼辦？如果主食的魚類變少，又要變成是五族互相殘殺嗎？」

「說不定，魚類不會那麼難以捕獲啊！」

「如果難以捕獲呢？」

蔻兒修不知道該如何回答薩留斯的冷冽反問。

薩留斯是以近乎最壞的情況為前提行動，而蔻兒修的想法主要是一種積極推測。如果照她的想法行動，情況惡劣的時候大概會演變成悲劇吧。不過，如果照薩留斯的想法行動，就不至於演變成那樣。

而且，即使成年的蜥蜴人數量因為戰敗而減少，那也是光榮戰死。

「……如果遭到拒絕，我們就有必要先對這個部族出兵。」

這道低沉的聲音讓蔻兒修打了一股冷顫。

他這是不讓「朱瞳」族在人口沒有減少的狀態下，遷移到其他地區的宣言。

可說合情合理，也是非常適切的判斷。

因為人口減少的部族在移居的地方遭遇戰力不減的「朱瞳」族時，就有遭到消滅的危險，要避免這個危險發生，當然只能選擇不結盟就出兵攻掠的辦法。對身繫部族安危的領袖來說，這是理所當然的想法，如果自己處於同樣立場，應該也會採取相同的行動吧。

「我認為，如果我們結盟，即使戰敗，部族與部族在新天地發生互相殘殺的可能性也會極低。」

蔻兒修無法理解話中含意，老實地露出不解神情。這時候，薩留斯以淺顯易懂的方式解釋自己的這番話。

「因為結盟應該會建立起民族意識，彼此都會改觀，認為大家是一起浴血奮戰過的同伴，已非不同的部族。」

原來如此。

恍然大悟的蔻兒修小聲說道。

也就是說，如果是一起浴血奮戰過的部族，即使遇到糧食欠缺，也可能不會立刻發展成互相殘殺的情況。不過，以蔻兒修的想法以及過去經驗來看，能否達到這種理想也實在令人存疑。

正當蔻兒修微微低著頭，開始默默沉浸在自己的思緒當中時，薩留斯以有些疑惑的語氣發問：

「話說回來，你們部族是如何度過那段時期的？」

彷彿被針刺到一樣，蔻兒修反射性地迅速抬起頭，筆直望向薩留斯，可以看到薩留斯露出吃驚的表情。

（也就是說，他真的是在不知道的情況下發問的。）

雖然相處時間不長，但已經大致掌握薩留斯這個公蜥蜴人性格的蔻兒修，直覺認為這個問題並沒有隱含對自己部族的威脅。

蔻兒修瞇起眼睛，凝視薩留斯，那目光銳利得彷彿要將人刺穿。蔻兒修知道，薩留斯正因不明白為什麼會受到那種眼神洗禮而困惑，即使如此，蔻兒修還是忍不住那麼做。

「——我有說的必要嗎？」

那是相當不屑的口氣，充滿厭惡，那變化甚至可能會讓人有種說話者好像換了一個人的錯覺。

但是，薩留斯也不能就此退縮。因為這或許是所有人得以獲救的一線生機。

「希望妳能告訴我。是靠祭司的力量嗎？還是有其他方法？說不定，其中就有能夠得救的——」

薩留斯還沒把話說完，就語塞了。

如果真有解救的方法，蔻兒修不會表現出那麼難過的模樣。

蔻兒修可能看穿了薩留斯的內心想法吧。她露出彷彿在嘲笑自己與所有一切的笑容，哼了一聲。

「答對了。根本沒有什麼得救的方法。」她說到這裡停了下來，露出疲憊的笑容說：「我們的方法是吃同族——就是吃死掉的同伴喔。」

一股強烈的衝擊讓薩留斯啞口無言。殺死弱者——減少人口並非禁忌，但吃同族是污穢的行為，是禁忌中的禁忌。

（為什麼她要告訴我這件事？為什麼要將這件應該隱瞞一生的事實，告訴我這個部族外的——來訪者？難道不打算讓我活著回去……不對，感覺不像是那樣。）

連蔻兒修自己都覺得不可思議，為什麼會把這件事告訴對方。

她非常明白這件事會令其他部族的人有多瞧不起自己的部族。但又為什麼——

她像是只有嘴巴不受控制般，娓娓道來。

「那時候——其他部族剛引爆戰爭時，我們的部族也因為糧食不足而陷入絕境。不過，我們部族沒有參與戰爭，是因為祭司人數較多、戰士人數偏少的這個『朱瞳』族的成員結構。祭司人數多，也能利用魔法製造出較多的糧食。」

蔻兒修彷彿受到其他意識控制般，滔滔不絕地繼續說下去。

「不過，祭司以魔法製造出的糧食，對整個部族來說根本是杯水車薪，使得我們只能慢慢走向滅亡。但是，有一天族長突然帶了糧食回來，那是鮮豔的紅肉。」

（——或許，我是希望他能聽我訴說……自己的罪孽。）

現場響起蔻兒修咬牙切齒的聲音。

眼前的公蜥蜴人只是靜靜聽著，即使感到厭惡，也沒有表現出來。

這樣的態度讓蔻兒修心存感激。

「大家都已經隱約猜到那是什麼肉了。當時定有嚴格的戒律，違反戒律的家族將會遭到放逐，而族長都是在有家族遭到放逐之後才帶肉回來，但為了活下去，大家還是睜一隻眼閉一隻眼地吃下那些肉。不過，這種事情不可能一直持續下去。有一天，大家累積的不滿情緒終於一口氣爆發，演變成一場大暴動。」

蔻兒修閉上眼睛，回憶起族長。

「吃那些肉的我們……即使知道那是什麼肉還是吃下肚的我們，明明也和族長同罪。現在回想起來，真的是覺得很可笑。」

結束默禱的蔻兒修，正眼注視著薩留斯。看到對方的平靜雙眸中沒有出現厭惡之色，讓蔻兒修的心中竊喜，並對湧現喜悅之情的自己感到吃驚。

為什麼會覺得喜悅？

蔻兒修也隱約開始察覺了這個問題的答案。

「……請看看我，我們『朱瞳』部族，有時候會出現像我這樣的人。這些人成長過後都會擁有某些特殊才能——我是擁有祭司的才能。因此，我才會擁有僅次於族長的權力……這樣的我揭竿起義，挺身反抗族長。這場戰役雖然讓村落一分為二，但我們因為兵力較多，最後贏得了勝利。」

「而結果是因為人口減少，糧食也變充足了？」

「沒錯……就結果而言，我們的部族存活下來了。叛變當時——族長到最後一刻都沒有投降，身受無數的傷死去。而族長在受到致命一擊的臨終之際，對我露出了笑容。」

蔻兒修悲痛地如此娓娓道來。

這是從她殺死族長之後，就在她的心裡不斷累積的惡膿。

在相信蔻兒修，並且與她一起反叛族長的部族人們面前絕對說不出口的這些惡膿，如今終於能夠在薩留斯這個人面前一吐為快。所以，她才會滔滔不絕地吐露著往事。

「一個人在面對殺死自己的人時，不會露出那種笑容。那笑容沒有任何怨恨、嫉妒、敵意或詛咒，真的是非常美的一個笑容！我一直在想，會不會其實族長是在看清事實的情況下行動，而我們……我們只是憑著理想和敵意在行動。真正正確的人應該是族長才對！因為族長去世——也就是被視為諸惡根源的人物消失，我們部族再次團結了起來。而且，還附贈了一個因為人口減少，使得糧食問題得以解決的大禮！」

此時的她已經到達極限了。

身為族長代理人又背負罪孽的人，在長期的拚命忍耐下，崩潰時的力量也會相當驚人。蔻兒修把即將爆發的濁流全部吞下。如果思緒混亂，根本連話都無法清楚表達。

一陣咕咕的輕微啜泣聲響起。雖然因為生物構造的緣故，不會流出很多淚水，但就精神面來說，她已經哭到崩潰了。

相當嬌小的一個身軀。

只要生存在自然界，弱小就等於罪惡。雖然小孩還是屬於受保護的一群，但公母蜥蜴人沒有太大差別，全都相當重視堅強的一面。如果從這點來看，眼前的母蜥蜴人應該是會被瞧不起的對象吧。身為領導部族的領袖，怎麼可以在其他部族的人——不怎麼熟的人面前示弱。

不過，薩留斯心中湧現的想法卻完全不同。

或許也因為對方是一位美麗的母蜥蜴人，但眼前的她更是一位戰士。是一位即使受傷、喘息、苦惱，也依然不放棄前進的戰士。薩留斯覺得那樣的表現，只是她稍微透露出怯懦的一面而已。

如果會想要站起來前進，那就不是弱者。

薩留斯靠過去溫柔抱緊蔻兒修的肩膀。

「——我們並非全知全能，只能根據不同場合做出不同決定。如果換成是我，或許也會那麼做。但我不想說什麼安慰的話，因為這世上哪有什麼標準答案。不過，我們只能選擇前進，我認為即使後悔、苦惱，腳底傷痕累累，妳也只有前進一途。」

兩人相互感受到彼此的體溫，小小的心跳聲透過身體傳來。兩顆脈動的心臟配合彼此的節奏跳動，甚至令人出現慢慢合為而一的錯覺。

真是不可思議的感覺。

薩留斯感受到在自己的蜥蜴人生命中，不曾感受到的溫暖。這並不是因為抱住蜥蜴人的緣故。

（難道是因為抱住的是這名母蜥蜴人——蔻兒修．露露的緣故嗎？）

經過不久時間，蔻兒修離開薩留斯的胸口。

遠去的體溫讓薩留斯感到可惜，但這話實在太過難為情，所以他無法說出口。

「讓你看笑話了……瞧不起我了嗎？」

「哪裡有什麼笑話？我怎麼可能會認為即使煩惱自己的前途、受了傷，也要前進的人是一種笑話，我看起來像那種公蜥蜴人嗎……妳看起來非常美。」

「——！——！」

白色尾巴扭動起來，不斷拍打地面。

「……糟糕。」

薩留斯沒有詢問蔻兒修小聲說出的這句話是什麼意思，問了其他問題。

「對了，你們『朱瞳』族有在養殖魚嗎？」

「養殖？」

「對，就是自己養一些拿來當主食的魚。」

「我們不做那種事，因為魚是大自然的恩惠。」

就薩留斯所知，沒有任何一個蜥蜴人部族擁有養殖技術。因為大家都覺得，自己親手擴增食物這種想法本身就是一種邪門歪道。

「那似乎是祭司——森林祭司的想法，能夠說服他們改觀，讓他們接受利用養魚填飽肚子的想法嗎？我們部族的祭司們都接受了這種想法喔。」

蔻兒修點頭同意。

「那麼，我就教妳養魚的方法吧。重點在於餵魚的飼料，要使用森林祭司們以魔法製成的果實當作飼料。餵魚吃那些果實的話，就會長得又肥又大。」

「你把養魚的技術告訴我，真的不要緊嗎？」

「當然，藏私也沒什麼好處，利用這個技術幫助更多部族，才比較重要。」

蔻兒修深深低下頭，翹起尾巴，向薩留斯道謝。

「非常感謝。」

「妳……不用感謝我也無妨，但作為代價，我想再問妳一次。」

蔻兒修表情裡的情感消失，這個態度也讓薩留斯的內心冷靜下來。

這是絕不能迴避的問題。薩留斯摒住呼吸，同一時間，蔻兒修也吸了一口氣。

然後，薩留斯開口問道：

「你們『朱瞳』族，打算採取什麼對策應付即將到來的那場戰爭？」

「……經過昨天討論的結果，目前是決定避難。」

「那麼，族長代理人蔻兒修．露露，我再問妳一次，妳現在的想法還是一樣嗎？」

蔻兒修無法回答。

因為這個回答將會決定「朱瞳」族的命運，猶豫不決也是理所當然。

不過，薩留斯對於這個反應也是束手無策，只能露出為難的笑容。

「……這事情必須由妳決定，之前的族長會在臨終之際對妳露出笑容，大概是因為他將部族的未來交給妳了吧，那麼，現在正是妳實踐那使命的時候。我想說的都說了，接下來就看妳怎麼決定了。」

蔻兒修的雙眼骨溜溜地環顧整個室內，這個動作並非意味著逃避，也非想要尋求幫助，而是正在心中尋找正確答案。

不管結論為何，薩留斯要做的就只有接受她的答案而已。

「我以族長代理人的身分請教一下，你們打算帶多少人避難呢？」

「預定讓各部族的十名戰士、二十名獵人、三名祭司、七十名公蜥蜴人、百名母蜥蜴人和一些小孩避難。」

「……除此之外的人呢？」

「——視情況，可能會讓他們一死了之。」

蔻兒修默默仰望什麼都沒有的地方，接著低喃一聲：

「——這樣啊。」

「那麼，請告訴我妳的結論吧，『朱瞳』的族長代理人蔻兒修・露露。」

蔻兒修思考著各種計畫。

殺死薩留斯當然也是選項之一。她自己本身並不希望殺死他，不過，以族長代理人的身分來說就另當別論了。殺死他之後帶全村人逃亡如何？蔻兒修放棄了這個想法，因為這是對未來相當危險的一個賭注。再說，也無法證明他真的是單槍匹馬前來。

那麼，先答應他之後再帶大家逃亡呢？

這大概也會有問題吧。如果弄巧成拙，讓對方和「朱瞳」族掀起一場大戰——亦即變更爭戰的對象，很有可能會把事情導向要實施人口刪減。對方的真正意圖是刪減人口，為了達成此一目的，刪減的對象是誰都一樣吧。

到頭來，他若得到不想結盟的答案，應該就會回村率兵前來消滅「朱瞳」族吧。

不過，不曉得薩留斯是不是沒有發現，這其中有一個漏洞。到頭來，糧食問題自始至終都存在著。

蔻兒修恍然大悟地笑了笑。打從一開始就沒有退路了。從薩留斯對她提出結盟的時候開始；從「綠爪」族為結盟採取行動的階段開始——

「朱瞳」族的生路就只剩一條，那就是與其結盟，一起參戰。薩留斯應該同樣明白這個道理。

即使如此，他還是要等蔻兒修親口回答。他大概是想要辨別蔻兒修這位指揮部族的蜥蜴人，是否有資格成為結盟的同伴。

再來只剩下是否要說出她的決定。

只是，說出那個決定之後，一定會讓許多人失去生命。不過——

「先讓我說清楚一件事，我們並非為了犧牲而戰，是為了勝利而戰。我或許說了許多讓妳感到不安的話，然而只要能夠戰勝敵人，最後就可將一切盡付談笑中。只有這點希望妳不要誤會。」

蔻兒修點頭表示了解。

這名公蜥蜴人真的很溫柔。帶著如此想法的蔻兒修說出自己的決定。

「……我們『朱瞳』就和你們合作吧，因為我不希望族長的笑容變得毫無意義，也為了讓『朱瞳』族人盡可能活下來。」

蔻兒修深深低頭，筆直地豎起她的尾巴。

「——非常感謝妳。」

薩留斯輕輕點頭，那豎起尾巴的模樣中所蘊含的千思萬緒，比他的話語還要更加強烈。

●

清晨。

薩留斯站在羅羅羅面前，望著「朱瞳」族的大門。

他忍不住張開嘴巴，打了一個呵欠。他昨晚以客座觀察員身分參加「朱瞳」族的會議到很晚，所以現在有點睏。但時間已經所剩不多，他今天之內必須再去拜訪一個部族。

薩留斯拚命和睡魔搏鬥，但終究敗下陣來，又再次打了一個呵欠。而且比剛才打的哈欠還大。

雖然坐在羅羅羅身上的平穩度不夠，但感覺現在即使坐在上面也睡得著。

薩留斯望了一眼才剛升起，看起來也像是黃色的太陽後，又把目光移向大門，然後感到有些混亂。因為有個奇怪的東西走出大門。

那是一團草。

縫著許多長條狀布條和線的衣服上面長滿雜草，如果躺在溼地上，遠遠看去應該會覺得那只是一團雜草吧。

啊，好像曾經在哪裡看過類似的魔物——

薩留斯回想起旅行者時代在旅途中見過的光景，後面的羅羅羅發出警戒的低吼。

薩留斯當然明白那團雜草到底是誰，絕對不會有錯。因為她的白色尾巴稍微露出了一點蹤影。

在他呆呆望著那條輕快搖擺的尾巴，同時安撫羅羅羅的情緒時，那團雜草已經來到薩留斯身邊。

「——早安。」

「嗯，早安……看來妳順利整合部族了呢。」

他將視線移向「朱瞳」一族的住居，聚落裡一大早就殺氣騰騰，許多蜥蜴人都行色匆匆地四處奔忙。蔻兒修也站在一旁望向相同方向，開口回答：

「嗯，沒有出現任何問題。今天應該就能到達『利尾』族的村落，還有避難的人也都打點好了。」

村裡的祭司利用魔法傳來的情報顯示，「利尾」族是被宣告將會第一個遭到消滅的部族。第一個會被消滅的部族並非「龍牙」族，就時間上來說剛好比較有利。

「那麼，蔻兒修妳為什麼要來我們這邊？」

「答案很簡單啊，薩留斯，不過在我回答問題之前，先告訴我一件事。你接下來有什麼打算？」

經過從昨天傍晚開到凌晨的會議後，即使互稱彼此的名字，兩人也不覺得突兀。而大概是因為變熟了的緣故，連說話方式都出現改變。

「接下來，我打算前往拜訪另一個部族——『龍牙』族。」

「他們是實力代表了一切的部族對吧？聽說他們擁有的武力是所有部族中最為強大。」

「嗯，沒錯。既然對方是和我們沒有交流的部族，我們就需要做好心理準備。」

對方的一切資訊全都蒙上一層神秘的面紗，所以光是前往對方根據地，就是一件非常危險的事。而且，他們還吸收了在上次戰役中遭到消滅的兩部族生還者，這個事實讓危險的程度更加提昇。

在那次戰役中大大活躍的薩留斯，對兩部族的遺族來說，絕對是恨之入骨的仇人。

即使如此，在這次的戰爭中，還是最需要該部族的一臂之力。

「這樣啊……那麼，還是讓我同行比較好。」

「──什麼？」

「很奇怪嗎？」

雜草堆動了動，發出窸窸窣窣的聲音。因為看不到她的臉，所以不知道她說出這句話的意圖何在。

「也不是說很奇怪……很危險喔。」

「現在還有不危險的地方嗎？」

薩留斯無言以對。冷靜想想，帶蔻兒修前往的好處很多。不過身為一個公蜥蜴人，還是不想帶著心儀的母蜥蜴人前往明知危險的地方。

「──我真是不夠冷靜呢。」

雖然蔻兒修躲在草裡，看不見她的表情，但她似乎輕笑了一下。

「……那麼，我再問妳另一個問題，妳這副模樣是怎麼回事？」

「不好看嗎？」

不是好不好看的問題，是很奇怪。不過，還是稱讚一下會比較好嗎？薩留斯不知該如何回答，經過一番深思熟慮後，打量著對方看不見的神色，開口反問：

「……我應該說很好看……嗎？」

「怎麼可能。」

蔻兒修斬釘截鐵地否定。薩留斯會感到無力，應該也是在所難免吧。

「單純只是因為我怕陽光，所以我外出時，大多都是這種裝扮。」

「原來如此……」

「啊，你還沒告訴我答案呢，答應讓我一起前往嗎？」

就算和她多說什麼，應該也是徒勞無功吧。如果從結盟的這個目標來看，帶她一起前往應該會有利於達成目的。她也是這麼認為，才會如此提議吧。那麼就沒有理由拒絕了。

「……我知道了，那麼請助我一臂之力吧，蔻兒修。」

蔻兒修一副真的是打從心底感到開心似地開口回答：

「——明白了，薩留斯，交給我吧。」

「妳已經準備好可以出發了嗎？」

「當然，我的背包已經裝滿各種所需物品了。」

薩留斯聽完稍微打量了一下她的背部附近，發現草上面有稍微凸了一塊。那個地方傳來新鮮的青草味道，而且還是有些濃郁的香味。既然是森林祭司，就應該具有藥草之類的技能，所以裡面大概裝著相關物品吧。

「薩留斯，你好像很睏呢。」

「呃，嗯，是有點睏，這兩天東忙西忙的，沒怎麼睡。」

這時候，一隻長著白鱗的手從雜草裝底下伸了出來。

「給你，這是利奇利可的果實喔，你連皮一起咬看看。」

伸出的手上有一個咖啡色果實，薩留斯毫不遲疑地拿進嘴裡，咬了下去。

他的嘴裡立刻充滿一陣澀味，稍微趕走了一點睡意。雖然以提神來說，這效果有點差強人意，不過繼續咀嚼數次後，突然有一股味道在舌頭上爆發出來。不僅如此，連吐出的氣息都有那個香味。

「姆嗚！這種穿越鼻腔的清涼感是怎麼回事！」

薩留斯下意識地發出哥哥的口頭禪。看見他這副模樣的蔻兒修不禁咯咯嬌笑。

「感覺睡意漸漸消失了對吧？但實際上並非真的消失，千萬別過度相信這種感覺，還是找個地方休息一下比較好。」

因薩留斯吸入口中及吐出的氣息，而充滿全身的清涼感令他神清氣爽，感到滿足的薩留斯點頭回應：

「那麼，我就找時間在羅羅羅身上小睡一會兒囉。」

如此說完，薩留斯立刻爬上羅羅羅的背後，接著，蔻兒修也跟著爬上去。雜草堆爬上身體的詭異感覺讓羅羅羅不滿地瞪向薩留斯，但薩留斯最後還是想辦法安撫下來。

「那麼上路吧，因為不是很穩，就抓著我吧。」

「知道了。」

蔻兒修的手環抱住薩留斯的腰——雜草刺刺的感覺讓薩留斯覺得有點癢。

「……」

總覺得和想像中不同的這個觸感，讓薩留斯不禁彎起嘴角。

「——怎麼了嗎？」

「不，沒什麼。出發吧，羅羅羅麻煩你了。」

是什麼事讓她這麼開心？蔻兒修非常愉快的笑聲從背後傳來，讓薩留斯不禁在搖晃的羅羅羅背上露出滿臉笑容。

2

在新統治者的壓制下，都武大森林一片死寂。因為所有生物都畏懼王者的目光，潛形匿跡。

不過，只有那個地方不同。

砍伐、搬運樹木的聲響響遍周遭。

會讓人聯想到重機械的哥雷姆——重鐵動像（Heavy Iron Machine），將木頭運送到一座建造中的巨大木造建築物。

這座建築物似乎還要很久才能完成，建地面積雖然相當廣大，但有蓋出一點樣子的地方卻少得驚人。

在這裡工作的是一群不死者和哥雷姆。

這群不死者中，最多的是身穿耀眼鮮紅色長袍的死者大魔法師（Elder Lich）。

他們每個人肩上都停著身高約三十公分左右的惡魔——有著蝙蝠翅膀，一身赤銅色肌膚，被稱為小惡魔（Imp）的魔物。為了不妨礙到死者大魔法師，小惡魔們滴著劇毒的尖尾都被提了起來。

一名努力工作的死者大魔法師攤開手上的設計圖，向工作中的哥雷姆下達一些命令。

聽從指示停下手邊工作的哥雷姆，比對建造中的地方和設計圖，思考起來。不久，便向停在肩膀上的小惡魔說話。

小惡魔聽完，並表示了解後，就展翅飛向天空。

以不怎麼優雅的動作飛向天空的小惡魔，睜大眼睛從天空環視附近一帶。沒多久，小惡魔發現了目標人物，立刻俯衝而下。

那人是納薩力克地下大墳墓第六樓層守護者——亞烏菈．貝拉．菲歐拉。也是這座森林新霸主的其中一人。

這名黑暗精靈少女把紙捲起來當作大聲公使用，將聲音傳到遠方。小惡魔降落到她面前深深行禮後，她便以熟悉的語氣開口詢問道：

「好～這次來的是哪一組的人呢？」

「亞烏菈大人，是U組的三號。」

「U組嗎，好的好的，了解了。還有什麼問題嗎？」

在這裡工作的人以五十音的「A」～「O」進行分組，將各組分配在不同地方做不同的工作。在亞烏菈的記憶中，「U」組的工作地點是儲藏用的倉庫。是在所有預定建設中，建築進度第二快的地方。

「建造用的樹木寬度出現了差錯，能否請您多給一些時——」

小惡魔突然住嘴，這是因為亞烏菈戴在手腕上的鐵片傳出聲音。

「休息時間到了喔～」

亞烏菈聽到這個帶點慵懶又開朗的女子聲音，臉色為之一變，耳朵下垂，變成一副很鬆懈的害羞表情。

「是，了解了，泡泡茶壺大人！」

她充滿活力地對著戴在手上的護帶回答。

「所以呢，因為吃飯時間到了，早上的工作就先暫時告一段落。」

在這個工地工作的魔物，幾乎都不需要進食。事實上，亞烏菈自己也戴著營養戒指(Ring of Sustenance)，不需要飲食或睡眠，但既然自己的主人都體恤大家的辛勞叮嚀「一定要好好休息」了，那當然是恭敬不如從命。

「雖然對你有點不好意思，不過要休息了，所以你一個小時後再來吧。」

「遵命，那麼屬下先行告退。」

小惡魔行禮後立刻飛走，發出嘈雜的振翅聲。

看一眼往儲藏用倉庫方向飛去的小惡魔後，亞烏菈稍微轉動幾下肩膀，再次望向手腕上的護帶。

然後露出滿臉笑容。

這是主人因為自己工作努力而賞賜的獎勵。當然，對於出生目的是替主人及無上至尊們工作的守護者來說，努力工作本來就是件天經地義的事，不該收取報酬，犧牲奉獻才是理所當然。

不過，她唯獨無法拒絕主人送這條護帶。

「呵呵呵，我好想再多聽一下泡泡茶壺大人的聲音啊。」

亞烏菈溫柔撫摸戴在手上的護帶。她這時的動作，或許比撫摸自己控制的魔獸身體時還要溫柔。

用在這件道具上的所有聲音，全都來自創造亞烏菈的無上至尊。

即使那聲音單純只是告知時間，卻會讓亞烏菈充滿喜悅。

她之前聽到弟弟(馬雷)得到安茲·烏爾·恭之戒時，還覺得有點嫉妒，但老實說，她現在覺得自己得到的道具比較好。

「呵呵呵呵呵。」

亞烏菈垂下耳朵，害羞地輕撫護帶。她看著在日光下閃閃發亮的護帶，滿意地點點頭。

但不久後，她卻疑惑地歪起頭來。

「為什麼安茲大人要限制某些時候不能使用呢？」

安茲大人命令七點二十一分和十九點十九分等幾個時間點不要設定呼叫。

「嗯……乾脆問問看那傢伙吧。啊，糟糕！」

亞烏菈發現浮現在護帶上的數字後，急忙衝了出去。

她前往的地方有一位女僕。

在納薩力克地下大墳墓服務的四十一位女僕，是屬於異形種族的鍊金生命體（Homunculus），外表都是美女的模樣，但只有她例外。

她的頭部是狗，臉中央有一道線——類似傷痕，上面也有縫合的痕跡。那彷彿像是將裂成兩半的臉，勉強縫合在一起的感覺。

她的名字是佩絲特妮·S·汪可。

是納薩力克地下大墳墓的女僕長，屬於高階神官。

「我遵照亞烏菈大人您的期望，帶了漢堡過來。配菜有兩根醃菜和帶皮薯條，飲料是可樂……汪。」

她隔了一會兒才發出「汪」的聲音，讓亞烏菈直覺認為她是忘了在語尾加上叫聲，但亞烏菈對此並沒有特別多說什麼，因為更令她在意的，是一股正刺激著她的胃，令人垂涎欲滴的味道。雖然戴著戒指便不需進食，但並非不能用餐，而且吃東西是一件幸福的事，尤其是吃這種令人食指大動的美味食物。

「關於綜合飲食效果方面——」

「啊，不用，不用。我不是想要提昇能力效果才拜託妳準備。」

「了解了汪。」

亞烏菈走向位於佩絲特妮身旁，散發出陣陣香氣的女僕餐車。

「吃飯啦，吃飯啦～」

佩絲特妮聽著亞烏菈作詞作曲的吃飯歌，掀開餐車上的銀色托盤蓋子。

「哦哦～」

亞烏菈目不轉睛地注視著現身的食物，同時說出突然想到的事。

「A7等級的牛絞肉也不錯啦，但我比較喜歡牛豬混合的絞肉呢。真希望能用那種絞肉做個三片肉餅耶。」

「那麼，屬下就照您說的吩咐主廚汪。」

「嗯，麻煩妳了！」

亞烏菈連著托盤一起拿起後，笑嘻嘻地邁出步伐。

3

薩留斯觀察著眼前的「龍牙」族村落，此時突然有一團植物從他的臉旁冒出來。不用說，那團植物正是蔻兒修。她伸手撥開臉上的草，露出薩留斯覺得漂亮的臉龐。

「你真的要直接闖進去？你想和他們正面交鋒嗎？」

「不對，正好相反。『龍牙』族是一支重視實力的部族，要是隨隨便便離開羅羅羅進去，可能會產生還沒遇到族長之前就被人找碴等許多麻煩吧。騎著羅羅羅前往可以預防那種情況發生。」

騎著羅羅羅前進一段距離後，村裡各處的幾名戰士大概是看到他們了吧，個個都拿著武器，帶著銳利眼神目不轉睛地看著薩留斯他們。

感受到敵意的羅羅羅發出低吼。薩留斯聽著羅羅羅的警戒吼聲，示意牠繼續前進。

繼續前進的話會引爆戰鬥。一直前進到即將一觸即發的時候，薩留斯終於讓羅羅羅停下，從上面跳下。蔻兒修也跟著一躍而下。

好幾名戰士的銳利目光射向兩人，那眼神彷彿帶有實體壓力，已經不是單純的敵意那麼簡單，已經到達了殺氣的領域。

蔻兒修稍微被他們的視線給震懾住，停下了腳步。這是因為，雖然她在森林祭司中屬於擁有強大能力的人，但以戰士身分親臨火線的情況還是不多。

相對地，薩留斯往前跨出一步。他用半個身體擋住蔻兒修，大聲叫道：

「——我是代表『綠爪』前來拜訪的薩留斯．夏夏。有事想拜見貴族族長！」

他強而有力的聲音幾乎要把殺意全都震飛，「龍牙」族的戰士們似乎反被他給震懾住，全都為之一震。

接著，蔻兒修也揚起聲音，自報姓名。

「我是『朱瞳』的族長代理人蔻兒修．露露，同樣是來拜見族長。」

聲音雖然不大，但其中隱含著領導部族者的自負與自覺。剛才像小女孩般畏縮的蜥蜴人被充滿自信的雄性聲音所激勵，已經消失得無影無蹤。

「再說一遍！我們是來見族長的！他在哪裡！」

在此瞬間——現場的氣氛掀起一道波瀾，簡直就像情緒化為實際力量襲擊而來。

羅羅羅的四個頭瞬間翻騰，張開大顎，向四周發出恫嚇的吼聲，擺動頭部怒目瞪視。巨大多頭水蛇的尖銳吼聲響起，現場氣氛也像是感到害怕似的，有一瞬間緊縮了起來。

「……這點程度的小事，你不用保護我也沒關係。」

「我沒有保護妳的意思，因為妳是自己決定要跟來的。不過，讓他們部族消滅的起因在我，原本就應該由我承受這些目光。」

戰士們開始聚集到村落入口處，全都是一些精壯魁梧的蜥蜴人，鱗片上還有著淡淡傷疤，應該都是身經百戰的戰士吧。但薩留斯看出族長並不在其中。

每個蜥蜴人都只是戰士而已，其中並沒有看到帶有自己哥哥那種威嚴，或是蔻兒修那種異常面貌等充滿族長氣勢的人物。

在這個只有羅羅羅恫嚇聲的空間中，每位蜥蜴人都保持著高度警戒，這時候——

「唔！」

——蔻兒修倒吸一口氣，發出一道微弱的聲音。不過，先預測到將有一名蜥蜴人登場的薩留斯卻無動於衷，因為他在對方現身前就已經有感覺，感覺到一種擁有強大力量的生物正慢慢接近。

但還是不由得對出現在眼前的蜥蜴人瞠目結舌。

如要簡單形容那個蜥蜴人，那就是異形。

對方是一個體型超過兩百三十公分的巨大蜥蜴人，光是這樣或許還不足以稱為異形，但會這麼形容有其原因。

首先——他的右臂相當粗大，外觀怪異，就像招潮蟹只有單邊是巨螯一樣。不對，他的左臂並沒有很細，和薩留斯的手臂差不多粗，單純只是右臂異常粗大而已，而且還不是因為生病或先天畸形，那是肌肉。

他左臂的無名指和小指整根不見。

而他的嘴巴一直裂到後方，可能是被砍傷的吧。尾巴彷彿被壓扁般相當扁平，不像蜥蜴人的尾巴，反倒像鱷魚的尾巴。

不過，比起這一切的外觀，最引人注目的還是——烙在他胸口的那個印記。雖然和薩留斯胸口上的圖案不同，但意義相同，證明這個蜥蜴人也是「旅行者」。

這個蜥蜴人不斷打量薩留斯一行人——

——彷彿乾柴摩擦的聲音從他的嘴巴漏出，那是異形蜥蜴人的利齒彼此摩擦著的聲音。那恐怕是他的笑聲。

「來得好，凍牙之痛的主人。」

這個低沉渾厚的聲音和異形蜥蜴人的外型十分匹配。他應該只是正常說話而已，聽起來卻散發著凌人霸氣。

「初次見面，我是『綠爪』族的薩留——」

異形蜥蜴人揮揮手表示不需多做介紹。

「只報上姓名吧。」

「……我是薩留斯．夏夏，這位是蔻兒修．露露。」

「那位該不會是……植物系魔物吧？不過，既然你都帶多頭水蛇過來了，就算有飼養其他魔物，應該也不用大驚小怪吧。」

「……並不是。」

面對想要脫掉雜草裝的蔻兒修，異形蜥蜴人再次揮手表示不用。

「別把我的玩笑當真了，真麻煩。」

「——！」

感到無趣的異形蜥蜴人看了扭動雜草堆的蔻兒修一眼後，再將目光移向薩留斯。

「那麼，你們為何而來？」

「在此之前，可否先請教一下尊姓大名？」

「哦，我是『龍牙』族長，任倍爾．古古，叫我任倍爾就好。」

任倍爾露齒而笑。雖然正如預料，但旅行者擔任族長的這個事實還是令人難掩吃驚。

不過相反地，這也是令人可以接受的答案。如此公蜥蜴人不可能只是區區一介旅行者。

事實上，當他一出現時，周圍的敵意就立刻煙消雲散。這個公蜥蜴人就是擁有這麼大的權力，還有不凡的武力與凝聚力。

「你也可以叫我薩留斯就好，那麼……任倍爾，想請教一下，最近有沒有什麼奇怪的魔物前來貴村？」

「嗯，那個偉大至尊的使者。」

「對方有來的話，事情就好談了——」

任倍爾舉起手，打斷薩留斯的話語。

「我大概可以猜到你想說什麼。不過，我們只相信強者，亮出武器吧。」

站在薩留斯面前的魁梧蜥蜴人——「龍牙」族族長任倍爾．古古，齜牙咧嘴地露出笑容。

「什麼！」

只有蔻兒修驚呼一聲，周圍的戰士和薩留斯都露出同意的表情。

「……這話真是淺顯易懂，『龍牙』的族長啊。這個判斷簡明扼要，毫不浪費時間。」

「你真是一位優秀的使者。不對，既然是凍牙之痛的主人，那應該是理所當然的吧？」

●

選擇強者當族長——對蜥蜴人來說這是極為理所當然的事。

不過，面對攸關部族存續的問題，這麼輕易決定好嗎？不是應該跟大家商量，從各種角度仔細研究後再來決定嗎？

蔻兒修如此認為——接著，對自己的這種想法感到不可思議。

實際上，在周圍看著的戰士們，不管雌雄，都同意族長的判斷。之前的話，自己應該也會覺得這個決定也是選項之一。

（那麼，為什麼我現在會感到疑問？）

這個疑問是在什麼地方產生的呢？

是因為受到某人的魔法攻擊才這麼想？絕無可能。關於魔法，她很有自信幾乎不會輸給這片溼地上的任何蜥蜴人。這個自負讓她斬釘截鐵地斷定自己絕不是受到魔法攻擊。

蔻兒修移動目光，看向兩人。

薩留斯和任倍爾。

兩人站在一起就像小孩與大人。

體格並不能決定一切這點，身為魔法吟唱者當然非常清楚。不過，看到如此天差地遠的體格差距，內心還是不禁大叫自己不希望這樣。

（不希望？我不希望他們——不對，我不希望他戰鬥嗎？）

蔻兒修想要弄清自己的內心為什麼會浮現這種奇妙的情感。為何自己會不希望這樣？為什麼不希望他們兩人戰鬥？

答案只有一個，不用想也知道。

蔻兒修露出微笑，那是苦笑，也是嘲笑。

（妳也只能承認了吧，蔻兒修。妳不希望薩留斯戰鬥，是害怕他受傷……害怕他可能會死亡。）

簡單來說，就是這麼一回事。

在這種戰鬥中，很少會戰到其中一方陣亡。不過，很少的意思，就是代表還是有可能發生。要是打到失去理智，輕輕鬆鬆就能奪走一條生命。身為一個母蜥蜴人，她不希望同伴因為參加這場戰鬥而失去生命。

意思就是，其實蔻兒修早在心裡接受了薩留斯的求愛。

（因為過去沒有公蜥蜴人如此對我……所以我才會這麼簡單就……我這樣叫很好騙嗎？唉，總覺得……有點高興又有點難過……啊，真是的！）

已經坦率接受自己內心想法的蔻兒修，走到正在進行戰鬥準備的薩留斯身邊，輕拍他的肩膀。

「準備上有沒有欠缺什麼？」

「沒有，什麼問題都沒有。」

蔻兒修再次拍拍他的肩膀。

那是相當強壯的肩膀。

蔻兒修自從懂事不久後，就開始走上祭司之路，接觸過許多雄性的身體。在祈禱時，塗藥時，施法時，都接觸過。但這時候觸摸薩留斯身體的時間，感覺比那所有時間加起來還要長得多。

（這就是薩留斯的身體……啊。）

面對戰鬥而熱血沸騰的強壯肌肉，讓人充分感受到男子氣概。

「……怎麼了嗎？」

蔻兒修尚未放開的手，似乎讓薩留斯稍感奇怪。

「——咦？啊，那個……這是祭司的祈禱。」

「原來如此，你們的祖靈也會保佑其他部族的人嗎？」

「我們部族的祖靈心胸才沒有那麼狹小。加油喔。」

蔻兒修從薩留斯的肩膀抽回手，在心中向祖靈道歉。因為她謊稱是要為心儀的雄性祈求勝利。

同樣也在進行戰鬥準備的任倍爾，右手拿著一把巨大長槍——接近三公尺的鋼製戰戟，若是一般的蜥蜴人，一定要雙手才能揮得動。

接著，隨手——一揮。

戰戟橫掃，颳起一陣強風，甚至掃到和他有點距離的蔻兒修。

「打得……不對，沒問題吧？」

「這個嘛……我會隨機應變。」

蔻兒修原本想問是否可以打贏，但沒說出口。薩留斯是在知道自己非贏不可的情況下面對戰鬥。

那麼，這個公蜥蜴人就不可能會輸。他們歷經半天旅程的相處，相遇至今只過了一天，但蔻兒修卻明白一件事。

自己喜歡的這個公蜥蜴人，有他被喜歡的價值所在。

「那麼，準備好了嗎？身懷凍牙之痛的……哦，薩留斯。」

「完全沒問題，隨時都可以開戰。」

薩留斯瀟灑地轉身背對蔻兒修，走入決鬥戰場的圓陣之中。

蔻兒修嘆了一口氣。原因在於那讓她不禁凝神注視的背影。

蔻兒修的手摸了很長一段時間——其實並沒有很久——而在肩膀上留下的溫暖，已經漸漸消失。

接下來要進行的那場戰鬥，類似族長選拔決鬥的簡略版。因為是一對一戰鬥，所以第三者施加魔法助陣乃是違反規矩的行為。

肩膀的溫暖使得心裡小鹿亂撞時，以及蔻兒修的手還沒離開肩膀時，薩留斯曾一度以為她對自己施加了防禦魔法。但身為族長代理人的蔻兒修，不可能不知道這個規矩。

那麼，明明對方沒有施加魔法，為什麼現在內心卻是熱血沸騰呢？

這是因為自己是雄性，想要在雌性面前好好表現的緣故嗎？哥哥以前曾說自己是棵「枯木」……但這句話似乎不對。

薩留斯進入由蜥蜴人形成的圓陣中，迅速拔出腰間的凍牙之痛。劍身呼應薩留斯的意念，帶起冰霜般的白色霧氣。

四周的蜥蜴人因此鼓譟起來。

他們是知道凍牙之痛過去持有者的人，也是「銳劍」族的倖存者，以及曾經親眼見識過凍牙之痛威力的人。

看到只有真正持有者能發揮的凍牙之痛能力，讓任倍爾的猙獰表情轉為歡喜之色，並露出牙齒低吼，宛如野獸。

面對眼前蜥蜴人散發出的鬥志，薩留斯只是冷冷拋出一句：

「我可不想讓你受重傷喔。」

這句挑釁的言語，立刻讓四周戰士的反感提高至極點。不過，氣勢超常的水花和撞擊水面的激烈聲響瞬間讓周圍回復冷靜。

是任倍爾將手上戰戟的戟尖刺向濕地。

「哦……那就讓我輸得心服口服吧！都給我聽好了！如果我在這場戰鬥中戰死，他就是你們的族長！不准有任何異議！」

周圍的戰士們應該不同意，但他們沒有出言反對。實際上，如果薩留斯真的殺死任倍爾，大家應該也會咬牙服從。

「這樣就好，帶著殺死我的覺悟上吧，我應該也是你打過的對手中最強等級的。」

「的確……了解了，還有，如果我死在你手中——」

薩留斯的目光稍微往後方的蔻兒修瞄去。

「沒問題，我會讓你的母蜥蜴人平安回去。」

「……還不是『我的』就是了。」

「呵，看來你很想追求那個雜草魔物嘛，那個母蜥蜴人有那麼好嗎？」

「非常好。」

這時候就先不管後面那個抱頭蹲地的母蜥蜴人了吧。

「那我還真想見識一下呢。打贏的話，就在放走之前先把她剝開看看好了。」

到剛才為止，薩留斯身上都還只有面對戰鬥的鬥志，但現在似乎又有另一種鬥志一口氣灌進了他的身體。

「……感覺出現了一個讓我非常不想輸的理由呢。我才不會讓你這種傢伙欣賞到蔻兒修的廬山真面目。」

「你根本是喜歡她到無可救藥了嘛。」

「是啊，我就是喜歡她到無可救藥。」

有幾個母蜥蜴人對蹲下來的蜥蜴人說了些什麼，那名蜥蜴人便連忙否定似地搖搖頭，這時候也暫且先不管這件事了。

「哈！」

任倍爾很高興的大笑一聲。

「那就打贏我吧！如果一命嗚呼，全都會成為泡影喔。」

「我本來就是如此打算。」

薩留斯和任倍爾像是想表達話就說到這裡般，相互瞪視。

「——我要出招了喔。」

「——來吧。」

兩人簡短對答，但都沒有出招。

正當在四周隔岸觀火的蜥蜴人全都開始按捺不住時，薩留斯才開始慢慢拉近距離。位於溼地這種富含水分的地方，卻沒有出現半點水聲。

任倍爾保持不動的姿勢迎敵。

不久，當薩留斯接近到某個距離的瞬間——一道巨響從跳開的薩留斯眼前竄過，那是任倍爾揮動戰戟發出的聲音。

毫無任何技巧，只是單純的一揮。

不過，正因為如此，才會如此石破天驚。

任倍爾架起戰戟，瞄準擺好姿勢、準備再次進攻的薩留斯。任倍爾只用右手，就能揮舞巨大的戰戟。他在每次如旋風般的揮舞動作過後，都會立刻回復原來的持戟姿勢。

薩留斯感到奇怪。

於是，他為了確認這動作的意義，再次跳入對方的攻擊距離——同樣遭到狂風的橫掃。他以凍牙之痛擋住戟柄，一股劇烈衝擊襲向握著凍牙之痛的手，身體也被彈飛開來。

竟然只以單手力量就把成年蜥蜴人的身體給彈飛出去，他的臂力真可說是超乎尋常。

——熱血沸騰。

看到自己族長展現出無與倫比臂力的戰士們，紛紛大聲咆哮起來。

薩留斯擺動尾巴，維持平衡往後退去。

他一面甩著麻痺的手，稍稍瞇起眼睛。

（這是……怎麼回事？）

薩留斯全神貫注地瞪視著眼前的巨大身軀。

（這到底是怎麼回事？這未免……太弱了。）

速度確實快如閃電，若以劍擋住就會遭到擊飛，但也僅此而已，一點也不恐怖。任倍爾的招式就如同小孩使棍般，沒什麼技術可言，只是單純以蠻力揮舞罷了。但問題是真的僅此而已嗎？擁有那樣的巨大手臂，應該可以揮得更俐落一點才對。

（難道他沒有全力以赴，想要讓我掉以輕心？）

薩留斯感受到不同於此的感覺。

他提防著真相不明的異樣感，重新思考戰略。到現在依然沒有動過一步的任倍爾對薩留斯微笑問道：

「怎麼了？不使出凍牙之痛的能力嗎？」

那副竊笑應該是在挑釁吧，但薩留斯並沒有回答如此挑釁的任倍爾。

「我以前曾被擁有凍牙之痛的傢伙打敗過喔。」

薩留斯想起來了，他知道任倍爾講的是誰，那個人是過去的「銳劍」族長，也是被薩留斯取下首級的人。

薩留斯稍微放緩原本只集中在任倍爾一人身上的注意力，往四周擴大。

在周圍無數的敵意中，帶有最強敵意的人們應該是「銳劍」族的倖存者吧。

「左手這兩根手指會這樣，就是當時造成的。」

任倍爾揮手強調著少了兩根手指的左手。

「如果你能使出那傢伙用來打敗我的能力，或許能贏喔。」

「是嗎？」

薩留斯非常冷靜地回應。

的確，那個能力很強。

正因為一天只能使用三次，所以只要使出那能力，大概就會有很大的機會能夠打贏。薩留斯能勝過凍牙之痛的前任擁有者，是因為對方早已用完三次能力了。如果那時對方使出那能力，或許薩留斯早已命喪黃泉了吧。

不過，知道凍牙之痛能力的人，不可能還故意煽動自己使出那能力。

薩留斯提高警覺。

（真搞不懂……不過，這樣下去也沒完沒了，還是出招吧。）

心意已決的薩留斯以剛才的兩倍速度向前衝去。

任倍爾以驚人的速度揮舞戰戟，迎擊薩留斯。

薩留斯沒有閃避，直接以凍牙之痛正面交鋒，看見這副光景的所有人，都以為薩留斯一定會再被打飛出去。

薩留斯舉起凍牙之痛和戰戟相衝——然後輕鬆化解攻擊。

根本用不著使出武技。任倍爾揮舞戰戟的技術只不過是小兒科等級，這種程度的話，不管對方使出多強烈的一擊，都能簡單化解。

任倍爾大吃一驚——不對，是佩服地睜大雙眼。

同一時間——薩留斯以迅雷不及掩耳的速度衝向任倍爾面前，任倍爾就算要抽回戰戟也為時已晚。即使有他那般肌力，要把攻擊完全被化解的戰戟抽回，也需要多花上一點時間。

這段時間足以讓薩留斯逼近對方。

下一刻，任倍爾的身軀遭到凍牙之痛——

——鮮血四濺。

一陣巨大的歡呼聲如爆炸般響起，同時也出現一道小聲的哀號。

濺出鮮血，並向後退避的人並非任倍爾。臉上出現兩道出血傷口的人，是薩留斯。

任倍爾一反至今的戰略，像是不讓他逃走似地踏出步伐接近薩留斯，接著以剛才讓薩留斯受傷的武器進攻。

那武器是——爪子。

凍牙之痛與爪子相撞，發出清脆的金屬聲。下一刻，離開手中的戰戟發出濺水的聲音。

「咕喔——————！」

任倍爾吐出一口長氣，往前踏出的同時，粗大手臂也跟著連續出招。

和剛才的生澀槍法相比，他發出的手刀攻擊已經到達高手境界。最重要的資訊盡出，讓薩留斯恍然大悟。

任倍爾並非戰士，而是能夠使用一種名為氣的特殊力量，以自己肉體為武器的修行僧(Monk)。

薩留斯以凍牙之痛擋住手刀。

蜥蜴人的爪子比人類指甲更尖更硬，但也不會硬到像這樣發出金屬聲音。沒錯，這就是將肉體武器——例如爪子或利牙——硬化，被稱作「鋼鐵天然武器」的能力，是修行僧的能力之一。

據說鍛鍊到極限的修行僧拳頭，甚至可以打爛最高硬度的精鋼。不過，從接觸到的感覺來推測，任倍爾似乎終究沒有到達那個境界，頂多只到鋼鐵等級。即使如此，硬化的爪子如今也和蜥蜴人四大至寶之一的凍牙之痛匹敵，因此不能小看。

兩人數次交手。

任倍爾以手刀攻擊，薩留斯以凍牙之痛劈砍。他們躲開彼此的攻擊並跳開，使他們之間拉開了點距離。

「——哈哈，你居然還活著啊！」

任倍爾舔起沾在自己手指上的鮮血和肉片。

薩留斯也伸出比人還要長的舌頭，舔了舔從相當於人類臉頰部位上流出的紅色液體。

薩留斯對於能夠勉強躲過企圖貫穿眼睛的手刀攻擊感到慶幸。雖然受傷，但傷口不深，還能繼續戰鬥下去。他對於保佑自己的祖靈，還有——

（或許我能躲過，也是因為蔻兒修他們部族祖靈的庇佑。）

薩留斯心懷感謝，但任倍爾則不滿地發牢騷。

「話說回來啊，即使打倒不使出那絕招的你，也會覺得你好像在手下留情啊。」

任倍爾握緊雙拳，在胸前連續互擊數次。

「不好意思，我沒有打算使出那絕招。」

「哦？那你可別在輸了之後才說沒有使出全力喔。」

「和我交手後，還覺得我是會說出那種話的人嗎？」

「……不，並不覺得。抱歉，是我說錯話了。只不過——你不打算使出那招的話，我也要上了！」

咻的一道風切聲響起，任倍爾的粗腿踢向薩留斯。

動作中沒有任何遲疑。

薩留斯在迴避飛腿時揮舞凍牙之痛砍向任倍爾，但卻發出一道金屬聲，遭到彈開。

薩留斯感歎地睜大雙眼。

若用劍擋住肉體攻擊，攻擊一方應該會受傷，這是基本常理，但修行僧的氣卻顛覆了這個常理。

這是「鋼鐵皮膚」的效果。這個特殊能力可以在攻擊接觸到皮膚的瞬間，利用氣籠罩身體，讓皮膚變得像鋼鐵一樣硬。這個能力也和「鋼鐵天然武器」一樣，只要鍛鍊得愈精深，硬度就能變得愈高。

對方的皮膚彈開了魔法劍。這已經說明對方將修行僧的能力鍛鍊到何種地步。不過，薩留斯卻認為自己已經勝券在握。

並非雙方的戰鬥技術天差地別，只是任倍爾的形勢原本就比較不利。

讓人難以招架的連續攻擊。

飛踢、掃尾、正拳、手刀，樣樣都來。

任倍爾憑藉身體能力發出的每一招，不但招招迅速，力道也重。面對如此對手，即使是薩留斯，也只能棄攻為守。

連續攻擊後又是連續攻擊。

要是沒有守住對方那破壞力十足的攻擊，薩留斯必敗無疑。在四周圍觀的蜥蜴人們相信不斷使出連擊的族長勝利在握，發出加油聲。

任倍爾的爪子時而削過薩留斯，輕鬆劃破被堅硬鱗片保護的身體，讓鮮血化作血珠流下。他的傷勢絕對不算輕。

薩留斯身上滿是這種傷口。他的生命有如風中殘燭，就算在下一刻提出投降也不奇怪。證據就是蜥蜴人們的臉上都露出喜悅笑容，替獲勝的族長感到高興。

不過——當事者任倍爾的心情卻截然不同。

每當連擊遭到擋開，任倍爾就覺得勝利離自己愈來愈遠，焦躁不已。

凍牙之痛劍身寄宿著凍氣，藉此在砍傷敵人時追加凍氣損傷。另外還具有一個副效果，可以對碰觸武器的敵人給予些許凍氣損傷。換句話說，光是劍身和肉體武器互擊，任倍爾就會被傳來的凍氣一點一滴慢慢侵蝕。

雙手冰冷，雙腳麻痺，他的動作變得愈來愈遲鈍。

（可惡，因為之前對戰時很快就被打敗了……都不知道它原來還具有這種能力啊！居然不是只有那個絕招而已！真不愧是四大至寶！）

正因為知道具有這種效果，薩留斯才會採取防守——應該說，才會選擇這種能夠確實給予傷害的方法。大概是因為這樣，他才不躲開任倍爾的攻擊。

選擇四平八穩的勝利之路。

這代表毫無破綻，對現在的任倍爾來說，正是最大的敵人。

任倍爾對飛躍而來的薩留斯使出必殺一擊。若這招被擋下，任倍爾的勝算將大幅降低。

任倍爾感覺自己像是單槍匹馬挑戰固若金湯的堡壘一樣。

（啊啊，可惡，打不到他嗎——不過！我等這個時刻來臨很久了！）

過去與自己戰鬥的那個公蜥蜴人浮現在任倍爾腦海。自己已經變得比當時更強了，還為了獲勝不斷辛苦鍛鍊。聽到打敗自己的人被殺害的消息，即使感到無限遺憾，還是沒有停止鍛鍊。

為的就是等待這天到來。

身為族長的自己無法拋開一切捨身赴戰，所以聽到持有凍牙之痛的人來到村落時，他實在難掩心中喜悅。

滿心期待的戰鬥不能讓它這樣輕易結束。

任倍爾揮拳、踢腿，感覺漸漸消失，氣也逐漸無法傳至手腳。即使如此，他還是不停止出招。

（很強嘛，比當時的那傢伙還強呢！）

就如自己無止盡鍛鍊一般，眼前這名公蜥蜴人，應該也是毫不鬆懈地持續鍛鍊至今吧。

兩人一開始就存在的差距並沒有拉近，當然也可以找藉口說是輸給了凍牙之痛的能力，但他並不想說這種窩囊話。

（厲害！真不愧是凍牙之痛的主人！蜥蜴人中最強的公蜥蜴人！）

任倍爾沒有停止連擊，內心的冷靜部分依然稱讚著眼前這位以凍牙之痛擋住自己招式的薩留斯。

受傷、流血，再次受傷。

一直目不轉睛地盯著這場激烈攻防戰的蔻兒修，早就以優秀的森林祭司能力，看出了勝敗的趨勢。

（真厲害……他大概在戰鬥開始時，就已經洞察機先了吧。）

蔻兒修對薩留斯優越的戰士能力感到吃驚。

周圍不斷傳來歡呼聲。

那鼓舞聲給予的對象是不斷攻擊，看似完全占上風的任倍爾。周遭的蜥蜴人似乎尚未發現，但任倍爾四肢的動作已經慢慢變得遲鈍。

薩留斯很強。蔻兒修有十足的把握可以這麼說。

幾乎所有蜥蜴人都只倚靠強壯的肉體，以蠻力戰鬥，但薩留斯——雖然任倍爾也是——則是靠技術戰鬥，而支援其技術的正是凍牙之痛。

因此，目前的狀況——兩者的差距和凍牙之痛有相當大的關連，但蔻兒修相當清楚，凍牙之痛並非造成目前狀況的唯一因素。

如果把凍牙之痛交給一般人使用，有辦法和任倍爾打成這樣嗎？

答案是否定的。任倍爾並非泛泛之輩。

武器雖強，但能夠將武器能力發揮到淋漓盡致的薩留斯也是一流戰士。

但更加優秀的，還是他那能夠洞察機先的靈活頭腦。

薩留斯能夠躲過對方拋下戰戟時的那一擊，就是因為他步步為營，一直觀察著情況。他事先察覺對手的殺手鐧，察覺戰戟只是虛張聲勢的武器。

在不惜烙上旅行者印記也要前往的那段旅程中，除了養殖魚塭的知識和這些戰鬥技術外，他到底還帶了多少東西回來？

蔻兒修在不知不覺間，就已堅信薩留斯勝券在握。現在的她只是感受著不同於擔心造成的激烈心跳，靜靜望著那公蜥蜴人的銳利側臉。

「他真的是一位很傑出的公蜥蜴人……」

這場精采萬分的戰鬥讓大家覺得時間過得很快，但只有對戰的兩人感覺和大家不同。凌亂呼吸造成的肉體與精神消耗，無疑比時間所造成的還強烈。

即使全身浴血也沒有喪失鬥志的薩留斯實在值得稱讚，因為過去沒有人可以和自己的族長戰鬥到這種地步。周遭的蜥蜴人如此讚賞。

感覺即將獲勝的任倍爾，突然一言不發地解除戰鬥架勢。

周遭蜥蜴人都屏息以待，認為應該是要宣布獲勝時，任倍爾大聲高喊。

但結果卻正好相反。

「是我輸了！」

自己的族長應該快要獲勝了才對。

即使如此，族長為什麼還是做出敗北宣言？只有蔻兒修預測到了這個結果。她快步跑進圓陣中。

「沒事吧？」

聽到這聲詢問後，薩留斯大大吐出一口氣，垂下手中的劍，帶著充滿疲勞的聲音回答：

「總之沒有受到致命傷……在之後的戰鬥中上場應該也不成問題。」

「……嗯，總之先幫你施加治療魔法。」

蔻兒修令雜草裝發出一陣窸窸窣窣聲，露出臉來。

薩留斯感覺到身上的傷痕漸漸被一股舒服的溫暖籠罩，和剛才受傷時那種疼痛的灼熱感不同。薩留斯沉浸在體力不斷注入身體裡的感覺中，同時轉頭面向和自己打上一場生死決戰的巨型蜥蜴人。

任倍爾被部族的同伴們包圍，正在向眾人解釋到底發生什麼事，還有薩留斯在戰鬥中的盤算。

「這樣就行了吧。」

聽到施法兩次的蔻兒修表示治療完畢，薩留斯低頭看向自己的身體。

雖然凝固的血液還黏在皮膚上，但傷口已經完全復原。動動身體後傷口還留有一點拉扯般的緊繃感，但似乎不會裂開。

「——謝謝。」

「不用客氣。」

蔻兒修燦爛一笑，露出的珍珠色牙齒相當美麗。

「——真美。」

「什……！」

尾巴一甩，用力拍打水面。

兩人就這樣默默互相凝視。

蔻兒修的沉默，是因為她很疑惑這個公蜥蜴人為什麼會若無其事地說出這種話。對於不習慣被稱讚的蔻兒修來說，薩留斯實在太常說這種對心臟不好的話。

至於薩留斯則不明白蔻兒修為什麼悶不吭聲。莫非自己犯下了什麼錯誤——這樣的一縷不安掠過他的腦海。其實，他一直以來都覺得母蜥蜴人和自己的人生沒有關係，所以不知道該採取什麼反應才好。薩留斯的內心意外地也是毫無餘裕。

正當兩人都不知道該如何是好，困擾至極時，一道聲音解救了他們。

「喂喂喂，會不會太令人羨慕了，你這個臭傢伙。」

兩人同時望向聲音的來源——任倍爾。

兩人在相同時間做出相同動作，讓說話的任倍爾有一瞬間啞口無言。

「呃～白色的傢伙，妳可不可以也幫我治療啊？」

即使看到蔻兒修白化症的臉龐，任倍爾仍然擺出若無其事的態度。不過，蔻兒修想起第一次看到任倍爾外型時的那個印象後，就理解任倍爾為何會是這種反應。

「好好好……但是不讓你們部族的祭司治療沒問題嗎？」

「嗯，無所謂無所謂。別說這麼多了，我現在很痛耶，感覺連骨頭都凍僵了，可以快點動手嗎？」

「是你要我動手的喔，跟祭司們解釋時，記得這樣說。」

「沒問題，就說是我強迫妳的。那就麻煩了。」

蔻兒修嘆了一口氣後，開始施展治療魔法。

薩留斯不經意感覺到周遭帶有敵意的視線稍稍減少了些，也感覺到開始有少數帶著好感的視線出現。

「好了，結束了。」

蔻兒修對任倍爾施加的治療魔法次數比薩留斯還要多。這表示他的傷勢雖然沒有顯露在外，卻是相當深入肺腑。

「哦，技術比我們家祭司還要高明呢。」

「謝謝。不過我不太常對其他部族的人……沒事，謝謝誇獎」

「那麼，我們的傷都治好了，立刻來談談今天的主題如何？雖然好像有點太急了，但不介意吧？」

「哦！那麼就聽你說說吧——雖然我是很想這麼說……」任倍爾說到這便停了下來，微微一笑，開口說：「先喝酒吧！」

薩留斯和蔻兒修——兩人都像是不知道這句話的意思般，露出一頭霧水的表情。

「麻煩的正經事就是要在酒席間談啦，你們也懂吧？」

讓對方知道哪一方較強，可以在交涉時較為有利。薩留斯非常能夠理解為此賭命一戰的做法，因為這就是蜥蜴人的生存之道。但設酒宴這個行為就無法理解了，因為「綠爪」族並沒有那種習慣。

在生死決鬥後把酒暢飲，感覺真是無可救藥。

「不懂啦……」

一陣無力感襲向薩留斯，使他老實地面帶意外表情，如此小聲回答。但他心裡立刻湧現波濤洶湧的後悔，後悔自己居然對尚未結盟的部族族長露出如同小孩般的反應。實際上，他也感受到蔻兒修用奇怪的眼神看著他。

對沒有戀愛經驗的薩留斯來說，他根本不可能察覺蔻兒修會一直看著他，是看到心儀對象展現新的一面，因而感到好奇與可愛所致。

「不對，我是說如果大喝特喝，腦筋會不夠清楚，那樣我會有點為難。」

薩留斯急忙改過自己的說法，但任倍爾卻毫不介意地開口回應：

「喂喂喂，你是旅行者吧？在這一帶說到要學習知識，應該都會想到矮人才對，難道不是嗎？」

「不，我並非向矮人學習知識，而是向森林人學習。」

「是嗎？那你記住，朋友只要一起喝過酒之後就會變成摯友，這就是矮人的教誨。或許時間不多，但我們應該開誠布公地談論對吧。不是嗎，薩留斯．夏夏？」

「原來如此……了解了，任倍爾．古古。」

「很好！大伙們，要開酒宴了！把那個拿來！快去準備！」

●

設置在陸地上，且將近兩公尺的營火台上，紅色烈焰熊熊燃燒，幾乎要直達天際。這巨大的紅色光源驅散了夜晚的黑暗。

這座營火台附近擺放著一個高一公尺以上，開口直徑約八十公分的缸子，裡面發出的發酵味隨風飄散。

好幾十名蜥蜴人輪流從那缸子裡面舀起液體。不過，那酒缸裡面的酒，感覺就好像永遠舀不完一樣。

這就是與薩留斯的凍牙之痛並稱四大至寶之一的「酒之大缸」。

雖然可以永不枯竭地不斷湧出酒，但味道差強人意，只要是稍微懂酒的人，都會對這樣的酒皺起眉頭。不過對蜥蜴人來說，這才是真正的美酒。

因此，客人才會絡繹不絕。

距離酒缸稍遠的這一帶，是一處非常安靜的區域。為何安靜的答案非常簡單，因為這裡趴著好幾名酒醉的蜥蜴人，癱軟在地，一動也不動。

醉到不省人事的蜥蜴人全都會被丟到這裡。

脫掉雜草裝的蔻兒修，邊小心留意著地面——甚至連倒地蜥蜴人的尾巴也很小心不去踩到——邊在這個地方前進。她的腳步穩健，看起來沒醉，但也很難說她完全沒醉。

她身上只有尾巴好像不同生物似地，活潑地捲來捲去。時而彎曲，時而伸直；時而豎起，時而垂下，彷彿小孩般興奮異常。

實際上，蔻兒修也感覺好像有陣清爽的風吹過自己的內心。雖然會這樣也有部分是因為酒，但其實不僅如此，身體無拘無束的感覺也助長了這種現象。

她今天是第一次在眾多人們面前展現自己白化症的身體，也因為對方的族長是個異形，所以雖然有稍微嚇到眾人，但還是很快地和大家打成一片。

蔻兒修雙手拿著食物，心曠神怡地邁步前進。

她來到薩留斯和任倍爾盤坐在地，舉杯對酌的地方。

兩人以類似椰子殼的果實殼當作酒杯，滿滿裝在裡面的液體呈透明狀，但卻散發著濃郁發酵味。

沒處理過的生魚就直接放在兩人面前，應該是下酒菜吧。任倍爾笑著對走過來的蔻兒修打招呼。

「哦，植物系魔物。」

「……你就不能改改那個稱呼嗎？」

都已經脫下雜草裝了，這個公蜥蜴人卻是怎麼勸都執意這麼叫，看來他是打算一直這樣消遣自己了吧。理解這一點的蔻兒修決定停止無謂的抵抗。

「你們事情談完了嗎？」

薩留斯和任倍爾互看一眼，點點頭。

「大致上。」

兩人想單獨會談，所以請蔻兒修離席。他們都說得這麼清楚了，所以她不得已只好離席去拿食物過來，但內心其實希望能夠參與會談。因為如果談論的是接下來的那場戰鬥，那麼自己也並非局外人。

她是抱著就算可以不聽不方便的部分，但希望至少能夠了解概要的心情——

「這是公蜥蜴人之間的對話。」

但任倍爾冷冷地拋出這句話中斷話題。蔻兒修老實地把心中不悅寫在臉上，不得已只好轉移話題。

「那麼，你們怎麼打算？結盟並肩作戰嗎？」

「啥？哦，那還用說，當然是開戰。應該說，就算你們沒來，我們也會一戰。」

任倍爾嘴裡傳出如乾柴互相摩擦的聲音。

「你真的是戰鬥狂呢。」

「別這樣稱讚我嘛，這不是讓人很難為情嗎！」

任倍爾毫不在意傻眼的蔻兒修，乾脆地向她提出請求。

「對了對了，植物系魔物，妳也幫我勸勸他嘛。不管怎麼拜託，薩留斯就是不願當我們的族長。」

薩留斯露出疲憊至極的無奈表情。從那疲憊模樣可以知道在蔻兒修不在的期間，這個問答已經重複了好幾次。

「他不可能接下這個位子吧。畢竟部族不同，而且他還是——」蔻兒修想接著說旅行者，但一想到任倍爾也是旅行者，就轉移話題問道：「你為什麼會想要出去旅行？」

「啥？哦，敗給凍牙之痛的前主人讓我大受打擊，想要變得更強，既然這樣，不就會想離開這裡到各種地方看看嗎？所以我才會成為旅行者。」

身旁的薩留斯無力地垂下肩膀。蔻兒修這才想起到這裡前，薩留斯曾說過的旅行事蹟。過去薩留斯旅行時，支撐著他的是決心、覺悟，以及對自己部族的某種使命感。同是旅行者的任倍爾應該也有過相同的想法吧……但現在卻完全沒辦法從他身上感覺到他有過那種想法。

蔻兒修溫柔地把手放在薩留斯的肩膀上安慰，心想他是他，你是你。

這時候，如果客觀地看看自己這副模樣，應該會被人認為自己和他是情侶吧。察覺這一點的蔻兒修大大彎起尾巴，薩留斯的尾巴也一樣甩動得相當激烈。

兩人不禁相互對視，露出靦腆笑容。

任倍爾彷彿沒看見如此模樣的兩人，心情暢快地繼續說道：

「我覺得那座山裡面一定會有很強的傢伙，因為那裡相當廣大，於是我就向旅程中遇到的矮人請教許多事，還順便收下那把戰戟。我原本是不想要，但既然對方都說要把它當成相遇的信物，我也只好收下了。」

「……曾發生這種事啊，太好了呢。」

蔻兒修回答得有點隨便，應該說有點冷淡。

「哦，謝謝啦。」

——諷刺對他也沒用。

美好氣氛遭到破壞的蔻兒修拿起酒一飲而盡，她感覺喉嚨發熱，熱氣彷彿從喝進酒的胃部擴散到全身。薩留斯也一樣一飲而盡。

這時候，一道非常細微的詢問聲傳來。這道聲音和之前的感覺截然不同，甚至讓人一瞬間分不清楚發問者是誰。

「話說，你覺得我們贏得了嗎？」

薩留斯也輕聲回答：

「……我不知道。」

「嗯，我想也是，畢竟沒有絕對能贏的戰鬥。應該說，如果有人明明不知對手實力，卻口口聲聲說會打贏，那我還真想揍扁他，要他別信口開河。」

面對輕聲微笑的任倍爾，蔻兒修沒有多說什麼。

「不過……對手有點大意。這部分會帶來什麼變化，應該也影響著我們的勝算。」

蔻兒修代替薩留斯向滿臉問號的任倍爾說明。

「可以稍微回想一下那魔物說過的話嗎？」

「抱歉，我那時候在睡覺。」

「……應該有聽其他人說過吧？」

「哼，記著那種事太麻煩，所以我忘了。總之，最重要的就是他們攻過來，那打回去就好，對吧？」

這傢伙沒救了──露出如此表情的蔻兒修放棄解釋。薩留斯帶著苦笑接著說明。

「……對方說，要我們努力地垂死掙扎。」

任倍爾臉上開始顯現危險的情緒，五官猙獰地扭曲起來。

「真令人火大，竟然一開始就看扁我們。」

任倍爾發出駭人的怒吼。

當中夾雜著強烈的憤怒與不悅。

「沒錯，對方完全不把我們看在眼裡。能夠這麼有自信……就代表他們應該擁有足以輕鬆瓦解我方抵抗的兵力吧……但我們要粉碎對方自以為是的想法。要將五族聚集起來，讓對方見識一下我們所能準備的最大戰力。我們要先給他們迎頭痛擊，告訴對方我們可不是泛泛之輩。」

「哼，不錯嘛，這種做法才比較淺顯易懂，我喜歡。」

正當兩名公蜥蜴人熱烈地討論起該如何作戰時，蔻兒修從旁潑了一桶冷水。

「過度傷害對方的自尊，我方應該也沒什麼好處。只要向對方展示我們具有一定的價值就可以了吧？對方若知道了我們的價值，或許不會將我們趕盡殺絕。」

「喂喂喂，妳是要我們向那種討厭的傢伙低頭嗎？」

「薩留斯……我了解逃亡避難很危險，但我認為即使受到束縛，還是保住性命比較重要。」

蔻兒修小聲說出這番話。

其他兩人並沒有否定這個想法，也沒有嘲笑她是奴隸性格。

並不是每個人都想被統治，但受統治總比失去性命來得有未來。只要還有未來，就有無限的可能。

例如，將魚的養殖方法傳授給大家，或許就能拋棄現居地逃走也說不定。

放棄這種可能性，命令大家犧牲的人，沒有資格當領導者。

「你們仔細聽聽。」

聽到薩留斯平靜的聲音，三人一起豎起耳朵，傾聽從宴會中隨風傳來的歡笑聲。

「被統治之後，或許就無法像這樣盡情歡笑了呢。」

「或許可以，不是嗎？」

「是嗎？我不這麼認為。我不覺得那種以看著我們死去為樂的傢伙有慈悲心。畢竟，如果對方心裡多少有一點慈悲心，應該就不會帶著半玩樂的心態企圖將我們趕盡殺絕了。」

蔻兒修點頭同意這個說法。

即使如此——

「不過，我想說的是……請你不要死。」

「——在聽到那個問題的答案之前，我不會死的。」

「——！」

蔻兒修和薩留斯在夜空下深情對望。

然後，許下約定。

——還將完全成為局外人而悶悶不樂的任倍爾晾在一旁。

過場

背後那間會議室裡，應該已經開始談論其他議題了吧。

不過，他在那間會議室的任務已經結束，也因為這樣才會離開房間。

但那只是身為報告者的任務告一段落，接下來還有身為漆黑聖典第一位階，也就是隊長的工作，包括復活死亡同伴的相關作業，挑選臨時人員填補空缺等，其他還有訓練和實驗等工作。因為六色聖典屬於祕密機構，因此他還有另一段生活，那就是在教國內進行臥底。

就私生活來說，還需要相親——而且也有那種以和多人結婚為前提的相親。目前在斯連教國只有三人覺醒成為神人，因此，高層委婉地命令他要多增產報國。

這些繁雜瑣事不斷累積，讓現在的他幾乎沒什麼自由時間。

「不過，真希望至少今天能讓我悠閒一下呢。」

從神官會議——斯連教國的最高會議中解脫後，他稍微轉動肩膀——目光被喀嚓喀嚓的聲音吸引過去。

他在看到那人物之前，就已經知道是誰發出這個聲音。在斯連教國中，能夠被允許進入這裡的人並不多，只要想想不在會議室裡的人是誰，答案就呼之欲出。

果然不出所料，一名少女靠牆站著。

她的一頭長髮相當獨特，左右兩邊的顏色並不相同。如果說一邊是令人眼睛為之一亮的銀白，那麼另一邊就是彷彿將一切吞噬的漆黑。眼睛的顏色也一樣左右不同。

少女旁邊有一把類似十字槍的戰鐮(War Scythe)靠在牆上。

雖然少女外表稚嫩，看起來像是不到十五歲，但實際年齡則和她的外表有相當大的差距。從他當上漆黑聖典的隊長——第一位階後，少女的外貌就沒有變過。

他把目光移向少女藏在頭髮底下的耳朵——然後制止自己這種行為。

因為他知道少女討厭別人看她的耳朵。

少女水嫩的嘴唇彎成一道弧線，彷彿在讀取他的內心。

以幾乎不可能的機率混血誕生的她，正是漆黑聖典最強的特別位階「絕死絕命」。她擔任守護工作，負責保護斯連教國的聖域，也就是藏有五神裝備的這個地方。

聲音是來自少女手中把玩的玩具，在斯連教國中，這個玩具稱為魔術方塊，據傳是由六大神所流傳下來。少女的聲音夾雜在喀嚓喀嚓聲中傳來。

「如果只是一面還很簡單，但要轉好兩面就很難呢。」

對他來說並不困難，但他不知道該不該老實回答，最後只以苦笑回應。少女似乎也不是想知道答案的樣子，毫不在意地繼續問道：

「到底發生了什麼事？連神官長他們都來了。」

「報告書應該已經送到妳手上了才對。」

「我沒看。」

少女回答得很乾脆。

「因為直接問知道的人比較快。『占星千里』的預測出錯了嗎？為了收服毀滅龍王而出擊……應該是發生了什麼事吧？」

兩人的眼神在對話中完全沒有相交過，少女的目光一直停留在玩具上。

「……與類似吸血鬼的神祕不死者交戰，造成兩人死亡，一人重傷。因此已經撤退了。」

「陣亡的是誰？」

她的語調中，完全沒有一點為部隊同伴陣亡感到悲傷的情緒。那態度彷彿像在詢問某個和她沒什麼關聯的事情。不過他一點也不在意，因為這樣的態度很符合少女的風格。

「分別是保護凱瑞大人的賽德蘭，以及企圖捕捉沒有動靜的吸血鬼的布瑪爾查。」

「是『巨盾萬壁』和『神領縛鎖』啊。最近不但有土之巫女公主死於離奇爆炸中，現在居然連漆黑聖典也失去兩名大將啊……真是禍不單行。那麼重傷的是誰？」

「是凱瑞大人，好像是某種詛咒的效果，造成無法以治療魔法治好傷勢，所以撤退了。」

「那麼，吸血鬼呢？」

「直接棄之不理。因為只要我方想捕捉或者接近，吸血鬼就會準備反擊，我方判斷放任不管才是明智之舉，因此將吸血鬼留在原地。」

「這樣沒辦法解決問題吧？」

「……在剛才的報告會議中已經決定，應該保持目前的狀況。」

這是在剛才的會議室中做出的結論。

與其貿然出手造成重大損傷，還不如在備齊軍力之前，先暫時放任不管。再說，其他國家大概也沒有人能夠戰勝那個不死者。相反地，如果有那樣的人物，那就代表出現了必須提防的強者，應該先建構好國家等級的防衛系統——最後大家統一同意採取這種做法，傾向只留下必要的情報員，其他人全都撤退的方針。

他也同意部分意見。

因為能夠在正面交鋒下打贏那隻吸血鬼的人，大概只有神人或龍王等級的強者吧，因此留下情報員監視，發現有打倒吸血鬼的人物出現時，加強戒備那號人物才是明智之舉。

「這樣啊。那個魔物並非吸血鬼吧。」

他也同意這個說法，所以才會稱之為神祕不死者。

「會不會是龍王？吸血龍王（Vampiric Dragon Lord）或朽棺龍王（Elder Coffin Dragon Lord）。」

她嘴唇的彎曲幅度更大，呈現明顯的笑容。但前提是那種染血般的表情可以稱為笑容的話。

「……那兩隻龍都已經滅亡了喔？」

他帶著氣氛似乎變得尷尬的心情開口發問，但對方立刻回答：

「那兩隻都是不死者龍王，是否真的已經滅亡還是未知數。」

少女終於抬頭，直直看向他。那顏色相異的雙眸中帶著光芒，那光芒既是好奇，是喜悅，也是戰鬥衝動。

「你覺得我和吸血鬼誰比較強？」

他以準備好的答案迎擊預料中的問題。

「當然是妳啊。」

「是嗎……」

少女像是失去興趣似地，目光再次回到玩具上。

他在心中鬆了一口氣。

「那還真是遺憾，我還以為我或許有機會嘗到失敗的滋味呢。」

他聽著少女的低喃心想：如果兩者真的對決，到底是誰會贏呢？

他曾被少女跟吸血鬼打過，若以體感來說，他覺得是吸血鬼略勝一籌。不過，那隻吸血鬼肯定贏不了「絕死絕命」吧。

因為武裝的差異。

那隻吸血鬼看起來沒有任何武裝，這也是強大魔物的弱點。因為對自己的能力太有自信，以致於不配戴強力的裝備品。

反之，她的裝備全是六大神留下來的遺產，因此才有辦法斷定她比較強。

不過，若是雙方穿戴同等級的裝備呢？

不可能。

他立刻對浮現的這個疑問給予否定的答案。畢竟不可能找到足以和她的眾神裝備匹敵的武裝，也不可能獲得。

但若是真的找到了呢？

那時候……或許就是斯連教國最強且不敗的特別席次挫敗的時候。也是要面對人類守護者敗北這個事實的絕望時刻。

不對，為什麼是以她單槍匹馬作戰為前提呢？

雖然比不上她，但還有覺醒成神人的自己在，也有許多道具。只要利用那些道具，即使吸血鬼如此強大，但只有一隻的話應該還是能打倒。那麼強的不死者說什麼也不可能有好幾隻吧。

陷入沉思的他聽見耳邊傳來嗤嗤笑聲，然後有些納悶地皺起臉來，看向聲音來源。

「談談另一個話題，你什麼時候結婚？」

這是在剛才的會議中出現的未決事項。這話的意思，就是到底什麼時候才能找到適合的女友——說好聽點是結婚對象，說難聽點是生小孩的工具。

「沒有對象啊。」

「哎，因為你還年輕嘛。」

漆黑聖典在行動時，隊員會戴上魔法面具，偽裝成不同的面貌。

根據神所制訂的法律，斯連教國的成人年紀是二十歲，但脫下魔法面具的他，真實年齡比二十歲小得多。

「雖然結婚之後，對象也會被軟禁在教國暗部……但不需要擔心，對方還是可以養育小孩。」

「這點事情我還知道，畢竟我也是聖典內的人。」

「說得也是。啊，不過，還是先跟結婚對象講清楚你還要娶其他妻子比較好。雖然法律上是沒有問題，但有些人即使受過這樣的教育，還是不喜歡一夫多妻。」

在斯連教國中，只要獲得國家許可，一夫多妻是被承認的。這是強者人數少，需要保持純粹血脈的時代遺留下來的歷史陋習。不過，一般來說都是一夫一妻，國家認可的件數一年大概也只有數件。而且即使受到認可，最多也只能有兩位妻子。

「謝謝妳親切的提醒，倒是妳……都不打算結婚嗎？」

會問這個問題是因為她外表看起來確實年幼，但真實年齡和外表不同。

「這個嘛，如果有男人能夠打贏我，倒是可以結婚。即使長相不佳，性格扭曲……甚至不是人類都沒問題，因為他是打贏我的男人嘛。我們兩人所生的小孩，到底會有多強呢？」

把手放在下腹部的少女，帶著今天第一次露出的滿面笑容回答，他很有把握，這個答案代表她不打算結婚。

不過，若是出現能夠打倒那隻吸血鬼的人，情況又會變成如何呢？

一抹不安掠過他的心中。

第三章 死亡軍團

Chapter 3 | Army of Death

「哦，已經可以看到了呢。」

坐在羅羅羅身體最後面的任倍爾，笑嘻嘻地望著前方。

已經開始能看見位於數百公尺前方，被指定為第一個消滅的部族——「利尾」族的村落了。雖然村落大小和「綠爪」族差不多，但蜥蜴人的數量卻比較多，這應該是因為其他部族的蜥蜴人也漸漸聚集過來的緣故吧。目前正處於戰鬥準備階段，所以每位工作者看起來都非常忙碌。

「這種氣氛實在令人難以抗拒耶。」

任倍爾的鼻子發出吸氣聲，嗅著空氣中的味道，那是一種會令人熱血沸騰的味道。不過，蔻兒修可能不曾聞過那種味道，說出和兩人不同的感想。

「我們騎著這孩子過去，不會有危險嗎？」

距離這麼遠就能感受到一觸即發的氣氛，讓現在化身為植物系魔物的蔻兒修說出心中的不安。她擔心羅羅羅這隻多頭水蛇接近後，殺氣騰騰的蜥蜴人會一擁而上。

對方或許認識薩留斯，但不一定看過蔻兒修和任倍爾，而且「利尾」族的人也不見得全都知道薩留斯。

「不對，剛好相反，騎羅羅羅過去才不會危險。」

面對露出一頭霧水的模樣——雖然看不到，但給人那種感覺的蔻兒修，薩留斯稍作簡單說明：

「我哥哥應該已經來過了，而且他應該會確實告訴對方，我會騎羅羅羅過來。所以我們騎羅羅羅前來的消息應該也已經傳進哥哥的耳裡了吧，我們只要慢慢前往即可。」

事實上，當羅羅羅在溼地上走著走著，就看到一名黑蜥蜴人從村落中走出來。為了讓對方看見，薩留斯向那名面貌熟悉的蜥蜴人用力揮手。

「那個人是我哥哥。」

「這樣啊。」

「哦——」

兩人的聲音重合。蔻兒修是純粹感到好奇，任倍爾的心情則像是發現強者的野獸。

隨著羅羅羅前進，兩者——薩留斯和夏斯留的距離當然逐漸拉近，不久，終於到達可以看清彼此面貌的距離，薩留斯和夏斯留也彼此凝視對方。

兩人只是兩天多沒見。不過，正因為他們早做好可能無法再見的心理準備，所以感觸也特別深。

「你能回來真是太好了，弟弟！」

「嗯，我有帶好消息回來喔，哥哥！」

夏斯留的目光移向坐在薩留斯後面的兩人身上。薩留斯感覺蔻兒修環抱在自己腰上的手因為緊張而有些僵硬。

當雙方距離縮減，來到夏斯留的面前後，羅羅羅便以看到熟人的態度停下腳步，向夏斯留伸出牠的四個頭撒嬌。

「抱歉，我沒有拿食物過來喔。」

聽到這句話的瞬間，羅羅羅的四個頭就彷彿在鬧情緒般，立刻從夏斯留的身上縮回。多頭水蛇當然聽不懂蜥蜴人說的話，不過，應該是利用類似家人間的那種心電感應察覺的吧。又或者只是因為夏斯留身上沒有飼料的味道。

「那麼，下去吧。」

薩留斯向後方的兩人招呼一聲後，輕盈地從羅羅羅身上一躍而下，然後伸手牽住蔻兒修的手，協助她跳下。夏斯留一臉納悶地注視著蔻兒修。

「那團植物魔物是什麼？」

雖然每次都會遇到這樣的反應，讓蔻兒修有些沮喪，但是她並沒有想要頂嘴，這應該全是拜任倍爾的冷嘲熱諷所賜吧。但下一顆震撼彈還是不免讓蔻兒修全身僵硬。

「她是我喜歡的母蜥蜴人。」

「——哦哦。」

夏斯留發出感歎的嘆息。接著，便毫不客氣地注視著仍與自己弟弟牽著手、全身僵硬的蔻兒修。

「姆嗚……我只想問一件事，裡面的人是個美女嗎？」

「嗯，也有考慮要結——！」

手上突然的一陣劇痛讓薩留斯閉上嘴巴，因為牽手的那個人用爪子刺了薩留斯的手，而且還非常用力。夏斯留不滿地打量起兩人。

「原來如此……你這個只看外表的傢伙，還說什麼……『我結不了婚』啊，真是裝模作樣。你當時只是沒有喜歡的對象嘛……言歸正傳，我是『綠爪』族長夏斯留·夏夏。謝謝貴族願意和我們結盟。」

夏斯留這個說法並非確認，已經是非常斬釘截鐵的肯定，但蔻兒修跟任倍爾並不會事到如今才為這點小事產生動搖。

「我們才要道謝。我是『朱瞳』族的族長代理人蔻兒修·露露。」

大家都覺得蔻兒修打完招呼後，任倍爾應該會接著自我介紹，不過卻沒有聽到預料中的招呼聲。任倍爾毫無顧忌地從頭到腳不斷打量夏斯留。

任倍爾大概是觀察夠了，點點頭，面帶野獸般的表情開口：

「哦，就是你啊。那個能夠驅使祭司能力戰鬥的戰士，我曾經耳聞過你的事蹟喔。」

「居然連『龍牙』的人都知道，真是令人吃驚。」

夏斯留如此回應，彷彿兩頭野獸互相較勁。

「我是在你弟弟答應擔任族長之前，都還是『龍牙』族族長的任倍爾・古古。」

「感謝你前來，你確實是位適合勝任重視實力部族的族長，非常歡迎。」

「所以要不要來個一場？我們還是得好好分個高下才行吧？」

「……這個提議不錯呢。」

薩留斯並不想阻止。因為確定誰比較強，今後很多事情應該都會方便許多。

不過，夏斯留在比試之前輕輕舉起手，澆熄任倍爾的戰鬥衝動。

「——雖然我是這麼想，但現在這個時間點有點尷尬。」

「為什麼？」

夏斯留對一臉不滿的任倍爾露出微笑。

「……我們派出的偵察兵差不多要回來了，應該能夠了解敵方的詳細情報。聽完報告後再來較量也不遲吧？」

有一間小屋被用來當作各族長的會議室。

這間小屋中聚集了各族族長以及薩留斯，共六人。

殺死前「銳劍」族族長，持有凍牙之痛的公蜥蜴人薩留斯名聲響亮，其他部族都久聞其名。不僅如此，他還是說服「朱瞳」族和「龍牙」族結盟的勇者，因此所有族長都不反對他與會。

六人在不怎麼寬廣的小屋裡圍起圓圈坐下。蔻兒修露出雪白肌膚時，三名族長難掩驚訝之色，但現在已經相當平靜。

結束彼此的問候後，最先開口的是「小牙」的族長。

他的身材以蜥蜴人來說算是嬌小，但四肢卻鍛鍊得宛如鋼鐵。他似乎原本是隸屬於狩獵班，在這座湖所有蜥蜴人中，他的遠距離攻擊技巧應該是最為頂尖。實際上，在決定族長時，他也是全以一招精湛的投石技巧結束所有比武。

他動員所有狩獵班前往探查，以了解敵軍位置。

「敵軍大概將近五千人。」

這個數字遠遠超越所有蜥蜴人的總和，不過還在預測範圍內。甚至有人聽到這個數字還鬆了一口氣。

「……那麼，敵方的頭目呢？」

「不是很清楚。隊伍中有看到紅色肉團般的巨大魔物，但是很難靠近那附近。」

「成員組成如何？」

「是不死者軍團，有骷髏和殭屍軍團。」

「對方是利用蜥蜴人的屍體嗎？」

「不，那些並非蜥蜴人。我不太清楚陸地上的生物，因此沒什麼自信，不過，大概是人類種族，而且也沒看到尾巴。」

聽到這個特徵的薩留斯，確定那就是平原種族——人類。

「我們不能主動攻擊，先發制人嗎？」

「大概很難吧，對方位在利用清掉森林一角開闢出的一個廣場上，他們到底是花多少時間開闢出來的呢？到處都沒看見砍伐後的木材也令人不解——啊，離題了。總之，是在森林之中。先不論只有我們過去能不能成功，但還要帶戰士過去的話，恐怕很困難吧。」

「那麼，只派狩獵班偷襲如何？」

「饒了我們吧，蔻兒修小姐。我們狩獵班現在只有二十五名左右的成員，這種人數如何打倒將近五千人的不死者軍團？只會落得全軍覆沒的下場吧。」

「嗯……那麼動員祭司的力量如何？」

有數人點頭同意夏斯留的意見，將目光聚集在蔻兒修身上。不過，回答這問題的人是薩留斯。

「不，我覺得還是不要比較好。」

「啊？為什麼？」

「對方目前還遵守著約定，但我不認為他們會遵守到允許我們發動攻擊。」

「的確。看來，至少在所有部族集結之前，還是先不要主動攻擊比較好呢。」

「那麼，我們要採取守城戰嗎？」

「要守住是難事。」

一個口齒不靈敏的聲音從一名蜥蜴人的嘴中發出，那是「利尾」的族長。

他全身穿著一副白色鎧甲，上頭有著不同於金屬的光澤。

散發出淡淡——魔法力量的鎧甲。那正是四大至寶之一——白龍骨鎧（White Dragon Bone）。

這是一副利用棲息在安傑利西亞山脈中，具有寒氣能力的霜龍骨頭打造而成的鎧甲。

當然，只是利用骨頭打造而成——即使來源是擁有強大力量的龍——的鎧甲不可能會具有魔法。不過，那副鎧甲卻在不知不覺間開始帶有魔法力量。

問題在於那個魔法力量也有可能是來自詛咒。

因為，白龍骨鎧會以智力換取相等的防禦力，若讓聰明的人穿上它，其強韌程度何止硬如鋼鐵，甚至足以和秘銀或傳說中的精鋼匹敵。

但即使脫下裝備，被奪走的智力也絕對不會回復。因此才會謠傳這個力量來源也可能是一種詛咒。

在蜥蜴人中，他原本就因為絕頂聰明而廣為人知，他穿上這副鎧甲之後，鎧甲的防禦力便提昇到足以反彈蜥蜴人的所有武器，即使是四大至寶凍牙之痛也不例外。其硬度恐怕已達精鋼等級。

而且一般來說，穿上的人大多會變得癡呆，幾乎失去所有智力，但他現在卻依然能夠思考，足以證明他原本的智力有多高。因此「利尾」族在他出生之後，都不曾以戰鬥方式決定族長人選。

「這、這裡是溼地，根基不佳，牆壁……很容易遭到破壞。」

「原來如此，那麼要選擇出擊嗎？」

「嗯，有何不可，進攻總比防守暢快，一個人大概需要面對三、四個敵人吧？只要打倒他們就行了啊，輕而易舉。」

其他與會者聽到任倍爾的發言後面面相覷。結果，蔻兒修出言轉移了話題。

「問題是敵人的援軍……對方有可能還在集結兵力。」

「唔……這可難說。以廣場的大小來看，應該已經沒有空間可以繼續增派不死者了……

不過，其實也只要安置在森林各處就好了。」

不死者不需飲食、休息，可以不需要開闊的野營場所。因此，很難從場地大小來推測出正確人數。

「看來，為了保險起見，還是要將守城戰這個計畫列入考量比較好呢。」

「那麼，我們『朱瞳』就負責補強城牆，好撐過守城戰。因此，我希望大家能夠協助。」

其他族長都點頭表示同意，看起來很失落的任倍爾也一樣。

「總之，先開始進行守城的準備吧，還需要建構指揮系統。」

「首先，祭司的指揮就交給蔻兒修小姐了，戰爭時的指揮權也一併負責吧。」

在一片同意聲中，有一個人表示異議。

「所有族長應該組成一支特別行動隊。」

全員的目光都聚集在發言的薩留斯身上。

「原來如此……弟弟，是這麼回事啊。」

「是要組成一支精銳部、部隊的意思嗎？」

「沒錯。敵軍數量眾多，要是不處理掉他們的指揮官，我們可能會敗下陣來。而且，若是冒出像之前出現在各村莊那種使者般的魔物，也不能以數量壓制，必須以少數人組成的精銳部隊殲滅。」

「但是，陣中沒有指揮官的話不是會群龍無首？」

「只要從戰士長中……選、選……挑選代理人……即可。」

「就算沒有什麼指揮官，也只要全力攻擊前方的敵人就好了啊……」

「……讓特別行動隊從後方發號施令，發現敵方大本營或戰況不利時再出動如何？」

「應該不錯吧？那麼，包含薩留斯在內，這裡的六人組成一隊就好了嗎？」

「不，我們再多分一隊，三人一組吧。」

分成兩隊，代表可以在兩個地方戰鬥，然而也代表力量遭到分散，變得薄弱。

「一支是用來對付敵方指揮官的討伐隊，另一支是負責纏住應該會有的守備隊。」

「那麼，我們三位族長一隊，薩留斯先生跟帶來的族長一隊，應該是最好的分法吧。隊伍的任務應該也只要隨機應變就好了。」

「嗯，這樣比較好。沒問題吧，薩留斯？」

「嗯，了解了。蔻兒修和任倍爾有異議嗎？」

「我沒有什麼意見。」

「我也是。雖然無法盡情大顯身手有點可惜，但我聽從勝利者的意見。」

「那麼，離對方攻擊還有四天嗎？」

「是啊。」

「那麼，有什麼事必須事先準備嗎？」

「必須進行投石的準備和強化城牆。另外，也要和各部族交流，建立組織，讓各部族能夠確實運作。」

「關於這部分的工作分配，我們『小牙』族希望和以前一樣，交由夏斯留負責。」

「我們也……覺得這樣沒問題……你們兩位的意見呢～」

蔻兒修和任倍爾也點頭表示同意。

「那就由我代為指揮了。那麼接下來，就接著決定在這三天之內應該進行的各項細部工作吧。」

今天的工作大致告一段落後，薩留斯默默走在沸沸揚揚的喧囂村落中。好幾名蜥蜴人看見薩留斯胸前的印記和腰間的凍牙之痛後，便尊敬地向他打聲招呼。

雖然感覺有點煩，但為了提昇士氣，也不能不回應。因此他以充滿自信的正經表情，雄赳赳氣昂昂地回應。

帶著如此態度的薩留斯，前往村落的外牆位置。那裡正在緊急建造外牆，許多蜥蜴人都心無旁騖地努力工作中。

首先利用植物在木樁和木樁之間打好牆底，接著在上面塗上水氣較少的泥土，然後祭司們繼續施加一些魔法後，牆壁就大功告成。上頭有些皸裂，大概是因為水氣完全蒸發造成。之後，便換在另一面重複相同的步驟。

「哎呀，薩留斯，怎麼了嗎？」

「沒事，只是在想妳在做什麼。」

薩留斯在溼地上踩著啪沙啪沙的聲音，走到身穿植物魔物裝扮進行指導的蔻兒修身旁。接著指向眼前不斷重複的工作。

「那到底是什麼？」

「那是泥牆。因為不知道會有什麼樣的敵人入侵，所以我想做得不至於讓人輕易侵入……不過因為沒什麼時間，連一半都還沒完成。」

「是喔……不過，以泥土打造不是很容易被打破？」

「沒問題。泥土很薄的話，的確很容易被打破，但只要加厚泥牆就不會那麼輕易毀壞。雖然因為是緊急打造，材料也收集得不夠充分，下雨的話會稍微變脆弱，不過，也不會那麼簡單就被破壞。」

仔細想想，不管是什麼東西，只要變厚的話確實都很難破壞。

在如此認同的薩留斯面前，好幾十名蜥蜴人拚了命地在工作，但進度卻如同龜速。即使繼續努力個三天，牆壁應該也不會變得太長吧，不過有總比沒有好。

「目前，無法覆蓋到的地方就變更圍牆的建造方式，變成無法拉倒的結構。」

蔻兒修指的方向——

那裡則是把木樁拔起，並將拔起的木樁立在三角形的空地上。木樁之間鬆鬆垮垮地繫著好幾條以植物編織而成的繩子。薩留斯稍微回想了一下，感覺「朱瞳」族的圍牆也是長那個模樣。

「那是什麼？」

「在那三角形的空地上放些重物，讓圍牆即使遭到拉扯或推擠，也不會倒塌。至於那些繩子則是用來防止敵人穿越。如果繩子拉得緊繃，很容易就被刀劍等武器砍斷，所以才故意綁得鬆一點。」

蔻兒修興奮地回答薩留斯的問題。

她在數日的旅程中，總是受到薩留斯諄諄教誨，因此對於自己反倒能夠站在教導的一方感到喜不自勝。此外，其中還具有另一個不同的情感。

「原來如此……那樣一來，確實無法輕易破壞。」

這句心感佩服的稱讚讓蔻兒修不禁感到自豪。

薩留斯用力地點點頭。

改造成要塞的計畫正迅速進行中。雖然還遠遠比不上人類和矮人建造的防禦設施，不過，以行走不便的溼地來說，目前應該沒有更好的辦法了。

「話說回來，薩留斯你有向戰士們……」

正當蔻兒修說到此處，戰士們的鼓譟聲就隨著風傳到兩人耳中。那聲音非常熱血沸騰，相當熱烈。

「到底發生什麼事了？這歡呼聲有點耳熟……想起來了！是你戰鬥時的那種歡呼聲。該不會是你哥哥和任倍爾正在對決？」

薩留斯點點頭，發現露出臉來的蔻兒修眼神中有些擔心。

「……你哥哥身為最高指揮官，如果打輸，事情不會變得很麻煩嗎？」

「不知道，不過我哥哥也很強喔。尤其一旦有了使用祭司能力的空檔，就會變得更強，說不定連我都會輸。」

對自己施加數種強化魔法的夏斯留不是普通的強。而且，雖然他在模擬戰時應該不會使用攻擊魔法，但如果他開始使用，甚至連持有凍牙之痛之前的薩留斯都不是對手。

畢竟過去薩留斯打倒凍牙之痛的前任主人的時候，對方之所以沒有使出凍牙之痛那一天之內只能使用三次的特殊能力，就是因為他在之前就已經對夏斯留使用過三次這個必殺技的緣故。

「那就好……」

薩留斯在覺得應該讓依然難掩擔心的蔻兒修見識一下哥哥的戰鬥英姿時，想起至今都不曾提過的隱憂。

他不知道是否該說，但最後還是決定說出來。

在一切都已大致底定的狀況下才說出當時故意不說的事實，實在太過卑鄙。不過他還是無法壓抑住，不想對心儀對象有所隱瞞，那種既單純又強烈的心情。

「我很擔心一件事情——」

聽到薩留斯難掩不安的聲音，蔻兒修不禁笑了出來。那是一種故意的取笑。蔻兒修露出很不像她作風的——不符場合的表情，讓薩留斯無法繼續說下去。這時候取代薩留斯開口的人，當然是蔻兒修。

「——是當時你沒說出口的那件事嗎？如果敵人是早就看穿這個舉動的話，存心等待我們結盟的話，對吧？」

薩留斯沉默不語，因為被說中了。

也就是如果對方給予時間、特意告知攻擊順序、不妨礙薩留斯結盟，全都是企圖將團結在一起的所有部族一口氣消滅的話。

「現下有許多不安，像你這種深思熟慮的人更覺得如此吧，不過，無論如何，先和敵人打上一仗……其他事情之後再來思考吧。」

「即使我們戰勝，對方也不見得會放棄吧。不對，老實說，對方會放棄的可能性實在很低。」

「或許如此，不過你那晚說的話也沒錯，而且你看——」

蔻兒修舉起了手，她所指的地方什麼都沒有。不過，薩留斯明白她指的應該是這整個村落。

「看看那所有蜥蜴人部族都朝向同個目的努力奮鬥的模樣。」

的確，各部族的蜥蜴人都朝著同一目的前進。

薩留斯腦中浮現昨晚慶祝五大部族結盟所舉行的盛大宴會，部族之間相處融洽，沒有隔閡。如果說遭到消滅的兩部族倖存者毫無芥蒂，確實是騙人的。不過，他們展現出為了這次事件，甚至能吞下那股怨恨的意志。

實在諷刺。

薩留斯如此嘀咕著。他一直以為互相隔離的世界會永遠持續下去，但沒想到居然會因為出現外敵，而目睹團結一致的光景。

「我們應該守護的是未來的可能性喔，薩留斯。這次所有部族的結盟，應該會促使我們發展。」

利用泥土打造圍牆，這是薩留斯也不曾見過的技術。不過，現在其他部族都知道這個技術了，那麼，將來所有蜥蜴人部族應該都會利用這樣的圍牆吧。若是有如此牢固的圍牆，應該就不會遭到魔物闖入。如此一來，幼童這些弱者遭到襲擊的機率就會大幅下降，蜥蜴人的數量也會增加。

隨著人數增加產生的糧食需求，只要用薩留斯的養殖魚塭來彌補就好。

或許在不久後的將來，這片沼地上會出現整合為一的蜥蜴人大部族。

「讓我們贏得勝利吧，薩留斯。我們不可能知道未來的事情，說不定我們戰勝這一戰之後，事情會就此結束。如此一來，我們便能開始發展，不需要為了糧食問題而同族相殘的美好世界或許就會因此到來。」

蔻兒修面帶微笑。薩留斯則壓抑住湧現的情緒，如果任由情緒爆發，或許會一發不可收拾。不過，只有一句話還是不得不說——

「妳果然是一個出色的母蜥蜴人——這場戰爭結束後，請告訴我第一次見面時那個問題的答案。」

蔻兒修的笑容變得更加燦爛。

「好的，薩留斯。結束後，我會告訴你答案——」

心情愉悅的迪米烏哥斯一面哼著歌，一面工作。

他拿起磨好的骨頭，考慮要擺在哪裡才最好看。不久，他可能是已經決定好，削了一下骨頭前端後，將骨頭嵌入製作中的道具內。

削好的骨頭彷彿一開始就能組合在一起般，完美地咬合在一起。

不使用釘子建造房子的技術稱為「木頭榫接」，那麼如果硬是要幫迪米烏哥斯的行為取名，應該可以稱為「骨頭榫接」吧。

「感覺不錯呢。」

迪米烏哥斯笑容滿面地撫摸著骨頭。如果照這樣進行下去，有預感可以完成一件傑出的作品。

「不過……還少了身高一百二十公分左右的男大腿骨呢。」

即使沒有也可完成，但若是沒有，完成後感覺會沒有那麼好看。

平常的話，他或許會睜隻眼閉隻眼，但這個禮物是要送給自己所效忠的敬愛主人，當然要做到盡善盡美。

「如果能找到合適的骨頭就好了。」

心情極佳的迪米烏哥斯開始動作。

其實，迪米烏哥斯非常喜歡製作這類物品。並非喜歡用骨頭製作東西，而是喜歡類似工匠的工作。他對此的興趣範圍相當廣泛，遍及工藝品到家具，技術已經超越假日工匠那種玩家等級了。

實際上，他目前製作中的作品，只要不去看原始材料，任何人都會對那巧奪天工的技術嘆為觀止。

放在這個帳篷內的各種其他道具，像是注入岩漿做成的主人銅像，各式各樣的椅子和萬力夾等，也一樣都是迪米烏哥斯的作品。這些作品雖然只有著重在實用性，沒有加入任何裝飾，卻都是相當出色的成品。

正當迪米烏哥斯拿起放在帳篷角落的材料，認真斟酌時，他感覺到入口附近好像有什麼風吹草動。

迪米烏哥斯將拿在手中的骨頭輕輕放回，握住向主人借用，而且可能已經無法再次獲得的道具，凝神留意外面的動靜。按照一般情況來說，外面的人應該是自己的僕人或同伴。沒有人可以在不被迪米烏哥斯察覺的狀況下，突破三重防禦。不過，必須小心提防控制過夏提雅的那個敵人也是事實。

數秒後，有一個人拉開了帳篷，他身穿純白服裝，戴著一副模仿鳥嘴的黑色長鼻子面具。是普欽內拉。

他是一名小丑，和迪米烏哥斯一樣，都是由無上至尊創造出來。在這次工作中，他被分配到迪米烏哥斯身邊負責輔助。

確認他沒有受到精神控制後，迪米烏哥斯散去眼神中的緊張，同時也放鬆了握緊道具的手。

「迪米烏哥斯大人，皮已經剝好了。」

這句話讓迪米烏哥斯感到有些遺憾。

這個工作原本是迪米烏哥斯要親自動手享受，不過為了提防神祕的強敵，大多時候他都無法離開這裡，才會交由普欽內拉處理。

迪米烏哥斯沒有將情緒表現出來，對普欽內拉下達新的命令。

「辛苦了。那麼，立刻著手進行下個工程。把那樣的東西直接交給安茲大人的話，太過失禮了。」

迪米烏哥斯向優雅行禮的普欽內拉問道：

「那麼，死了幾隻？」

「都沒死，多虧了酷刑師，他們只有失去意識而已，應該很快就能繼續剝皮。雖然有少部分不願接受治療魔法……但這也在預測範圍內，所以不成問題。」

「實在是可圈可點。」

收集材料也花費了不少工夫，必須多剝個幾次皮才划算。雖然如此，他卻一點也不想採用無痛或麻醉方式來剝皮。

「我想要讓所有人都能得到幸福。」

這句突如其來的話，讓迪米烏哥斯想起普欽內拉的性格。

普欽內拉以溫和與慈悲在納薩力克中廣為聞名。他被創造出來的目的是為了讓眾人獲得幸福，所以他個人的行動方針也是以此為準。

「納薩力克地下大墳墓的人，能夠服侍安茲大人真是幸福。」

迪米烏哥斯也點頭同意。

「原來如此。那麼普欽內拉我問你，你的意思是，其他人服侍納薩力克的話也會覺得幸福囉？」

「怎麼可能，我不是這個意思。能夠服侍安茲大人確實是一件幸福的事，會令人喜極而泣，但如果是遭到強迫，那就絕對不能算是幸福。」

「哦哦，那麼，到底該怎麼做才好呢？」

「很簡單。只要隨便挑選一個人，將那人的手臂砍斷即可。這麼一來，其他人就會藉由拿那個人和自己相比，知道自己比較幸福。這真是太美妙了。而要讓失去手臂的人幸福，就只要再砍掉別人的腳就好了。哦，我讓許多人獲得幸福！」

迪米烏哥斯很滿意地向仰天大笑的小丑點頭回應：

「原來如此，說得真對。」

2

只是一味等待的時間會覺得很長，不過，進行某種有期限的準備時，就會覺得時間過得相當快。

約定的時間已經來臨。

這天，炙熱的太陽像烏龜般慢吞吞地爬上天際，一眼望去是萬里無雲的蔚藍天空。風沒有傳來半點聲音，整個世界籠罩在幾乎掉下一根針都能聽見的寧靜中。

四周瀰漫著劍拔弩張的緊張氣氛。

有人嚥下口水，有人呼吸急促。

不知道是聚集在一起的蜥蜴人開始保持安靜之後多久的時候。

天上好像開了一洞，突然冒出一朵烏雲，像之前出現時那樣迅速擴散，一直擴大遮蔽藍天的範圍。

不久，烏雲遮蔽了整個天空，就在四周失去陽光，呈現一片灰暗時——

蜥蜴人們看到無數不死者緩緩從森林和溼地的邊界中冒出。因為被樹木擋住，所以不知道數量有多少，只是彷彿永無止盡般不斷從後面湧現。

進攻方有兩千兩百隻殭屍、兩千兩百隻骷髏、三百隻野獸殭屍（Undead Beast）、一百五十隻骷髏弓兵（Skeleton Archer）、一百隻骷髏騎兵（Skeleton Rider），總計四千九百五十名士兵，外加指揮官與守護兵。

至於防守方則是五族同盟的蜥蜴人軍團。

「綠爪」族有一百零三名戰士、五名祭司、七名狩獵班、一百二十四名公蜥蜴人、一百零五名母蜥蜴人。

「小牙」族有六十五名戰士、一名祭司、十六名狩獵班、一百一十一名公蜥蜴人、九十四名母蜥蜴人。

「利尾」族有八十九名重裝甲戰士、三名祭司、六名狩獵班、九十九名公蜥蜴人、八十一名母蜥蜴人。

「龍牙」族有一百二十五名戰士、二名祭司、十名狩獵班、九十八名公蜥蜴人、三十二名母蜥蜴人。

「朱瞳」族有四十七名戰士、十五名祭司、六名狩獵班、五十九名公蜥蜴人、七十七名母蜥蜴人。

共有四百二十九名戰士、二十六名祭司、四十五名狩獵班、四百九十一名公蜥蜴人、三百八十九名母蜥蜴人。總計一千三百八十名士兵，外加各部族族長及薩留斯。

一場戰力差超過三倍的戰爭正式揭開序幕。

●

這裡是一間木造房間。

毫無任何裝飾，露出木頭構造，像小木屋一樣的樸素設計。只不過，這個房間從地板到天花板的高度有五公尺，長寬也隨便都超過二十公尺。

幾乎沒有擺放什麼家具用品，只有掛在牆壁上的一面巨大鏡子和一張厚重、堅固的巨大桌子，以及圍繞在桌子旁的椅子而已。

椅子上坐了幾個人，他們面前的桌上放著許多捲成圓筒的羊皮紙——含有魔法的卷軸。

「接著，這是最後一副，是傳送系卷軸。」

隨著這道說像是稚嫩少女也不為過的高亢聲音出現，一副卷軸又被放到桌上。

拿出卷軸的是一位——身穿女僕裝的人類女性。

這位少女長相可愛，頭上是兩邊綁著兩顆圓球狀髮髻的髮型。不過，身上卻散發出獨特氛圍，其中最為獨特的是她的眼睛。

眼睛雖然渾圓，卻像是裝上劣質玻璃彈珠般沒有光芒，不僅如此，還不曾眨過。

她纖細的身體包覆著魔改造女僕裝，相當於衣領的部分立起，將脖子完全擋住。除了臉以外，她沒有露出任何肌膚。

她正是戰鬥女僕的其中一人——安特瑪．瓦希利薩．澤塔。

「然後啊，還有『訊息』卷軸，不過有很多，所以可以請人先暫時將桌子收拾一下嗎？」

安特瑪對坐在桌子四周座位中最上位的人物請求後，那人緩緩點了點頭。

「就先收拾吧。」

「好～的，那麼，你們就收拾一下吧，動作要快喔。」

聽到科塞特斯的同意還有安特瑪的指示後，圍著桌子的人們就一齊動手收拾。

每一位都是異形種族，有類似螳螂的異形、類似螞蟻的異形，甚至還有類似巨大腦漿的異形。

每一位的外表都大不相同，但有兩個共同點，那就是每個異形都是科塞特斯的僕人，還有大家都替納薩力克這個組織工作。

正因為如此，就算對方是比自己弱的安特瑪，大家也會聽從其命令。

在納薩力克地下大墳墓的權力結構中，最重要的並非實力，而是是否由無上至尊親手創造。就這點來說，安特瑪算是高階的掌權者。

確認桌上已經大致收拾完畢後——

「那麼，科塞特斯大人，請收下這些。」

——嘴巴沒有動的安特瑪如此說道後，拿起放在腳邊的包包，從裡面取出好幾副捲成圓筒的羊皮紙。

「這些是『訊息』卷軸。聽安茲大人說，這些卷軸是使用迪米烏哥斯大人辛苦獲得的皮所製作。安茲大人說，如果使用時出現問題，希望能夠回報。」

「是嗎……了解了。我會調查一下是否有問題。」

科塞特斯舉起四隻手的其中一隻，從轉交過來的卷軸中拿起數副卷軸。

「這麼一來，又被迪米烏哥斯拉開差距了呢。」

科塞特斯對周圍的僕人如此苦笑道。僕人們聽到後，也跟著露出微笑。

科塞特斯拿著羊皮紙，陷入沉思。

科塞特斯也聽說過，納薩力克含有低階魔法的羊皮紙庫存數正不斷減少。

找到能夠獲得製作各種道具所需材料的地方，是今後需要解決的重要問題。以現狀來說的確還算充裕，但如果只是不斷消耗，總有耗盡的一天。因此，包含牠們的主人在內，許多人都展開了行動。

曾耳聞的第六層蘋果樹，也是其中一環。

不過，對負責守護納薩力克的科塞特斯來說，這是一個他也無能為力的問題。這是當然的，既然負責守護工作，當然不可能到外面尋找。

到外面設置踏腳石的迪米烏哥斯，到最後一定會解決問題。這可以說是非常理所當然的結果。

自己的同伴成功完成任務。

這是值得欣慰的事，事實上，科塞特斯也感到高興。不過，他還是無法完全壓抑住內心的嫉妒之火。自己的同僚能夠幫助無上至尊——必須崇拜的主人，實在令他羨慕不已。

自己的工作是保衛納薩力克。

這個重責大任，恐怕比其他守護者收到的任何命令都還要重要。不管問哪個僕人，也都會回答這是一份重要任務吧。因為不能讓低賤之輩踏入無上至尊們的棲身場所。

不過，沒有入侵者的話，也無法證明科塞特斯的忠實勤奮。

所以，科塞特斯才會想要獲得成果。

對守護者來說，幫助自己的主人會帶來強烈喜悅。科塞特斯也想品嚐那樣的喜悅。

如今這個機會，就在眼前。

科塞特斯轉頭看著鏡子裡的景象，握緊卷軸。

鏡子裡浮現的並非室內景象，而是某片溼地的光景。沒錯，映照在這個遠端透視鏡中的風景，正是科塞特斯窩在這間亞烏菈建造的小木屋長達兩天的理由。

這次的戰爭——不對，以絕對強者納薩力克地下大墳墓的勢力來說，這是一場屠殺，只不過是一種回收屍體的手段。收到這個可說是收穫祭的任務時，科塞特斯的主人也對他下了幾道命令。

第一是嚴禁科塞特斯露面。當然，他的僕人也一樣要遵守。只能以分配到的兵力自行解決問題。

第二是被分配到旗下充當指揮官的死者大魔法師，必須保留到最後才用。

第三是一切行動都盡可能自行判斷。

雖然除此之外，還有幾點細項，但比較大的命令就是這些。

目前必須只以派遣到湖泊一帶的兵力取勝，不過，只要能夠成功獲勝，就能向偉大主人展現忠心。

「辛苦了，請代為向安茲大人表達感謝之意。」

安特瑪無精打采地輕輕點頭。

「那麼……妳要回去了嗎？」

「沒有，我有收到指示，要在這裡見證這場戰爭的結果。」

原來是被派來督軍的啊。

科塞特斯如此判斷，對於自己被賦予重責大任感到熱血沸騰。

那麼，差不多該開始行動了。

科塞特斯發動「訊息」，對不死者軍團的指揮官下令。

——進軍。

●

增高一階的踏台兩邊各自立著一座篝火，四周被其晃動的光芒照耀著。

踏台上站著幾名蜥蜴人，有各部族的族長、各部族的頭目等重要人物。

踏台前面的廣場上聚集了眾多準備應戰的蜥蜴人，這些蜥蜴人的鼓譟聲彷彿浪花般此起彼落。不安、焦慮與害怕——他們努力掩飾這些情緒，也依然無法壓抑住心中的動搖，才會出現這樣的鼓譟。

接下來要開始的是一場戰爭。身旁的好友或許會在下個瞬間變成屍體，倒地陣亡的人或許是自己。稍後即將所赴之處就是這種殘酷的戰場。

夏斯留．夏夏從族長群中站了出來，中斷這樣的鼓譟。

「諸位蜥蜴人，聽好了！」

一道威風凜凜的聲音響起，廣場立刻鴉雀無聲，使夏斯留的聲音顯得格外響亮。

「我承認，敵人的數量很多。」

沒有出現任何聲響，不過，大家都可以明顯看出廣場出現一股名為動搖的氣氛。

夏斯留隔了一會兒後，再次拉開嗓門。

「但是，不需害怕！我們五大部族已經史無前例地締結同盟。經過這次的結盟，我們在此時此刻成為了一個部族。所以，五大部族的祖靈將會保護我們——甚至連不同部族的祖靈也會保護我們。」

「各位祭司長！」

聽到這聲呼喚，位於後方的蔻兒修便帶領五位各部族的祭司長向前一步，然後脫掉身上的衣服，露出白色鱗片。

「這位是帶領祭司長的蔻兒修．露露！」

聽到夏斯留這句介紹的蔻兒修繼續向前一步。

「讓祖靈下凡吧！」

「——聽好了，我們這個大部族的孩子們！」

這個新生的部族是怎樣的一個部族？

蔻兒修帶著堅毅的態度，滔滔不絕地訴說著。聲音時而高亢，時而低沉；時而像嘶吼，時而像歌唱。

一開始，幾乎所有人都討厭白化的蔻兒修。不過，看到她充滿自信的凜然風采後，厭惡之色也跟著漸漸消失。

蔻兒修的身體隨著演說輕輕擺動。白色鱗片在篝火的照射下閃耀著無數光芒——那反射的光芒看起來甚至像是祖靈降臨到蔻兒修身上。

大家臉上都不禁浮現崇拜的神色。

「這次，我們五大部族合而為一，這代表五大部族的祖靈將會保護我們所有人！見證吧！諸位蜥蜴人！見證無數的——全部族的祖靈在此降臨各位身邊！」

蔻兒修充滿氣勢地張開雙手，指向天空。眾人的視線都隨之移動，不過，眼前當然只是平淡無奇的陰鬱天空，並沒有什麼神靈下凡的跡象。但是，有人低聲說了一句話。

說——有一道小小的光芒。

一開始微弱的聲音慢慢變大，在場的幾名蜥蜴人還開始說：「看到了。」有人說那是小小的光芒；有人大叫說那也一樣是蜥蜴人；有人低喃著那是巨大的魚；有人驚叫說那是小孩；還有人不敢置信地說那是一顆蛋。

蜥蜴人們心中只有一個想法——這真的是祖靈下凡。

「祖靈來守護我們了！」

會出現這樣的叫聲，應該也是理所當然的結果吧。

「感受吧！感受那些力量流入你們的身體！」

蔻兒修的聲音進入大家心中，那聲音聽來像是很遠，也像是很近。

許多蜥蜴人彷彿受到這個聲音的引導，感覺到某種力量湧入自己的身體。

「感受吧！感受五大部族的祖靈恩賜你們的力量！」

聚集在現場的所有蜥蜴人，確實都有感受到。

感受到那股劇烈湧現的力量。這種熱血沸騰的感覺讓剛才的不安消失得無影無蹤，身體像是喝過酒般，從體內開始發熱。

這就是有無數祖靈降臨的最好證明。

蔻兒修將視線移開眼前眾人的陶醉表情，向夏斯留點點頭。

「聽我說，所有蜥蜴人們，祖靈已經附身在我們身上了。我們的人數確實不及敵人，但是我們會輸嗎？」

「不會！」

依然面露陶醉的蜥蜴人們異口同聲地附和夏斯留這句話，空氣因而劇烈撼動。

「沒錯！被祖靈附身的我們絕不會輸！打倒敵人，將勝利獻給祖靈吧！」

「哦哦！」

眾人的鬥志無比高昂。現場已沒有任何感到不安的蜥蜴人，只有迎向眼前戰役，化作戰士的蜥蜴人。

他們並非受到魔法迷惑。即使集結了這麼多的森林祭司，也不可能有那種餘裕在開戰前對在場的所有人施加魔法。

這是在儀式之前，款待所有蜥蜴人喝了某種特殊飲料導致的結果。

那是可以令人產生勇氣的蜥蜴人祖傳飲料，是使用一種可以讓人短時間產生醉意、幸福感、幻覺等效果的特殊藥草煎煮而成。

藉此帶來一種類似冥想的效果。

蔻兒修的一席話是為了爭取時間，等待這個效果出現。

一揭穿真相，就會發現根本沒什麼大不了。不過，對於親眼目睹這個效果——見證祖靈下凡的蜥蜴人來說，這正是一種激發勇氣的儀式。

「那麼，現在就將塗料傳下去。本來應該是每個部族一種顏色，不過，現在是五大部族的祖靈附身在大家身上，所以使用全部的顏色來妝點身體吧！」

幾名祭司拿著陶壺，遊走於齊聚一堂的蜥蜴人之間。

從陶壺中拿取塗料的蜥蜴人們，開始在身上畫出屬於自己的圖騰。他們認為這是附身的祖靈擅自畫的圖騰，所以大家也都任憑手指自由遊走，在自己的身體畫起圖騰。

也因為這次是五族祖靈下凡的緣故，有很多人幾乎把塗料塗滿全身，不過，「綠爪」族的蜥蜴人卻幾乎都沒有畫上圖騰。這是因為薩留斯和夏斯留等部族中的少數菁英分子沒有畫的緣故。要說的話，就是一種模仿偶像的粉絲吧。

大致環顧一圈，確認大家都畫完了之後，夏斯留拔出自己的巨劍，指向大門。

「出征！」

「哦哦————！」

無數轟然咆哮響遍了周遭。

納薩力克地下大墳墓軍大致分成兩隊，部署在沼地。

殭屍部署在蜥蜴人看過去的左側，骷髏部署在右側。至於骷髏弓兵和骷髏騎兵則部署在骷髏後面。

野獸殭屍可能是代表了主軍，部署在後方。

另一邊的蜥蜴人軍團雖然兵力薄弱，也一樣分成兩支部隊。殭屍這邊部署母蜥蜴人和狩獵班，骷髏這邊部署戰士、公蜥蜴人，祭司群則位於有圍牆保護的村落內。

蜥蜴人會來到村外，當然是因為他們知道即使採用守城戰，也沒有任何好處。蜥蜴人處於沒有任何援軍的狀況，圍牆也根本無法用堅固來形容。反觀敵方的不死者軍團，不但不需要糧食，也不需要睡眠。

情況就是如此不利。因此守城戰可說是下下之策吧。

不過，在外列隊後，就深深感受到了敵我的懸殊兵力。

一人對三隻以上，十人要對三十隻，比例一模一樣。不過，一千人對三千隻的話，感覺差異就相當懸殊。三千隻的不死者光是列起隊來，產生的壓迫感就非同小可。

即使在這種狀況下，蜥蜴人們也沒有面露懼色。對祖靈附身的他們來說，數量並不是問題。

不久，不死者軍團開始緩緩進軍。開始行動的是殭屍和骷髏，骷髏弓兵和骷髏騎兵則不動聲色地佇立在沼地上，可能是想要保留實力。

蜥蜴人軍團也隨之進軍。

「哦哦哦哦哦哦哦哦！」

整個溼地響起震耳欲聾的吶喊聲，同時也發出無數的水聲。水花濺起，泥土飛揚。

兩軍不斷前進，即將激烈交鋒。這時候，納薩力克軍團卻出現異狀。

殭屍和骷髏雖然同時開始進軍，前進的情況卻慢慢出現差異。這是因為殭屍的動作遲緩，骷髏的動作敏捷。而且，最重要的是位於溼地這種窒礙難行的地方。

殭屍這種遲鈍的魔物受到泥地的阻礙後，動作變得更緩慢，但骷髏這種體態輕盈的魔物，動作就不會受到那麼大的影響。

因此，最先激烈交鋒的是骷髏和戰士級蜥蜴人。

蜥蜴人們根本沒有陣形，只是一味地橫衝直撞，見人就砍，毫無章法可言。

一馬當先的是各部族的五名戰士長。身為指揮官的人衝上前線，就某些情況來說，是相當愚蠢的作法，不過，他們是蜥蜴人戰士中位階最高的人物，如果他們沒有在前面衝鋒陷陣的話，所有蜥蜴人的士氣也會低落。因此，現在每位蜥蜴人的士氣都相當高昂。

後面跟著突擊的是八十九名「利尾」族的重裝甲戰士。他們身穿皮鎧，手持皮盾，是所有部族中防禦力最高的一群。

他們舉起盾牌，像一座城牆般衝向骷髏軍團。

激烈交鋒——骷髏的前鋒部隊和蜥蜴人的前鋒部隊互相衝撞。

瞬間——無數的骨頭四處飛散，蜥蜴人部隊撞進骷髏軍團的陣形內。

殺聲震天，骨頭碎裂的聲音不斷響起。有時候會聽到痛苦的呻吟，但骨頭碎裂的聲音還是遠遠大於呻吟聲。

蜥蜴人在第一戰取得絕對優勢，占得上風。

如果迎接這一戰的人並非蜥蜴人而是人類軍隊，結果應該會相反吧。

骷髏因為身體由骨頭組成，突刺武器的攻擊幾乎完全無效，對斬擊武器的攻擊也具有一定抗性。因此，以刀劍為主要武器的人類軍團，很難給予骷髏有效的傷害。

蜥蜴人能夠取得絕對優勢，歸功於他們的主要武器是類似釘頭錘的粗獷石製武器，因為骷髏的剋星正是打擊系武器。

每當蜥蜴人揮下手中的武器，骷髏的骨頭身體就輕輕鬆鬆地被擊潰。即使擋得了一擊，也會在第二擊遭到完全粉碎。相反地，骷髏每次用手持的生鏽長劍擊中蜥蜴人堅硬的鱗片皮膚，都會遭到彈開。雖然偶爾會有人受傷，卻無人身負足以致命的重傷。

最初的突擊。

光是這樣就有將近五百隻骷髏粉碎於溼地——

●

呈現在鏡中的光景令科塞特斯瞠目結舌。

雖然只是第一次的正面交鋒，但蜥蜴人的戰鬥力卻超乎想像。科塞特斯是優秀的戰士，某種程度上可以看穿對手的實力。的確，骷髏和蜥蜴人的個人實力差距相當明顯，骷髏沒有勝算。不過，照理說他們的兵力差距應該能彌補這項劣勢。

即使如此，還是出現這種結果，到底是怎麼回事？這甚至令人懷疑蜥蜴人有受到某種力量強化。

能夠和目前的蜥蜴人戰鬥，並取得優勢的，恐怕只剩骷髏弓兵和骷髏騎兵了吧。

在他觀戰的期間，骷髏也不斷地遭到粉碎。骷髏和殭屍的功用恐怕只剩下耗費對方體力而已。

這麼一來，我方的有效兵力就只剩下三百隻野獸殭屍、一百五十隻骷髏弓兵、五百五十隻骷髏騎兵，數量上反而遭到逆轉。

科塞特斯在心中計算。

不死者很強，尤其在持久戰中，應該很少有人比不死者還強。不死者沒有任何感覺，不會害怕也不會疼痛，而且還不知道疲勞為何物，也不需要睡眠。

這些特色能夠在戰爭中帶來多少好處，甚至不需要多做解釋。

假設用石製的釘頭錘往頭部全力一擊，一般生物的話，搞不好會立即斃命，就算僥倖不死，也會大量出血並感到劇痛。遭到攻擊的人不用說，一定會立刻喪失戰意。當然，有些經過忍痛訓練的戰士不在此列。但一般來說，應該都會失去戰意。

這對生物來說是理所當然的事。

但不死者又如何呢？

頭被打破？那麼，他應該會濺著腦漿攻擊吧。

手被打斷？那麼，他應該會用骨折的手攻擊吧。

腳被砍斷？那麼，他應該會爬著攻擊吧。

沒錯，只要負向生命力沒有消失殆盡，不死者就會一直攻擊下去。只要未滿足立即斃命的條件，像低階不死者常見的條件就是斷頭，就不會像人類那樣喪失戰鬥意志。也就是說，不死者也是一種最佳的士兵。

以個人實力來說，目前是蜥蜴人比較強，這點不容否認，不過，這種情況不見得會一直持續下去。

科塞特斯將蜥蜴人的評價提昇一級，判斷對方不是能夠瞬間消滅的敵人。那麼，現在必須做的事，就是讓戰鬥演變成持久戰。

「要先暫時撤退，再伺機而動嗎？」

「屬下認為這是明智之舉。」

「屬下認為還是應該出動弓兵和騎兵。」

「不對不對，還是應該繼續攻擊，等待敵人精疲力竭才對。」

「讓對方精疲力竭又能怎麼樣？如果無法摧毀敵人的大本營，最後敵人還是能夠回復體力吧？」

「的確。敵人似乎有強化防禦，但靠的只是一座脆弱的圍牆。攻陷那座村落，再圍剿他們如何？」

聽完幾名僕人的回應後，科塞特斯拿起「訊息」卷軸，斜眼瞄了安特瑪一眼，觀察她的表情。

安特瑪興趣缺缺地面對鏡子方向。她把不知道從哪裡拿出的綠色餅乾往下巴附近送，下個瞬間，立刻響起啪哩啪哩的清脆聲響。這個態度也彷彿在表達事不關己。可能是因為這樣，臉上才沒有任何表情。

——不對，那張沒有表情的臉只不過是裝飾品。

科塞特斯想起她的真正身分，察覺觀察她表情的自己有多愚笨。

她是吞食眷屬者，就連科塞特斯的朋友，也是納薩力克的五大惡人之一的恐怖公，都曾經斬釘截鐵地說過「她是最可怕的人」。這就是她的真正身分。

科塞特斯放棄根據她臉上表情看出應在其後的主人心意後，使用卷軸，向軍團指揮官傳達「訊息」。

「——他們是在小看我們嗎？」

任倍爾不禁如此嘀咕著。雖然這句嘀咕聲的音量不大，但已足以讓所有在泥牆上窺視敵情的人聽到。

「弓兵和騎兵竟然一動也不動，我只覺得他們根本就是輕視我們。」

「是啊，原以為對方會一口氣前來攻陷我們呢……」

「與殭屍的對戰，進展順利。」

與殭屍對戰的是只有四十五名成員的狩獵班。他們不斷使用先投石再後退的戰法，然後慢慢誘導對方和骷髏拉開距離。母蜥蜴人則緩緩移動到貼近骷髏側翼的位置。

「不覺得他們的行動很詭異嗎？」

「……的確。」

與其說是被誘導，還不如說殭屍們的注意力完全被狩獵班吸引過去。會有認同那種行動的指揮官嗎？不對，不可能會有那種指揮官，但事實上殭屍就是那樣行動。那麼，敵人是有什麼目的嗎？在場的所有人都想不透。

「我不太能理解他們的行動。」

「嗯，同意夏斯留的說法。」

不管再怎麼想，都不覺得殭屍的行動有什麼意義。

觀察了一會兒的薩留斯，將自己的想法告訴大家。

「會不會是沒有指揮官？」

「沒有指揮官……？啊，你的意思是說，不死者搞不好只是照著一開始的指令行動而已？」

「嗯，沒錯。」

在不死者中，像殭屍和骷髏這種最低階的不死者沒有任何智慧，因此，適時下達命令是最有效率的指揮方式。不過，這次的殭屍等敵人，感覺就像是只有收到殺死附近的蜥蜴人這個命令。他們說的就是這個意思。

「也就是說，敵人以為只要人數夠多就能贏我們嗎……不對，難道這次的戰爭，只是要實驗在沒有指揮官的情況下能夠戰鬥到何種程度？」

「或許是這樣。」

「混帳東西！開什麼玩笑！」

怒罵的人並非任倍爾，而是夏斯留。即使是夏斯留，也有無法忍受的事情吧，畢竟蜥蜴人們是賭上了性命在奮戰。

「夏斯留你冷靜點，還不見得就是那樣。」

「嗯，抱歉……進展順利算是好事呢。」

「哥哥，你說得沒錯，因為我們一定要趁現在盡可能減少敵人的數量才行。」

戰鬥產生的疲勞可是非同小可，要是進入混戰，精神的耗損速度更是快得令人無法想像。在不知道敵人會從前、後或是左右攻過來的戰場上，光是揮舞武器幾次，就會比普通情況下加倍疲憊。

但是不死者卻不會感到疲勞，他們會毫不停歇地一直進攻。

生物與死者間的這個差異，會隨著時間的流逝變得更加明顯。

時間等於是蜥蜴人的敵人。

「嘖，如果我也能上陣就好了。」

「忍耐，任倍爾。」

的確，如果有任倍爾這位高手加入，或許可以立刻擺平骷髏軍。不過，這也代表掀開自己的底牌。薩留斯等六人必須當作最後王牌。雖然在迫不得已的時候當然要以王牌應戰，但若非緊要關頭，在最大敵人現身前，絕對不能掀開底牌。

「不過，對方不進軍，不就正中了我們的下懷嗎？」薩留斯如此告訴大家，得到大家的認同，同時向身旁的蔻兒修問：「妳那邊還順利嗎？」

「……嗯，儀式也進行得很順利。」

看著村落內的蔻兒修回答薩留斯的問題。目前祭司群在村落內進行的儀式，有可能成為蜥蜴人的另一張王牌。原本應該很花時間，但因為所有部族的祭司全都聚集在一起，所以儀式進展迅速，來得及運用在這次的戰鬥中。

「……原來同心協力是這麼驚人的事情。」

「嗯……是啊。雖然在過去的那場戰役後，也有交換一些情報……不過，現在也多了很多想在戰後做的事呢。」

其他部族的族長也大力點頭同意夏斯留的說法。他們因為這場戰鬥才彼此交換知識，並親眼見識到全體共同發展的重要性。過去雖有結盟，但沒有交換知識的三位族長交流得特別激烈。

薩留斯望著這樣的五人，露出微笑。

「有什麼好笑的事嗎？」

「沒什麼，只是雖然身處在這種時刻，但我覺得很高興。」

蔻兒修瞬間明白薩留斯的想法。

「——我也一樣呢，薩留斯。」

看著巧笑倩兮的蔻兒修，薩留斯像是感到刺眼般瞇起眼睛。兩人的眼神中都充滿仰慕與慈愛。

兩人的身體沒有貼在一起。這是理所當然的事。畢竟，即使是現在，也有蜥蜴人不斷死去，他們不可能明知如此還順著自己的想法行動。不過，薩留斯和蔻兒修的尾巴卻彷彿獨立的生物般動來動去，時而觸碰對方，時而分離。

「姆嗚……」

「做哥哥的，你知道這是什麼情況嗎？」

「我們完全成了局外人呢。」

「好恩愛喔。」

「結論是……年輕真好，充滿未來。」

看著眼前的可愛後輩，四位前輩蜥蜴人頻頻點頭。

薩留斯和蔻兒修當然不可能沒聽見。兩人的尾巴雖然不斷擺動，但臉上卻是一本正經的表情。

「哥哥，敵人出動了喔。」

夏斯留等人對於薩留斯轉變得如此快速的態度，不禁露出苦笑，同時將目光移向敵方陣地。骷髏騎兵開始大幅度地迂迴前進。

「喂喂喂，他們該不會想來我們這裡吧？」

「騎兵嗎？他們打算藉由攻擊我們來動搖我方軍心嗎？」

「不對不對，應該是想要繞到戰士和公蜥蜴人背後，來個圍剿吧？」

不妙。

大家一語不發地得出相同結論。骷髏騎兵的機動性相當棘手。

骷髏騎兵如果一開戰就出動，就可以最先將之殲滅了。不過，目前戰士和公蜥蜴人陷入混戰狀態，狩獵班正在誘導殭屍，母蜥蜴人正開始從骷髏軍的側翼投擲石塊，現下沒有多餘的兵力可以阻擋骷髏騎兵。

「看來還是要由我們採取行動比較好。」

聽到「小牙」族族長的意見，夏斯留也點頭同意。

「問題是要誰出動……我們也讓敵人見識一下我們的第一步吧。」

骷髏騎兵。

那是騎著骷髏馬，裝備騎兵槍的骷髏。除了機動性強之外沒有特別的能力，但在這片溼地上的機動力卻是出類拔萃。因為他們的身體由骨頭組成，不太會陷入泥地，能夠以媲美馬匹的速度前行。

為數總共一百隻的骷髏騎兵迂迴前進，打算繞到蜥蜴人的後方，目的是從背後殲滅蜥蜴人兵團。

雖然看到前進方向左邊——也就是村落方向，有三名蜥蜴人朝著他們過來，但骷髏騎兵卻視若無睹。因為沒有收到命令，所以只要沒有受到攻擊便不予理會。沒有智慧的不死者就是這樣的魔物。

他們已經快要到達蜥蜴人軍後方，這個時候，帶頭奔馳的骷髏騎兵視野突然一陣天旋地轉。飛出去的骷髏騎兵飛得很高，然後重重摔落溼地。

如果是人類，一定會感到困惑，無法立刻採取行動吧，但沒有智慧的不死者骷髏騎兵為了達成命令，立刻又動了起來。

雖然迅速站起，但還是受了傷，所以腳步有點踉蹌。

這時候剛好又被另一隻摔落的骷髏騎兵撞到，四分五裂的兩隻骷髏兵骨頭散落在溼地上。

這樣的光景接二連三地出現在各處。

為什麼在這樣開闊的溼地上會發生這種情況？答案非常簡單——是陷阱。

溼地中埋著開口的木箱，就是因為骷髏馬的腳踩進去，才會順勢摔倒。

骷髏騎兵一隻接一隻不斷摔倒，如果是人類，應該會減慢行進速度吧，但骷髏騎兵卻不會那麼做。他們的判斷力雖足以躲開一開始就存在的大洞，卻沒有提防隱藏陷阱的能力，因為他們沒有收到這樣的命令，而且沒有隨機應變的智慧。

保持原速衝進陷阱的情景，看起來就像是集體自殺。

不過，雖然陷阱的效果絕佳，但終究只能用來拖延時間。可以造成一些損傷，卻無法消滅骷髏騎兵。在各處摔倒的骷髏騎兵全身沾滿污泥地站了起來。

這時候，咻的一聲，一道劃破空氣的聲音響起，一隻倒地骷髏騎兵的頭就這樣飛了出去。

認為這是敵對行為的骷髏騎兵，開始左顧右盼起來。

這時候，又有一隻骷髏騎兵的頭像玻璃碎裂般整個彈飛出去。

骷髏騎兵在距離他們八十公尺左右的地方發現三名蜥蜴人。也看到他們以手上的彈弓發射石頭，將骷髏騎兵的頭打碎——

骷髏騎兵開始展開行動。

同一時間，與骷髏軍之間的戰局也開始轉變。

在無數的拉弓聲之後，飛來的弓箭短暫響起如雨聲般的聲音。

為數一百五十隻的骷髏弓兵，朝向蜥蜴人和骷髏軍一起射出弓箭。不是只有射出一箭，而是兩箭、三箭……

蜥蜴人也沒有料想到會有這波攻擊。

好幾名蜥蜴人被弓箭命中倒地，他們沒辦法一邊與骷髏戰鬥，還能同時擋住弓箭攻擊。

當然，骷髏兵也會被弓箭命中，但不會受傷。

先派出不怕突刺攻擊的骷髏擋在前面，然後再由後方的骷髏弓兵發射弓箭，這個戰略可說相當天衣無縫。如果以打倒兩千兩百隻骷髏的所需時間來說，光是利用這個戰略，應該就能將蜥蜴人完全消滅了。

問題是太晚實施這個戰略，如果一開始便實施這個攻擊，應該能夠讓蜥蜴人面對致命性的結果。一定早就會被懸殊的兵力淹沒，分出勝負。只是，目前這個局面已經大勢底定。

蜥蜴人不理會變少的骷髏，朝後方的骷髏弓兵衝過去。

一百五十支箭如雨落下，讓好幾名蜥蜴人倒在泥濘地面上，不過也只是少部分。

因為蜥蜴人的皮膚厚實，鱗片堅硬，即使不穿鎧甲，防禦力也和穿著皮鎧的人類不相上下。即使皮膚不幸被箭刺穿，厚實的肌肉也可以保住他們的性命。

而骷髏弓兵的弓箭勁道不強也是另一項主因，其強度不足以奪取蜥蜴人的性命。

蜥蜴人毫無畏懼地一邊咆哮一邊向前衝。面對再次射出的箭雨，蜥蜴人雙臂交叉護住頭部，即使身體遭到刺穿，也依然奮不顧身地向前衝去。

三箭——

這是骷髏弓兵來得及發射的最多箭數。如果他們有智慧的話，應該會先撤退吧。若先暫時撤退，和倖存的不死者軍團並肩作戰的話，應該能發揮更好的效果。

不過，骷髏的腦袋沒有辦法容下那麼複雜的命令，也沒有收到那種命令，因此只能單純地執行最初的命令——即使和蜥蜴人間的距離拉近，也只會不斷向對方射箭。

咆哮聲響起——骷髏弓兵和骷髏一樣，遭到蜥蜴人大軍淹沒。在這種距離下，弓兵已經無法大顯身手，只有挨打的份，接二連三地陸續倒地。現在，雖然殭屍軍團還存活著，但骷髏卻幾乎已全數沉入濕地。

到了這時候，敵方才終於派出新敵人。

那就是野獸殭屍。

這些從狼、蛇、蟒——各種動物屍體變成的不死者，是一種兼具殭屍的強韌和動物敏捷性的魔物。

野獸殭屍朝著蜥蜴人急衝而去。速度快的衝很快，速度慢的慢慢跑，是個毫無陣型可言的突擊。

來自下方的攻擊出乎意料地很難躲避。野獸殭屍會猛咬敵人的腳，讓敵人喪失行動力後再給予致命一擊，使用的攻擊方式很有野獸的風格。

對於愈來愈疲憊的蜥蜴人來說，這種攻擊相當難以招架。幾名動作變得遲鈍的蜥蜴人被野獸殭屍咬破喉嚨。看到身旁的同伴倒下後，即使是已經做好戰死覺悟的人，或是相信祖靈附身的人，臉上都難掩驚慌神色。

戰士長身先士卒地在前方浴血奮戰，卻被漸漸逼退。就在他們認為戰線瓦解只是遲早的問題時，溼地突然往上隆起。

出現在眼前的是兩個沒有頭也沒有手腳，高度約一百六十公分左右的圓錐形泥塊。

那兩個泥塊展開行動。

明明沒有腳，卻能敏捷地在濕地上順暢前行，朝著野獸殭屍而去。拉近距離後，泥塊便從相當於人類手部的地方伸出一條比身高還長的鞭子。

那是蜥蜴人的王牌之一，由所有祭司同心協力召喚出來的溼地精靈。

溼地精靈衝進野獸殭屍軍團，甩出鞭子般的觸手攻擊，抓起敵人。野獸殭屍當然也奮勇應戰，張牙舞爪地或抓或咬。

這是一場不知恐怖為何物的同類對戰。不過，戰況對溼地精靈愈來愈有利，單純只是因為個體的戰鬥能力差異。

己方的祭司能力勝過不死者。因這個事實喚回勇氣的蜥蜴人再次實施突擊。

現場展開了一場慘烈的激戰。

這次的戰鬥和之前的骷髏戰不同，蜥蜴人這邊也開始出現傷亡。不過，勝利逐漸傾向了單純在人數上佔優勢的蜥蜴人這方。

●

會輸。

科塞特斯了解到了這個事實。

在分配到的軍力中，並沒有任何不死者擁有智慧。這是失敗的主因，也是從一開始就很擔心的一件事，但沒想到他們會弱到這種地步。

科塞特斯對於自己的輕慮淺謀感到頭疼。雖然是有在這種狀況下逆轉情勢的方法，但並不是什麼好方法，因為走那步棋的話就幾乎等於承認失敗。

不過，又怎麼可以向自己的主人報告失敗的消息。科塞特斯拿起「訊息」卷軸。這時候，應該將訊息傳送給誰呢——

「……是迪米烏哥斯嗎？」

「是啊，吾友。你竟然會傳訊息給我，到底發生什麼事了呢？」

一道沉穩的聲音在科塞特斯的腦中響起。迪米烏哥斯的智慧在納薩力克內也屬於頂尖等級，若是他的話，或許會有什麼好主意。

就某種層面來說，迪米烏哥斯也算是對手之一，向他求助也讓科塞特斯有些不甘心。不過，最該避免的情況還是戰敗，納薩力克地下大墳墓的——軍團怎能戰敗。為了避免戰敗，他不惜拋開所有自尊，低頭向人求助。

「其實——」

消耗一副卷軸將眼前狀況說明完畢後，靜靜傾聽的迪米烏哥斯有點傷腦筋地嘆了一口氣。

「那麼，你想要我怎麼做呢？」

「希望你能幫我出點主意，照這樣下去的話會戰敗。如果只是我個人的戰爭，我可以接受戰敗，但絕對不能因此讓納薩力克地下大墳墓，甚至是無上至尊們面目無光。」

「……安茲大人真的希望獲勝嗎？」

「你這話是什麼意思？」

「我的意思是說，安茲大人為什麼會以那種低階僕役組成軍隊。」

科塞特斯的確也對這點感到存疑。他實在想不透有什麼理由非得以納薩力克地下大墳墓的最低階僕役組成軍隊。

「……安茲大人應該有他的想法，但是到底有什麼意圖呢？」

「……是可以推測出幾種可能性。」

真不愧是迪米烏哥斯——科塞特斯沒有把這話說出口，默默在心裡對惡魔感到佩服。

「我問你……科塞特斯。你在那個地方已經好幾天了吧，那麼，在進攻前是不是應該要先收集蜥蜴人的情報？」

他說的確實沒錯。不過——

「不過，安茲大人命令我要以那支軍隊攻陷對方，而且是以正面交鋒的方式。」

「是這樣沒錯，不過，我希望你能再仔細想一想，科塞特斯。最重要的是該拿什麼結果獻給安茲大人吧？如果滅村是主要目的，那麼就該思考最佳的殲滅手段，不是嗎？」

科塞特斯無言以對，因為迪米烏哥斯說得一針見血。

「安茲大人應該是考慮到這部分，才會派那些僕役給你吧。」

「……你是說安茲大人故意派打不贏的兵力給我？」

「可能性很高。如果你有事先收集情報，或許就會知道那樣的兵力無法攻陷村落。這麼一來，你就會事先向安茲大人報告『憑目前兵力難以殲滅，還需要更多的兵力』。這正是安茲大人的目的吧。」

也就是說，必須看清主人的真正意圖，不要只會依命行事，行動時必須適時變更作戰方式。迪米烏哥斯想說的就是這個意思。

「這是安茲大人改善我們意識的做法之一吧。不過，似乎還有其他意圖的樣子……」

「還有其他意圖？」

科塞特斯急忙向迪米烏哥斯發問。因為已經犯了一個錯，他不想要繼續犯錯。

「安茲大人有派信差到村落，不過，卻完全沒有報上納薩力克的名字。而且，還命令你不要上前線。如此說來——」

科塞特斯吞了吞口水，等待迪米烏哥斯繼續說下去。不過，迪米烏哥斯並沒有講出來。

「！科塞特斯，抱歉，我好像有急事進來。雖然對你有點不好意思，但我們就談到這邊。祝你能贏得勝利。」

迪米烏哥斯突然中斷對話，「訊息」就此消失。

科塞特斯猜出冷靜的他會如此驚慌失措的原因，將目光移向房間內的某個人身上。他看見安特瑪正隨手將破破爛爛的符咒從額頭上丟下。

身為符術師的她使用了符咒，那就代表——

一切為時已晚。

那麼，現在應該正是派出要保留到最後的不死者，也就是王牌的時候了吧。不過，這個行動真的符合主人的目的嗎？

科塞特斯恐怕是第一次仔細思考主人命令底下的真正意圖。不過，果然還是只能得出一個結論。

科塞特斯發動「訊息」魔法。

「——指揮官死者大魔法師聽令，進攻吧，讓蜥蜴人見識一下你的力量。」

這個不死者魔法吟唱者正是——死者大魔法師。

皮包骨的身體穿著一件豪華——但卻非常老舊的長袍，其中一隻手拿著扭曲的楞杖。開始腐敗、像是骨頭上只有一層薄皮的臉上，出現了邪惡智慧之色。其身體散發出負向能量，並如薄霧般籠罩全身。

不死者接受科塞特斯的命令，看了溼地一眼。接著，便對就站在身後待命，與自己一樣都是出自同一至尊之手，一身鮮紅肌膚與贅肉的不死者——血肉巨漢（Blood meat Hulk）下令。

「幹掉那三名蜥蜴人。」

兩隻血肉巨漢接受指令，走向殲滅騎兵軍的三名蜥蜴人。

雖然血肉巨漢是只會憑蠻力攻擊的低階不死者，但具有再生能力，因此，受到同等級的純粹物理攻擊時，得花一些時間才會被打倒。

死者大魔法師認為血肉巨漢可以充分拖延時間。

這確實也算是一個愚蠢的策略。因為身為魔法吟唱者的死者大魔法師不擅長肉搏戰，所以一般來說，讓血肉巨漢隨侍在側才是正確的作戰方法。

不過，現在無法採用那種作戰方法。

被賦予的命令是「讓蜥蜴人見識自己的力量」。因此，他必須獨自以壓倒性的強大力量攻陷蜥蜴人的大本營。

死者大魔法師一面前進，同時扭曲著恐怖的臉孔發出輕輕笑聲。

他覺得這事輕而易舉。

因為由無上至尊安茲．烏爾．恭親手創造出來的他，遠遠強過那些在納薩力克中自動湧現的死者大魔法師，而他的任務只是去向蜥蜴人展現自己的強大力量。

他以主人賦予之名誓言取勝。

「我伊格法，一定會將勝利獻給主人。」

將野獸殭屍掃蕩完畢的蜥蜴人們累得垂下肩膀，放心地吐了一口氣。他們臉上雖顯現心中哀痛，卻也浮出淡淡笑意。

確實是有不少人受傷，但只有受到這種損傷還算幸運。如果溼地精靈沒有參戰……不對，或許只要再稍微晚一點出現，陣形就會崩潰，一切都會遭到瓦解。

「要出發囉。」

戰士長的聲音響起，這是宣告出戰的聲音。

大家的身體都因為疲累而癱軟無力，費一番工夫才能拿起武器，更沒心情揮舞。雖然他們疲憊不堪，但戰爭尚未結束。

除了必須將遠方的殭屍群解決，也要提防敵人的後援軍。

「好了，將重傷者抬回村落，剩下的人跟在我們——」

突然冒出一道烈焰打斷聲音。

高溫籠罩四周，位於烈焰中心的兩隻精靈搖搖晃晃地舞動起來。

烈焰像不曾出現過般消失得無影無蹤後，兩名精靈已經是模樣悽慘。光是一燒，兩名精靈立刻變成半毀狀態。

大家還來不及發出驚叫，烈焰就再次恣意肆虐，進行追擊。精靈抵擋不住攻擊，軀體開始崩解，消失在烈焰之中。

對野獸殭屍展現驚人實力的精靈們像是幻覺般消失無蹤之後，蜥蜴人們的腦袋跟不上事態發展，個個一臉茫然。

到底發生了什麼事？

他們知道濕地精靈遭到消滅，卻拚命拒絕理解這個事實。因為若兩隻溼地精靈真的遭到消滅，那就表示，有比他們更強的怪物正逐漸接近。

蜥蜴人因為困惑與掩飾不住的恐懼而東張西望，正當他們看到遠方有一隻不死者時，火球再次從不死者的手中發出。

人頭大小的火球筆直劃過空中，飛進蜥蜴人集團中的領頭部隊。

一般來說，火只要碰到水就會消失，但這個火球是利用魔法產生的現象，因此，那種理所當然的常理也會遭到顛覆。火球在撞到水面的瞬間，就像是碰到堅硬的地面般，以撞擊的地方為中心產生一道火龍捲。

爆炸開來的熊熊烈火籠罩數名蜥蜴人——然後消失。

幻覺——令人有這種感覺的急遽消失。不過，陣陣飄來的焦肉臭味——那些癱倒在地的蜥蜴人們絕對不是幻覺。

不死者以緩慢步伐前進，態度優雅到令人覺得傲慢。那是對自己實力充滿自信的強者步伐。

正當蜥蜴人遲疑著，是否要像消滅剛才的骷髏弓兵那樣不顧一切地突擊時，火球再度襲擊而來。

火球猛烈爆炸，瞬間奪走周圍的蜥蜴人性命。

這正是壓倒性的威力。讓人感覺之前都像是一場遊戲。

「嗚喔喔喔喔喔！」

蜥蜴人高聲吶喊，以揮去心中恐懼。正當數名蜥蜴人奮不顧身衝上前去時，一道冷澈的聲音隔著一段超乎常理的遙遠距離響起。

「——愚蠢至極。」

對方只說了這句話。向前衝的蜥蜴人還來不及發出哀號，就被先發制人的火球燃燒殆盡。

不死者緩緩一動，超過數百名的蜥蜴人立刻退後一步。與真正強者之間的實力差距這座高牆，將蜥蜴人逼了回去。

「快逃！」

現場響起一道充滿氣勢，令人如觸電般一震的嘶吼。是其中一名戰士長的聲音。

「那傢伙與之前的敵人不同！我們絕對不是對手！」

確實如此。對方單槍匹馬地緩緩挺進，那威風凜凜的模樣，讓每個蜥蜴人的肌膚都強烈感受到有如強風吹襲的震撼魄力。

「你們快點回去向族長還有薩留斯通報。」

「我們負責拖延時間！」

再次襲來的火球爆炸後，又有數名蜥蜴人倒地。

「快逃！快去通報！」

五名戰士長命令蜥蜴人逃亡，同時測量彼此的距離。那是計算火球爆炸時產生的效果範圍後拉開的距離，也就是要讓其中一人到達敵人身邊。這就是為了達成此一目的的自殺式陣形。

拉開距離的五人注視彼此，然後全力衝刺。

距離約有一百公尺。雖然是令人絕望的距離，但還是要拚命衝刺。因為即使中途犧牲，也能留下線索給在後方觀察戰況的族長和薩留斯。

剛才在前線壓制敵人的蜥蜴人們如驚弓之鳥般奔逃回來。

薩留斯冷靜地望著這副光景。不對，薩留斯從如此強大的敵人現身時，就一直留意著對方的動靜。觀察著這名散播死亡之火的不死者。

對方的舉止和之前沒有智慧的敵人截然不同，那恐怕就是敵人的司令官。

不死者似乎在跟五名戰士長間的距離拉近到約一百公尺時，開始使用「火球」的範圍攻擊，使得兵分五路、企圖突擊的戰士長們全在途中遭到燒死。

「看來好像輪到我們上場了呢。」

薩留斯點頭同意任倍爾的這句話，蔻兒修也表示認同。認同自己投身可能壯烈成仁的戰爭之時來臨了。

「沒錯，確實該輪我們上場了。那種威力太驚人了。對方很有可能是那位偉大至尊的左右手，或許是本次的軍隊指揮官……即使不是，也一定是王牌之一吧。」

「的確，那種等級的不死者，不可能有人能控制複數名。但我們該怎麼應戰？那距離有些太長了。」

蔻兒修的疑問讓薩留斯感到頭疼。

他們並非為了犧牲而戰，那麼就必須擬定戰略。

薩留斯和任倍爾無法採用遠距離戰鬥，必須拉近距離進入肉搏戰。而問題就在於這一百公尺的距離。

薩留斯他們確實能夠輕鬆抵擋一兩次的「火球」攻擊，不過，到達敵人身邊之前應該不只要承受一兩次攻擊，而且到達之後才是真正考驗的開始。不難想像，要從正面承受著火球攻擊進攻，一定會遭到敵人擊退。

「這距離根本令人絕望啊。」

「是啊……你說得很對。沒想到不到一百公尺的距離竟然這麼遙遠……」

薩留斯一行人研究著該如何在毫無損傷——或者輕微損傷的狀態下抵達敵人身邊。

「潛入溼地前進如何？」

「即使利用祭司的力量……也很難呢。如果能使用『隱形』的話……」

隱形後利用「飛行」，應該就能立刻接近。不過，森林祭司能學會的魔法中，並沒有這些魔法。

「那麼，就製作一些盾牌，然後前進時拿著盾牌阻擋如何？」

「製作盾牌太花時間了。」

「將房子拆掉當作盾牌……如何？」

自己說完也立刻覺得行不通的任倍爾露出苦笑。對方的攻擊可是火球爆炸，即使擋住一面，高溫還是會從旁襲來。現在沒有時間能夠打造阻擋高溫空氣襲擊的全身防護盾。

「啊，對了……還有那一招啊。」

「怎麼了，薩留斯？」

感到有些害怕的蔻兒修戰戰兢兢地發問。原來自己露出了那麼可怕的表情嗎？薩留斯如此心想。不過，這也是沒辦法的事，畢竟他就是苦惱到想破口大罵。

「沒什麼……我只是想到了……好用的盾。」

●

伊格法對現狀滿意地點點頭。

非常順利。兩隻血肉巨漢雖然還在戰鬥，但自己則順利地往村落前進。

雖然有幾名笨蛋蜥蜴人有想要發動突擊的跡象，但見識到「火球」的威力後，似乎明白了那只是無謂的抵抗。分別突擊的那五個人拉近的距離，大概是目前的最佳紀錄吧，不過，頂多也只拉近到五十公尺而已。

伊格法像是漫步在無人的荒野中，默默前進。雖然他以嘲笑弱者的態度憐憫這些蜥蜴人，但也絕不會掉以輕心。

距離目的地的村落已經不遠，到達之後，他打算連續發射「火球」，連同房子將蜥蜴人一起消滅。

不過，蜥蜴人應該會阻止自己入侵村落。那麼，也差不多該有人出面反擊了。如此判斷

的伊格法望著村落，發現自己的判斷沒錯，

「……哦，原來如此。」

伊格法看到一隻多頭水蛇迎面而來。

如果牠是對方的王牌，那麼只要展現壓倒性的實力制服對方，蜥蜴人應該就會喪失鬥志。這麼一來，應該就能更輕鬆地毀滅村子。

伊格法為了保險起見，先環顧四周一圈，看向空中，確認沒有任何敵蹤後便停下腳步，悠哉地等待多頭水蛇進入自己的攻擊範圍內。

多頭水蛇移動到很難界定是不是攻擊範圍內的地方時，便開始衝刺。沒錯，朝向伊格法衝刺。

「真是愚蠢，憑你那種龜速，能夠爬完這段距離嗎？野獸就是野獸。」

伊格法露出嘲笑表情，將自己手中變出的「火球」朝多頭水蛇發射。

火球直線飛去，不偏不倚地正中多頭水蛇。冒出的熊熊烈火，吞噬了多頭水蛇。

不過，多頭水蛇雖然有些搖搖晃晃，卻還是繼續前進。即使烈焰紋身，依然衝刺過來……不對，火焰早已瞬間熄滅，所以那應該是伊格法的錯覺吧。但是，眼前的光景讓伊格法感受到多頭水蛇的非凡意志力。

伊格法不悅地皺起臉來。對方抵禦住自己的一招魔法攻擊，這已經嚴重傷害伊格法的自尊心。

的確，多頭水蛇身上似乎有被施加能夠減少能量傷害的防禦魔法。不過，那並非高階防禦魔法，無法完全消除自己的魔法。

（……記得多頭水蛇具有提昇自癒速度的特殊能力……但應該是無法防禦火焰攻擊才對……無論如何，既然是魔獸，那自然是充滿了生命力吧。那麼，能擋得下一次攻擊也是理所當然。）

如此判斷的伊格法稍微自我安慰，但是依舊無法消除心中熊熊燃燒的怒火。伊格法乃由無上至尊安茲．烏爾．恭親手創造出來的特別魔物，沒有被自己的一擊消滅，等於是對主人無禮。

伊格法帶著與內心憤怒情緒完全相反的冷冽眼神，注視仍不斷朝自己逼近衝過來的多頭水蛇。

「……真令人不悅，去死吧！」

他再次發射火球攻擊多頭水蛇，烈焰包覆多頭水蛇全身，甚至令人有離這麼遠都能聞到燒焦味道的錯覺。對方的傷勢即使無法致死，應該也嚴重到會猶豫是否該繼續前進。

不過——

「——為什麼沒有停下來？為什麼還在繼續前進？」

5

羅羅羅一味地向前奔馳。雖然身軀巨大，但也因為是在溼地上，所以奔馳的速度幾乎和蜥蜴人相同。溼地的水花四濺，發出啪沙啪沙的激烈水聲。

琥珀色的眼睛因為高溫變得白濁，四個頭也已經有兩個頭失去力氣。

即使如此還是不停向前奔馳。

「火球」再次襲來，命中羅羅羅的身體。「火球」中的熱量瞬間爆開，侵襲羅羅羅全身。彷彿遭到不斷毆打的疼痛籠罩全身，眼睛無比乾燥，高溫的空氣燒燙肺部。

全身燒焦，從剛才就一直沒有停止的劇痛警告著羅羅羅：如果繼續中彈將小命不保。

即使如此——還是繼續奔馳。

奔馳。

再奔馳。

牠不斷往前邁進，沒有停下腳步。高溫讓鱗片剝落，底下的皮膚已經翹起，噴出鮮血，即使如此，還是不停前進。

如果是沒有智慧的野獸，理所當然會轉頭逃跑，但羅羅羅沒有這麼做。

羅羅羅的確是一種名叫多頭水蛇的魔獸。

魔獸有各種不同的類型，有超越人類智慧的魔獸，也有和一般動物沒什麼兩樣的魔獸。真要說的話，羅羅羅算是後者。

智慧只有一般動物程度的羅羅羅，竟然會在瀕臨死亡之際，依然向前——朝著給予自己痛苦的伊格法前進，這實在太不可思議，也太難以理解了。

事實上，連敵對的伊格法都難以理解，甚至懷疑羅羅羅是不是受到什麼魔法控制。

不過，事實並非如此。

沒錯，這並不是答案。

伊格法應該無法理解吧。

智慧只有動物程度的羅羅羅——牠是為了自己的家人奔馳。

羅羅羅沒見過自己父母，多頭水蛇並不是那種會拋棄幼子的魔獸。這種魔獸在一定的歲數之前，會與雙親的其中一位共同生活，在自然中學習生存之道。那麼，為什麼羅羅羅並非如此呢？

那是因為羅羅羅是畸形兒。普通的多頭水蛇，出生時會擁有八個頭，而且隨著年齡增加，頭的數目也會增加，最多可以長到十二個頭。

不過，羅羅羅在出生時只有四個頭，所以父母拋棄牠，只帶著牠的兄弟離去。一出生就沒有受到父母保護的多頭水蛇，即使將來可能變成一隻強大的生物，但在大自然這個嚴苛的環境下，遲早還是會失去那幼小的生命。

如果當時沒有公蜥蜴人剛好經過，將牠撿回去的話。

——就這樣，羅羅羅得到一位既是父親也是母親，同時也是親密朋友的家人。

羅羅羅的思緒幾乎要因痛苦而潰散，這時牠默默想起平常一直在思考的問題。

自己的身體為什麼這麼大？為什麼會有這麼多的頭？

牠看著自己的養育父母時，偶爾會出現這個疑問。因此，羅羅羅也曾這麼想過。

自己的一些頭或許會在將來掉落，身體會像長出草那樣，慢慢長出長長的手腳，變成像自己的養育父母一樣。

若真變成那樣——要拜託他為自己做什麼呢？

有了。很久沒一起睡了，就拜託他陪自己睡吧。因為自己變大的關係，只好分開睡，所以牠覺得有點寂寞。

火焰彷彿要趕走羅羅羅的思緒般，占據整個視野，劇痛再次抽打全身。牠發出小聲的痛苦呻吟，劇痛已經遍佈全身。雖然牠感受到背後有股近似安穩的溫暖感覺，但對遭到烈火焚身的羅羅羅來說，那感覺相當微不足道。

彷彿遭到無數鐵鎚毆打的劇痛折磨著羅羅羅。

已經痛到完全無法思考。

羅羅羅的腳以痙攣的方式，不斷傳來阻止牠前進的訊號。

不過——

不過——這樣就會讓羅羅羅停下嗎？

——不會，牠還是沒有停下腳步。

羅羅羅繼續前進，腳步確實變慢了。肌肉被火燒傷，因而變得緊繃，不可能保持平常的速度奔馳。

光是踏出一步就非常難受。

呼吸困難，光是吸氣都相當辛苦。或許連肺部都已經被燒傷了。

即使如此，還是不停下腳步。

現在已只剩下一個頭可以動，其他一動也不動的頭已經變成單純的負擔。不死者再次從手中變出火球的景象，朦朧地出現在羅羅羅白濁的視野中。

動物的直覺讓牠領悟到一件事。

只要被這一擊命中，絕對性命不保。不過，羅羅羅毫無畏懼，只是不斷地、不斷地勇往直前——

這是父母兼朋友的請託，所以，牠不會停下腳步。

正當羅羅羅拚命地——但已經精疲力竭——以踉蹌的步伐前進數步時，紅色火球再次從不死者的手中飛出，劃破天空，朝著羅羅羅飛來。

這一擊勢必將羅羅羅的生命燃燒殆盡，這是不爭的事實。

也就是死亡。

一切將畫下句點——

不過——

沒錯——前提是那位公蜥蜴人沒有出現的話。

那位公蜥蜴人會眼睜睜看著羅羅羅陣亡嗎？

看著這種沒天理的事情發生？

這是不可能的事——

「——冰結炸裂（Icy Burst）！」

從羅羅羅後方跳出，奔跑在身旁的薩留斯大叫一聲，同時揮出凍牙之痛。

在劍揮下的前方，空氣彷彿瞬間凍結般，在羅羅羅面前形成一道白色霧牆擋著。那是極寒的凍氣，是凍牙之痛發出的冰凍氣流。

那正是凍牙之痛的能力之一。

一天只能使用三次的絕招——「冰結炸裂」，可以將範圍內所有一切瞬間凍結，給予重大損傷。

形成的凍氣霧牆像是具有實體般，擋住飛來的「火球」。烈焰火球與凍氣霧牆——魔法與魔法則認為讓兩者互撞是最明智的判斷。

命中——

烈焰熊熊燃起，與白色冰霧展開激烈攻防。

兩者有如互鬥的白蛇與紅蛇，相互吞噬。經過瞬間的抵銷後，兩者的力量便就此消失。

不死者大感吃驚，露出驚慌神色。這可說是看到自己發出的魔法遭到消滅時，最自然的態度表現。

兩者之間確實還有些距離，不過，已經能夠清楚辨識對方的表情——及動作。在羅羅羅的努力堅持下，終於走完這段原本被認為不可能走完的距離，將三人毫髮無傷地帶到這裡。

「羅羅羅……」

薩留斯一時語塞。最後薩留斯從腦中浮現的千言萬語中，選了一句非常簡單明瞭的話。

「謝謝！」

大聲道謝的薩留斯留下羅羅羅，頭也不回地向前衝去。蔻兒修和任倍爾也跟在他身後。後面傳來一道幾不可聞的微弱叫聲。那是對家人發出的加油聲。

●

瞠目結舌。自己的「火球」竟然遭到消滅，使他不禁將難以置信的想法化作言語。

「怎麼可能！」

伊格法再次發動魔法，當然還是「火球」攻擊。他不願承認，奔向自己的蜥蜴人消滅了自己的魔法。

發出的「火球」朝三名蜥蜴人飛馳而去。

「火球」被站在前方的蜥蜴人揮劍後瞬間產生的凍氣霧牆擋住，和霧牆一同消失。沒錯，和剛才的情況一模一樣——

「儘管攻擊吧！我一定會打消你的所有攻擊！」

蜥蜴人的怒吼傳進耳裡。

伊格法面露不悅地嘖了一聲。

（由無上至尊安茲大人親手創造的我，竟然會被區區的蜥蜴擋住魔法！）

伊格法拚命壓抑住因憤怒沸騰的情緒。

「火球」已經派不上用場的可能性很高。不過，既然對方是躲在多頭水蛇後面接近，那能夠施展的次數應該有限。不過，或許還能使用十次，也可能每施展一次只是消耗體力，稍加回復的話就能無限使用。

（該怎麼對付呢？可以的話，我是很想驗證那傢伙的說法……）

伊格法還能持續施展「火球」，但無法判斷蜥蜴人的說詞中有多少虛張聲勢。

伊格法和蜥蜴人之間的距離已經不到四十公尺。

而且，衝向這邊的蜥蜴人看起來像是戰士。伊格法是身為魔法吟唱者的不死者，不希望進行肉搏戰。

因此，「火球」就派不上用場了。他沒有笨到在這種狀況下，還去確認對方能擋下幾次。

如果對方沒有躲在多頭水蛇後面——也就是沒有拉近距離的話，或許會實驗看看。不過，這個機會已經被那隻可恨的多頭水蛇給毀了。

「可惡……區區多頭水蛇。」

伊格法咒罵一句後，決定採取下個行動。

「──那麼，嘗嘗這招如何？」

位置非常恰巧地幾乎處於一直線。伊格法伸出手指，指向衝刺過來──距離已經相當逼近的三名蜥蜴人。他的手指上面纏繞著雷擊。

「嘗嘗我的『雷擊』吧！」

一道白色雷擊閃過，然後──

即使還有段距離，也能夠看見伊格法手指上的白光──「雷擊」。

凍牙之痛的冰結炸裂能夠防禦冰系及火系攻擊。但薩留斯沒有針對雷擊使用過，因此不知道是否能夠抵擋。

那麼，該賭賭運氣，還是再次散開，分散敵人的目標，將傷害降低到最低才是上上之策？

薩留斯握緊手上的凍牙之痛。

感覺空氣中帶著強烈的電力，證明雷擊朝著己方飛來。

「交給我吧──！」

任倍爾比薩留斯更快做出決定，大叫一聲躍上前去。而魔法也幾乎在同一時間於面前發動。

「——『雷擊』！」

「嗚喔————『Resistance Massive』！」

當雷擊像是要貫穿任倍爾般流竄的瞬間，他的身體立刻膨脹起來，結果，本來應該會連後面兩人一併貫穿的雷擊卻被彈開，向外飛散。

金剛不壞肉體（Resistance Massive）。

這是修行僧的技能之一，可以藉由瞬間發出全身的氣來減少魔法傷害。

這正是任倍爾在過去敗給凍牙之痛的絕招「冰結炸裂」後，在旅程中學會的技能。即使是範圍魔法，只要是會給予傷害的魔法，都能發揮抵禦作用。

敵我雙方都發出驚呼，不過，信任同伴的薩留斯和蔻兒修並沒有相當驚訝。因此，在不死者大感吃驚的時候，蜥蜴人們又更加拉近與他的距離。

衝刺的同時，薩留斯也恍然大悟。

當初和任倍爾單打獨鬥時，如果自己使出冰結炸裂，應該會遭到此招擋下，然後被抓住使用招式時的空檔而敗北。可能就是因為這樣，他才會引誘薩留斯使出絕招。

「哈哈！易如反掌啊！」

任倍爾游刃有餘的聲音讓薩留斯露出微笑，但下一刻卻立刻繃起臉來。因為薩留斯發現，他的聲音流露出些微痛苦。

連任倍爾這樣的公蜥蜴人都無法忍住痛苦，所以受到的傷勢應該不輕。而且，如果這招技能完美無缺，他應該不會同意躲在羅羅羅後面前進的作戰方式。

薩留斯瞪向前方，敵我距離已不到二十公尺。原本那麼長的距離，現在已經只剩二十公尺了。

距離愈來愈近，伊格法判斷來到眼前的一行人是不可輕忽的強敵。他們能夠擋住自己的魔法，實力值得稱讚。當然，自己雖然還有其他攻擊方式，但也需要開始考慮防禦方法了。

「不錯的祭品，非常有資格讓我展示強大的實力呢。」

伊格法帶著冷笑發動魔法。

「第四位階死者召喚（Summon Undead 4th）。」

溼地冒出泡泡，四隻手持圓形盾牌和彎刀的骷髏隨即現身保護伊格法。這是名為骷髏戰士（Skeleton Warrior）的不死者，能力完全不是骷髏可以比擬。

雖然也能召喚其他不死者，但召喚骷髏戰士出來是為了對抗凍氣攻擊。伊格法和骨頭組成的骷髏類魔物，對於凍氣攻擊完全免疫。

伊格法在親衛隊的保護下，高高在上地望著拉近距離的敵人。那是迎戰挑戰者的王者之姿。

兩者的距離終於逼近。

只剩下——十公尺。

已經只剩下這點距離了，沒錯，就只剩下這點距離而已。薩留斯確認不死者沒有立刻進攻的跡象後，回頭看了一眼。

看向他們走完的距離。如果單單只是奔跑，這是很近的距離，但這一百公尺是沒有任何遮蔽物的死路，如果少了羅羅羅、凍牙之痛、任倍爾和蔻兒修其中之一，絕對無法走完這段距離，可說是難如登天的距離。但如今已經走完，只剩下伸手可及的距離。

他們成功克服了這段距離。

看著後方的羅羅羅被蜥蜴人送往村落後稍感安心的薩留斯，暗罵自己差點放鬆的心，瞪向不死者。

薩留斯坦率承認敵人是可怕的對手。

如果不是在這種狀況下遭遇，應該會在遠遠看到的瞬間立刻選擇腳底抹油，盡全力逃跑吧。光是面對面對峙，本能就告訴自己要快點逃跑，連尾巴都不禁豎起。薩留斯從眼角餘光發現，左右兩旁的任倍爾和蔻兒修的尾巴也出現相同反應。

兩人的想法應該都和目前的薩留斯相同吧。沒錯——他們都壓抑住想要立刻逃跑的心情，面對眼前的不死者。

薩留斯甩動尾巴，拍打兩人的背。

兩人同時露出吃驚表情望向薩留斯。

「我們三人合力的話能贏。」

薩留斯只說出這句話。

「說得沒錯，薩留斯，我們能贏。」

蔻兒修用尾巴撫摸著被薩留斯拍打的背部，如此回應。

「哈，這不是很有趣嗎！」

一臉驕傲的任倍爾如此笑道。

於是，三人向前縮短這最後的距離。

——敵我距離為八公尺。

奮力跑到這裡，已經氣喘吁吁的薩留斯一行人，和沒有呼吸的不死者。雙方的目光交會，由對方搶先開口。

「我是偉大至尊旗下的死者大魔法師，伊格法。如果你們願意認輸，我就賜予你們痛快一死。」

薩留斯不由得笑了出來。因為他知道了這個名叫伊格法的不死者，根本什麼都不懂。

無論如何千思萬想，答案也只有一個。

雖然薩留斯面帶笑容，但伊格法卻沒有感到不快，只是靜靜等待回應。伊格法知道自己是強者，且有自信殺死薩留斯一行人，才會顯現這種上位者的自傲，甚至還心懷感謝，因為他們替自己走完最後這一段路。

「告訴我答案吧。」

「呵呵，居然想要聽答案啊……」

薩留斯舉起凍牙之痛，緊緊握住；任倍爾舉起拳頭，擺出特殊的戰鬥姿勢；蔻兒修沒有做出什麼特別的舉動，只是伸手觸碰自己內心深處的魔力，做好隨時發動魔法的準備。

「那麼，我就這樣回答你吧——休想！」

判斷這個回答足以算是敵對舉動的骷髏戰士，以圓盾擋住身體，舉起彎刀。

「那你們就準備接受無比痛苦的死亡，了解自己拒絕了最後的慈悲吧！」

「我才想說，死人還是快點滾回死人的世界吧！伊格法！」

這一刻，決定戰爭結果的最後決戰揭開了序幕。

●

「進攻吧！薩留斯！」

比任何人都快衝出去的任倍爾伸出他的巨臂，攻擊骷髏戰士。

他也不管骷髏戰士用盾擋下了攻擊，硬是使力繼續擠壓盾牌。盾牌整個凹陷下去，後退的骷髏戰士和其他骷髏戰士撞在一起，失去平衡。此外，他還以尾巴攻擊其他骷髏戰士，但沒有命中。

骷髏戰士的陣形瓦解，薩留斯趁機闖入散開的空隙中。

「擋住他！」

兩隻骷髏戰士聽到伊格法的命令後，舉起彎刀揮向薩留斯。

他想躲開的話，可以躲得掉；想接招的話，可以舉起凍牙之痛擋住。不過，薩留斯既沒躲也沒擋。躲避就代表自己慢了一招，他不想在伊格法面前做出這種無謂的舉動。

而且，有人已經先行出招──

「『大地束縛（Earth Bind）』！」

泥土像鞭子般竄出，纏住兩隻骷髏戰士。泥土形成的鞭子宛如鐵鍊，在薩留斯趁機闖入空隙的瞬間，鎖住兩隻骷髏戰士的行動。

沒錯──蔻兒修也在場。

薩留斯並非孤軍奮鬥，那麼，就只要信賴同伴就好。

即使是蔻兒修的魔法，也無法完全封鎖對方的動作。骷髏戰士揮出的彎刀還是有稍微傷到薩留斯，不過，這點傷又算得了什麼，熱血沸騰的心已經不把疼痛當成疼痛。

薩留斯邁步飛奔。

他朝向伸手指著自己的伊格法奔去。即使被攻擊魔法命中，也要忍下來衝向目標。他帶著如此堅定的意志。

「愚蠢！體驗恐懼吧！『恐慌（Scare）』。」

薩留斯的視野一震，開始無法理解自己身在何處，內心產生莫名的不安，感覺會有什麼東西從周圍襲向他。

薩留斯的腳步就快停了下來。他受到「恐慌」這個魔法的影響，精神產生動搖，使得雙腳不聽使喚。雖然腦袋告訴自己的腳要快點踏出去，但內心卻不讓身體移動腳步。

「薩留斯！『獅子心（Lions Heart）』！」

蔻兒修如此呼喊的同時，恐懼也瞬間消失，反而湧現了比之前更加強烈的鬥志。因為賦予勇氣的魔法擊退了恐懼。

伊格法不悅地瞪向蔻兒修，伸出手指。

「煩死了！『雷擊』！」

白色雷光一閃——

「呀啊！」

——蔻兒修發出慘叫。

重新開始奔跑的薩留斯內心差點被強烈的恨意控制，但最後還是忍了下來。恨意有時候確實也是一種好的武器，不過，面對強敵時，反倒有可能成為阻力。面對強敵時需要的是烈火般的情感與寒冰般的思考。

薩留斯絕不回頭。

剛才伊格法攻擊了後衛蔻兒修，這就表示，薩留斯可以趁著這個空檔拉近距離。伊格法的臉上浮現不妙神色，知道自己犯下錯誤。這個反應讓心愛女人受到傷害的薩留斯臉上露出嘲笑的笑容。

「呿！『雷——』……」

「太慢了！」

從旁邊猛然襲來的凍牙之痛，將伊格法企圖伸出的手指撞開。

「咕！」

「你已經讓一個戰士靠近了，魔法吟唱者！我就讓你體會魔法已經派不上用場了吧！」

先不論傳說中的術師，被敵人貼近身邊的魔法吟唱者，在發動魔法時可能會遭到攻擊阻礙。

即使像伊格法這麼強大的魔物術師也不例外。

薩留斯微微瞇起眼睛，對手臂感受到的觸感感到疑惑。砍下去的感覺有些奇怪，一定是伊格法的身體對武器具有某種防禦力。

不過，並非毫髮無傷。沒錯，如果他可以抵禦傷害，只要給予更多的傷害即可。

那麼，要做的就只是一而再再而三地不斷揮砍。

當然，這可說是知易行難，薩留斯也知道說得容易。不過，單單只是戰士的薩留斯，能做到的也僅此而已。

「別小看我，蜥蜴人！」

三發光箭突然從伊格法的眼前射向薩留斯。沒有任何預備動作就發出的光箭讓薩留斯反射性地把劍當作盾牌，但魔法箭貫穿武器，打中薩留斯的身體，湧現一股鈍痛。

這招是「魔法無吟唱化・魔法箭」（Silent Magic Magic Arrow）。無吟唱化的魔法不需要任何準備行動，所以不會遭到妨礙。不僅如此，一般而言，魔法箭還是一種無法躲避的魔法，甚至連薩留斯都躲不掉。

薩留斯咬緊牙關，向伊格法揮出凍牙之痛。

「咕！畜生！不過是區區蜥蜴人！」

魔法箭雖然是無法躲避的魔法，但相對地，殺傷力也不高。像薩留斯這種身體經過千錘百鍊的人，沒有脆弱到會被這點魔法傷到無法戰鬥。

光箭再次命中薩留斯，竄起錐心刺骨般的疼痛。薩留斯忍住疼痛，揮劍回擊。

這樣的攻防戰來回數次後，薩留斯的動作愈來愈遲鈍。嚴重的鈍痛阻礙他做出敏捷動作，和不知疼痛為何物的不死者有著明顯差異。

明白這點的薩留斯和伊格法，兩人露出截然不同的表情。

強者必勝，弱者必敗，這是無庸置疑的道理。伊格法和薩留斯單獨戰鬥的話，結果也不言可喻。不過，團結的弱者足以和強者一較高下也是事實。

「『中傷治癒』（Middle Cure wounds）！」

薩留斯的疼痛隨著這道聲音消失，再次回復活力。

原本老神在在的伊格法被後方傳來的治療魔法激怒，大聲斥喝：

「可惡的蜥蜴人！」

薩留斯和信賴的同伴並肩作戰，蔻兒修、任倍爾，以及——

「羅羅羅……我不會輸的！」

「痴心妄想……由偉大至尊創造的我怎麼可能輸！真是愚蠢！」

伊格法的惡毒眼神瞪向三名蜥蜴人。他沒有使用召喚魔法，是因為剛才召喚出來的不死者還在。那些不死者沒有消失，就無法再次召喚新的不死者出來，因此，伊格法發出無吟唱化的魔法之箭，薩留斯則揮砍伊格法的身體——如此單調的攻防不斷重複上演。

感覺這場戰役會永無止盡。

那麼，就只能將突破戰局的責任交給在後方戰鬥的人。只要其中一方出現援軍，就能決定勝負。

薩留斯和伊格法都如此認為。

雷擊讓蔻兒修全身感到疼痛，但她忍住痛苦，發動「召喚第三位階野獸（Summon Beast 3th）」。

一隻約一百五十公分——右螯巨大的巨型螃蟹隨著冒出水面的聲響現身，彷彿之前就一直沉睡在溼地中，但不用說，巨蟹當然是被「召喚第三位階野獸」召喚出來的。

巨蟹前進到任倍爾身旁後，立刻伸出巨螯攻擊骷髏戰士。

得到意料之外的援軍讓任倍爾露出笑容。對要保護蔻兒修，還要抵擋四面八方攻擊的任倍爾來說，這個幫助宛如及時雨，相當令人振奮。

「很好！怪怪的巨蟹！那兩隻就交給你了喔！」

就像是表達了解般，巨蟹——Snap Grasp 涇地巨螯揮了揮小螯，轉向骷髏戰士。

（雖然現在情況危急……但總覺得……他們兩個很像呢。）

蔻兒修雖然覺得現在時機不妥，但還是不禁露出微笑。不過，她立刻消去臉上的笑容，緊盯戰局，同時不斷吸吐氣，努力調整紊亂的呼吸。

來到這裡之前，蔻兒修對羅羅羅發動過防禦魔法和治療魔法，也對任倍爾施加了支援魔法，已經施法過度。

不僅如此，她現在還發動召喚魔法，身體處於極度疲憊的狀態，幾乎快要站不住了。

她甚至沒有餘力可以治療自己。而且，蔻兒修也冷靜地認為，治療逐漸失去戰力價值的自己，只是在浪費魔力。

不過，在這裡倒下的話，可能會讓在前方戰鬥的任倍爾和薩留斯感到不安。蔻兒修的嘴角流出血來，她咬破口腔內部，使自己保持清醒。

「『中傷治癒』！」

她對和伊格法進行肉搏戰的薩留斯使出治癒魔法。

她的腳已經使不上力，眼前景象一晃，全身都感受到水的觸感。

蔻兒修一下子無法理解為什麼會這樣，不知道自己為什麼會在不知不覺間倒進溼泥裡。不過，她立刻明白是什麼原因導致。傷口並沒有增加，所以應該只是瞬間失去意識而倒地吧。

蔻兒修鬆了一口氣，並不是因為自己還活著，而是因為還能繼續戰鬥。

她不打算勉強站起身，不對，是已經沒有力氣起身，也覺得把力氣用在這裡很浪費。

朦朧的視野中浮現薩留斯和任倍爾這兩位一起奮戰至此，也共度過一段短暫旅程的同伴背影。不管是與四隻骷髏戰士勢均力敵的任倍爾，還是受到伊格法魔法攻擊的薩留斯，都已經是遍體鱗傷。

蔻兒修努力調整呼吸，發出魔法。

「『中傷治療』！」

不但治療任倍爾的傷……

「『中傷治療』！」

也回復薩留斯的傷。

「呼……」

蔻兒修已經氣喘吁吁。

呼吸怪怪的。她感覺即使拚命吸氣，還是像沒有吸進空氣一樣。

這應該是過度使用魔法的症狀吧。頭部就像被不斷毆打般疼痛。即使如此，蔻兒修依然努力睜開雙眼。

至今不知道已經犧牲了多少事物，事到如今，怎麼可以最先脫離戰線。

蔻兒修用力張開快要闔上的眼皮，然後繼續吟唱：

「『中傷治療』！」

●

任倍爾緊握的拳頭擊向骷髏戰士的頭蓋骨，打下去的手感從打凹變成碎裂，一隻骷髏戰士就這樣命喪黃泉。

「幹掉兩隻了——哈，呼——」

他像是要把疲勞全吐出來般吐了一大口氣，瞪著剩下的骷髏戰士。蔻兒修召喚出來的巨蟹已經不見蹤影，不過，多虧巨蟹幫忙對付兩隻骷髏戰士，任倍爾才能幹掉另外的兩隻。

因為有蔻兒修的輔助，才勉強發展成現在的局面。

還有兩隻。都解決之後，下一個就是伊格法。

他用粗壯的右手使力。還能動。

左手傷痕累累，幾乎使不上力。任倍爾把左手當作擋劍的盾牌，用得太過火了。他茫然望著垂下的手臂。

「算了，這也算是不錯的讓招。」

任倍爾瞪著礙事的傢伙（骷髏戰士），稍微動了動左手。一股不像是動動手指會出現的疼痛侵襲全身。

但這又有什麼大不了？剛才都已經有同伴即使腦袋變成負擔也不肯停下腳步了，我任倍爾・古古，又怎麼能做出令牠取笑的舉動。

戰鬥至此，任倍爾已經了解到骷髏戰士有多強。兩隻骷髏戰士已足以和任倍爾匹敵，就是那麼強。

因此，若是同時對付四隻的話，應該相當難以取勝。

（要好好感謝巨蟹呢，之後暫時不要吃泥蟹吧。）

任倍爾向自己喜愛的食物表達感激，並殺氣騰騰地瞪向進逼而來的兩隻骷髏戰士。

握緊拳頭。

還能戰鬥，還有辦法站穩腳步。

老實說，任倍爾自己都覺得還能繼續戰鬥是件相當不可思議的事。

「哈！這種蠢事就別想了！」

原因只有一個，不是嗎？

任倍爾嘲笑剛才的自己。

他看著位於骷髏戰士後方的薩留斯背影。即使與實力懸殊的強大敵人伊格法戰鬥，也毫不退讓的那副身影。

「看起來很雄偉嘛……」

沒錯——

正因為薩留斯、蔻兒修，還有羅羅羅，大家一起拚戰到現在，自己才能繼續戰鬥。

「喂喂喂，薩留斯，你已經傷痕累累了嘛，比之前和我戰鬥時還慘呢。」

手臂奮力一揮，將來襲的一隻骷髏戰士擊飛。但他來不及以左手擋住另一隻揮出的彎刀，讓側腹再多了一道傷口。就在蔻兒修剛才以魔法治療好的傷口附近。

「蔻兒修自己都自身難保了，虧她還有辦法救人啊。」

任倍爾的傷口再次被蔻兒修的魔法回復。雖然無法回頭，但聽她的聲音好像從非常接近水面的位置傳來，可以想像她是以何種姿勢施展魔法。即使如此，她還是繼續使用魔法。

「……真是出色的母蜥蜴人。」

要娶老婆的話，就要娶那種母蜥蜴人。

任倍爾稍微羨慕起薩留斯。

「我可不會最先倒下，讓你們看到那種窩囊模樣喔。」

他先用巨臂虛晃一招，再甩出尾巴。接著冷笑一聲，笑說畢竟自己比他們年長。

兩隻骷髏戰士以盾牌擋住自己，慢慢接近過來。對方的盾牌擋住薩留斯的背影，讓任倍爾非常激動。

「閃開啦，這樣不就看不到帥氣公蜥蜴人的威風背影了嗎！」

任倍爾發出怒吼，同時邁出步伐——

●

伊格法和薩留斯平分秋色的攻防戰持續進行著。在只注視著彼此的戰鬥中，薩留斯看到伊格法的眼睛稍微瞄向他處。伊格法那不死者的臉猙獰地扭曲起來，下一刻發生的事情讓薩留斯的身心為之凍結。

背後傳來有人倒地的濺水聲。

「快看！你的同伴倒下了喔！」

無法回頭。或許是同伴倒地，或許不是。薩留斯心中湧現如鱗片遭剝落的痛苦，但他面對的是實力懸殊的強大敵人，根本連回頭看的餘力都沒有。他相當清楚，只要一回頭，立刻就會分出勝負。薩留斯不是為了吃下這種愚蠢的敗仗，才來到這裡。是為了贏得勝利而來。

不過，若是伊格法所言不假，就一定得想辦法解決可能是從後方攻來的敵方援軍，否則相當不妙。

正當薩留斯做好心理準備，打算挨一招魔法攻擊時，便聽到有人站起的激烈水花聲，以及好幾根骨頭斷裂的聲音。

「薩留斯！我們這邊結束了！剩下的——就交給你了！」

「……『中傷治療』。」

任倍爾痛苦的叫聲傳來，一道巨大水聲也隨之響起。

蔻兒修宛如呻吟的吟唱聲傳來，薩留斯的傷口也隨之慢慢回復。

「姆嗚——！」

伊格法的表情相當不悅。不用往後看也知道，兩人都已經成功完成自己的任務了。那麼，接下來——

「輪到我了！」

揮出去的凍牙之痛被伊格法手上的楞杖擋開。

「咕咕咕……雖然我伊格法是死者大魔法師，但可別看我不擅長肉搏戰就小看我喔！」

口中雖然如此逞強，但伊格法已隱約覺得自己的勝算不高。

如果是一對一，以兩人的實力差距來看，應該是勝券在握吧，但後面的白蜥蜴人一直替對方療傷，敵我的剩餘體力已經逆轉。

而且，對方砍出三招的話，自己只能擋掉一招，剩下的兩招都會砍中伊格法的身體。雖然他和骷髏一樣，具有斬擊武器的抗性，也不怕凍氣的追加傷害，但在這種狀況下還是相當不利。

心急如焚。

自己是由偉大至尊安茲．烏爾．恭所創造出來，並指派為本軍團的指揮官，絕對不能失敗。

伊格法是很想至少召喚一些不死士兵來當肉盾，但他在使用召喚魔法時需要花一些時間。所以，面臨這種敵人就在眼前的狀態，有點難以發動。

照這樣下去，會被對方奪得勝利。

如此心想的伊格法決定使出最後手段。雖然不是一個好辦法——若情況惡劣，還有可能是最差的手段，不過，也只剩下這個辦法可用。

看到伊格法轉身逃跑的薩留斯雖然一頭霧水，還是趁機出招追擊。伊格法背部遭到薩留斯的全力一擊命中，身體一晃，但並沒有倒下。對伊格法近似無限的體力感到不耐煩的薩留斯咂了一下嘴，同時衝上去追趕拉開距離的伊格法。

伊格法轉過身來，不像不死者該有的憤怒使他的臉大幅扭曲，但底下卻藏著些許喜悅之色。

伊格法的手中發出紅色光芒。那是「火球」。

拉近距離的薩留斯心感存疑。

（他居然想在這種距離使用範圍魔法？難道有自爆的心理準備——不對！）

發現伊格法的目光沒有朝向自己的薩留斯，心中湧現一股恐懼。伊格法的目光朝向薩留斯後方，也就是朝向應已倒臥在地的蔻兒修和任倍爾。

（——該如何是好！）

薩留斯動起腦筋。

這是很大的破綻，只要棄兩人不顧，就可以對伊格法送上致命一擊，不過，若是解救兩人的話，戰況會如何發展就很難預測。雙方的體力已經所剩不多，只要走錯一步，就很可能成為致命關鍵。

為了打贏伊格法——不就是為了這個目的才走到這一步的嗎？還犧牲了許多人。

那麼，就應該棄兩人不顧。他們應該也會笑著原諒自己吧。如果立場相反，薩留斯應該也會原諒對方。

——不過。

薩留斯並不會選擇對並肩作戰的同伴見死不救。

那麼——就要幫助他們兩人，再消滅伊格法。

下定決心之後，事情就很簡單了。

「——冰結炸裂！」

薩留斯在自己的腳邊築起一道向上竄起的凍氣霧牆。

「咕啊———！」

噴出的凍氣渦流使薩留斯全身瞬間凍結，感受到的疼痛甚至連劇痛都不足以形容。那樣的疼痛侵襲他的全身。

薩留斯為避免失去意識，帶著銳利的目光瞪向伊格法，拚命忍住痛苦。

在他咬緊牙關，發出哀號時，冰霧籠罩兩人，漸漸向外擴散。

看到白色凍氣籠罩周遭，伊格法露出一切如他所料的笑容。若拋棄同伴就能贏得勝利了，然而對方做出這種選擇。

伊格法對冰和雹具有完全抗性，這也是為什麼他能夠在冰凍氣流中氣定神閒。他將手上的「火球」生成魔法元素捏碎，因為若火球撞上籠罩在伊格法周圍的白色霧牆，等於是自找死路。

只要等這道白色霧牆消失，再來追擊那兩個蜥蜴人即可。必須先消滅的是唯一還能站起身子的蜥蜴人。伊格法環顧四周，表情猙獰起來。因為他錯估了一件事。

「……好了，那他在什麼地方呢？」

那就是視野全被白色霧牆擋住。

伊格法雖然具有夜視能力，卻沒有能力看穿這類視野遭到遮蔽的環境。因此，他無法掌握敵人的所在位置。

不過，也不必太過擔心。從那充滿痛苦的聲音來判斷，對方應該傷勢不輕。仔細想想，他所發出的凍氣威力足以抵銷自己發射的「火球」，那麼，遭到凍氣侵襲的他，受到的傷害應該和「火球」攻擊一樣。

傷痕累累的狀態下還受到這種攻擊，搞不好會造成致命傷。既然如此，就只要之後再來慢慢蹂躪即可。

當務之急是要趕緊脫離這片霧牆。

如此心想的伊格法立刻放棄這個想法。

——現在，只要一動，就會暴露自己的位置。

比起脫離，還是應該先召喚不死者出來。只要有肉盾在，即使蜥蜴人還沒死，勝利也等於囊中之物。

想要發動魔法的伊格法，聽見一陣突如其來的濺水聲。

——蜥蜴人代代相傳的四大至寶之一，凍牙之痛。

傳說中，凍牙之痛是利用只有結凍過一次的湖水寒冰打造出來，而其中隱藏著三種魔法力量。

第一種是劍身籠罩著凍氣，可以讓遭到砍傷的人受到額外的凍氣傷害。

第二種是一天只能使用三次的絕招，冰結炸裂。

至於，第三種則是——

劃破空氣的聲音響起。

伊格法還沒弄清那是什麼聲音，眼前已經出現一柄利器的劍尖。

一股強大的衝擊襲向伊格法的腦袋。

貫穿左眼的劍身翻攪伊格法的腦袋。終於了解發生什麼事的伊格法驚聲喊叫。

「嗚啊——————！你為什麼沒死——————！」

貫穿左眼眼窩的凍牙之痛深深刺入，使他感覺自己的生命力瞬間大減——在逐漸淡去的霧氣中，全身覆蓋著一層薄霜的薩留斯，出現在頭上插著劍、腳步踉蹌的伊格法面前。

伊格法無法理解，明明受到那麼強的凍氣攻擊，薩留斯竟然還能屹立不搖。

凍牙之痛隱藏的第三種能力。

那就是可以賦予持有者抵抗凍氣攻擊的防禦能力——

當然，即使是凍牙之痛的凍氣防禦，也沒有強到足以完全抵銷冰結炸裂的威力。受到凍氣傷害的薩留斯，光是站著就已經相當勉強。他的氣息紊亂、動作遲鈍，尾巴也無力地垂到水面，甚至連呼吸都有困難。他幾乎不可能再繼續戰鬥了。其實，剛才的那一擊並沒有刻意瞄準，他只是使盡所剩無幾的力氣，憑直覺發招而已。

那一招可以命中只能說是幸運。

薩留斯努力張開幾乎要闔上的眼皮。

使盡最後力氣對伊格法發出的一擊，感覺相當足以成為他的致命傷。

已經沒有力氣戰鬥的薩留斯，帶著一絲期待看向伊格法。

伊格法掙扎、搖晃著。

不知道伊格法是否已無法維持自己的身體，臉上皮膚剝落，骨頭皸裂，衣服也是變得破破爛爛，滅亡已只是遲早的問題。正當薩留斯認為自己已經贏得奇蹟般的勝利時——

——一隻皮包骨的手掐住薩留斯的喉嚨。

「我……我是由至尊創造出來的僕役……怎麼可以就這樣……滅亡！」

伊格法掐住的力道不重，可以輕易撥開。不過——

「——咕啊——！」

——薩留斯的全身湧現劇痛，不禁發出哀號。

這是因為負向能量流入薩留斯體內，奪取他的生命能量。即使是學會忍耐痛苦的薩留斯，也無法忍住彷彿寒氣注入血管內的可怕疼痛。

「去死吧——！蜥蜴人！」

他的臉有部分開始脫落，在半空中化為碎片消失。

伊格法的生命也正慢慢凋零，不過，對主人的強烈忠心卻讓伊格法奮力緊咬生死邊緣。

薩留斯雖然盡力抵抗，卻為身體不聽使喚感到恐懼。

薩留斯的生命力已經所剩無幾。伊格法注入的負向能量，也在連根奪走他剩餘不多的生命力。

薩留斯的目光搖晃，視野模糊起來。

就好比世界漸漸蒙上一層白霧。

同樣使盡全力維持意識的伊格法，看到薩留斯急遽喪失抵抗力的模樣，便露出勝利的微笑。

殺掉這個蜥蜴人，以及另外那兩個進攻至此的蜥蜴人。這些蜥蜴人應該是頂尖高手吧。

那麼，只要殺了這些蜥蜴人，就是獻給偉大至尊——也是創造自己之人的最佳禮物。

伊格法的神情強力訴說著超乎言語的情感，那表情讓薩留斯感覺到他心中的如此想法。

「下地獄去吧！」

身體已經不聽使喚，可以感受到體溫彷彿毒素遍布全身般慢慢下降，連呼吸都很困難。

處於這種狀態下，只有知覺仍然敏銳。

還不能死。

拚命奔跑的羅羅羅。

捨己為盾的任倍爾。

將魔力消耗殆盡的蔻兒修。

不僅如此，自己的肩上還背負著在這場戰役中犧牲的所有蜥蜴人。

努力思考戰鬥方法的薩留斯，聽見了細微的聲音。

——蔻兒修溫柔的聲音。

——任倍爾爽朗的聲音。

——羅羅羅撒嬌時的叫聲。

不可能聽到。

蔻兒修已經失去意識，任倍爾也處於暈厥狀態。

羅羅羅甚至在很遙遠的地方。

是因為意識模糊，薩留斯的腦袋才會自行想像這些聲音嗎？想像著認識還不到一週的同伴聲音？家人的叫聲？

不對。

沒錯，這個想法不正確。

大家都在這裡——

「——哦……哦——！」

「——？竟然還有這種力氣！」

半失去意識的薩留斯發出怒吼，同時傳來伊格法驚訝的聲音。

薩留斯的眼球一翻，緊盯著伊格法。他的眼神中帶著霸氣，令人無法想像他剛才還無法使視線對焦，這景象讓伊格法的臉色僵硬。

「蔻兒修！任倍爾！羅羅羅！」

「——！你想做什麼——！去死吧——！」

他的身體到底哪來如此強大的生命力？流入身體的龐大負向能量，無時無刻地侵蝕、吞噬薩留斯的生命力。其實薩留斯也感覺四肢沉重，身體彷彿結凍般寒冷。

即使如此，每呼喚一次名字，薩留斯就感到一絲溫暖。這股溫暖並非源於生命力。

而是源於胸中的——心。

一陣肌肉緊繃的聲音響起。那聲音是來自薩留斯的右手，來自緊緊握住的拳頭。現在，那拳頭正在聚集剩下的所有力量。

「怎麼可能——！為什麼還能動！你這個怪物——！」

竟然還能動。眼前的光景實在令人難以置信。

伊格法的心裡湧現沸騰情緒，但他努力壓抑下來。

自己是伊格法，是本次納薩力克地下大墳墓軍團的現場總指揮官，而且最重要的是，自己是偉大的不死者之王——安茲．烏爾．恭創造出來的不死者。

絕不容許如此強大的自己吃下這種敗仗——

「死——！」

「一切都結束了！怪物！」

動作快了一步。

沒錯，全力一擊的速度，比伊格法注入負向能量的速度快了一步——

緊緊握住的拳頭，擊中凍牙之痛的劍柄——

薩留斯的拳頭因此滲出血。凍牙之痛受到如此沉重的一拳，使原本刺入左眼的劍身完全貫穿伊格法的腦袋。

「哦——！」

身為不死者的伊格法幾乎沒有痛覺，不過——他還是能了解負向生命全部消失的感覺。

「這——這……怎麼可能……安……茲……大人……」

伊格法的眼中，浮現了完全明白什麼叫作失敗的神色。當薩留斯的身體彷彿斷線傀儡倒下，傳出一陣落水聲時——

「……請……請……原諒……我……」

伊格法的身體也隨著這句向主人的謝罪，一同倒下。

●

房間內鴉雀無聲。鏡中的光景令人無法置信，因此沒有人開口說話。除了女僕——安特瑪之外。

「科塞特斯大人，安茲大人好像要傳喚你。」

「——遵命。」

低著頭的科塞特斯慢慢轉身面對安特瑪。

科塞特斯承受著僕役們的不安眼神，咬牙忍住屈辱。

但另一方面，他也想要出言稱讚。

那是一場精采的戰役。

對方竟然可以化不可能為可能，反敗為勝。雖然死者大魔法師也的確有失策的地方，不過照理說，即使失策，死者大魔法師也肯定能拿下勝利。

「……精采，太精采了。」

重複說出的這句話，清楚表達了科塞特斯的心聲。

他們突破了巨大難關。

「……真可惜。」

科塞特斯對著鏡中正歡欣鼓舞地歌詠勝利的蜥蜴人如此嘆道。

呈現鏡中的戰士身影雖極為弱小，卻激起科塞特斯的鬥志。

「啊……真可惜……」

科塞特斯猶豫著。他從腦袋裡無數的想法中選出最可怕的一個，然後深思熟慮，做出結論。

「——出發吧。」

6

薩留斯感受到一種彷彿身體被人從漆黑世界裡抬起的感覺，相當舒服。

睜開眼後，眼前浮現出起床時那種模糊的世界。

這裡是哪裡？自己為什麼會睡在這裡？

心中浮現許多疑問，同時發現有股重量壓在自己的身上。

——白色。

薩留斯看向那團白色，他剛起床還沒清醒的腦中，浮現的第一個字眼就是白色。隨著漸漸清醒，他也開始明白那是什麼。

那是蔻兒修，她壓在自己身上睡覺。

「啊……」

我還活著。

薩留斯感到安心，差點將這句話脫口而出，卻在即將出聲時忍住。他不忍心吵醒還在睡覺的蔻兒修，努力壓抑住想要摸她的心情。就算她的鱗片很美，還是不能隨便撫摸睡覺中的母蜥蜴人身體。

薩留斯拚命將蔻兒修的身影逐出腦海，開始想其他事情。

該思考的事情很多。

首先是自己為什麼會在這裡。

他搜尋自己的記憶，回想曾經發生過什麼事。最後的記憶是伊格法滅亡的光景，之後的記憶就完全中斷了。不過，自己並沒有被抓走，還能躺在這裡，那應該就代表部族贏得勝利了吧。

薩留斯為避免吵醒蔻兒修，小心翼翼地安心嘆了一口氣。感覺連日來的重擔終於少了一些，但冷靜想想，其實還有一些重擔。現在依然不清楚敵人的底細，也不知道對方的目的何在，敵方再次入侵的可能性也很高……不對，若沒猜錯的話，應該會再次入侵吧。

不過，他現在想要讓心靈稍微休息一下。薩留斯感受著蔻兒修的體溫，再次輕嘆一聲。

之後，薩留斯輕輕活動了一下身體。全身都能動，毫無問題。他原以為身體或許會有哪裡殘廢，但運氣似乎不錯。

這時候，他想起了其他並肩作戰的同伴。房間內除了蔻兒修之外，沒有其他蜥蜴人。那麼，任倍爾的情況如何？雖然感到不安，但也覺得像任倍爾這麼強大的公蜥蜴人應該不會有事才對。

蔻兒修似乎被薩留斯的動作吵到，身體動了一下，彷彿柔軟的身體被注入靈魂的感覺。應該是快要醒了吧。

「嗯……」

蔻兒修發出可愛的叫聲，接著便轉動起迷濛的眼睛，打量起四周。不久，她發現了身下的薩留斯，露出高興的笑容。

「姆嗚——」

睡眼惺忪的蔻兒修抱住薩留斯的身體後，在他的身上摩擦起來。簡直就像是動物想要留下自己體味的舉動。

薩留斯全身僵硬起來，任由蔻兒修摩擦。他內心一角甚至出現「反正又不是自己主動這麼做」的邪惡想法。

白色的光滑鱗片冰冰涼涼的，非常舒服，還散發出芬芳的藥草氣味，無比誘人。

自己也可以伸手抱住她嗎？

正當快要忍耐不住時，蔻兒修的眼睛開始回神，然後，與身下的薩留斯四目相交。

——瞬間凍結。

面對抱著自己不動的蔻兒修，薩留斯思考著應該先說什麼才好，最後選了一句感覺最沒問題的話。

「——我也可以抱妳嗎？」

會覺得沒問題，只是他沸騰的思緒自以為是而已。

蔻兒修發出威嚇的聲音，尾巴也啪搭啪搭地甩個不停。接著，她便從薩留斯的身上滾著離開，直到撞上牆壁才停下來。

可以從趴著的蔻兒修口中聽到細微的呻吟，以及「笨蛋笨蛋我這個笨蛋」之類的聲音。

「……總之，蔻兒修妳也平安無事，真是萬幸。」

這句話似乎讓蔻兒修回復平靜了——但尾巴還是甩個不停就是了——她抬起頭，對薩留斯露出微笑。

「你也是，能平安無事真是太好了。」

看到蔻兒修那溫柔臉龐，薩留斯雖然也湧現一絲不軌想法，但還是努力忍住，問了一個正經問題。

「妳知道我倒下後，到底發生了什麼事嗎？」

「嗯，知道一點點。伊格法被你打倒後，敵人好像就撤退了，還有，你哥哥他們似乎也順利打倒魔物了，然後我們三人都因此得救……這是昨天的事。」

「那麼，不在這裡的任倍爾……」

「嗯，他沒事喔。他的回復力大概比你好吧，他似乎在被施過治癒魔法之後就立刻恢復意識了，現在應該在進行戰後處理。我則是因為疲勞過度，好像在聽完這些事情後，又不省人事了……」

蔻兒修起身來到薩留斯身邊坐下。薩留斯也想起身，但蔻兒修溫柔制止。

「不要勉強起來，畢竟在我們所有人之中，你的傷勢最嚴重。」

不曉得是不是想起當時情景，蔻兒修的聲音變得有點小。

「你能平安無事真好，真的太好了……」

薩留斯輕輕撫摸眼神下垂的蔻兒修安慰。

「在聽到妳的答案前，我不會死的。我也很擔心妳的安危喔。」

答案。這個詞讓兩人的動作倏然而止。

兩人什麼話都沒說，室內被寧靜籠罩，幾乎可以聽見兩人的心跳。

蔻兒修的尾巴慢慢移動，纏上薩留斯的尾巴，黑白兩條尾巴交纏在一起的模樣，令人聯想到蛇的交配。

薩留斯靜靜凝視著蔻兒修，蔻兒修也注視著薩留斯，可以看見眼裡映出彼此的身影。

薩留斯發出一道輕輕的說話聲，不對，那不是說話聲，是叫聲。他和蔻兒修初次見面時發出的那個叫聲。

——求愛的叫聲。

薩留斯發出叫聲後，沒有採取任何行動。不對，是無法做出任何行動，只有心臟不斷激烈跳動。

不久，蔻兒修的口中也傳來相同的聲音——叫聲。同樣高亢，抖著尾音的叫聲，那是——接受求愛的叫聲。

蔻兒修臉上浮現難以形容的魅惑表情，薩留斯已經無法將視線從蔻兒修身上移開。蔻兒修趴在薩留斯身上，那姿勢和剛才她睡覺的時候一樣。

兩人的臉之間已幾乎沒有距離，彼此的溫熱鼻息融合在一起，心跳聲透過相觸的胸口達成同步，兩人就這樣合而為一——

「哦！正在忙嗎！」

門被用力打開，任倍爾闖了進來。

蔻兒修和薩留斯都彷彿冰雕般靜止不動。

任倍爾一臉疑惑地望著兩人——被蔻兒修騎著的薩留斯，歪起頭詢問：

「什麼嘛，還沒開始嗎？」

知道任倍爾在說什麼的兩人默默離開彼此，然後慢慢站起，不發一語地接近任倍爾。

一頭霧水地俯望兩人的任倍爾，身體向前彎了下來。

「——咕啊！」

腹部挨了兩人的拳頭，吐了口氣後，任倍爾的巨大身軀就這樣癱倒在地。

「嗚喔……很厲害的一拳嘛……特別是蔻兒修的……咕咕……真的很痛……」

先不說薩留斯，母蜥蜴人那憤怒的一拳似乎強到甚至可能打得贏任倍爾。光是這一拳當然不可能消氣，不過，即使繼續揍任倍爾，已經消失得無影無蹤的氣氛也不會再回來。

兩人握起彼此的手——要說是取代揍任倍爾這個行為也有點怪，但為解決扎在心頭上的擔憂，薩留斯開口詢問任倍爾一件事。

「先不管那個，我有許多事情想問你。雖然我也問過蔻兒修了，但可否告訴我現在是什麼狀況？」

任倍爾不在意牽著手的兩人，直接回答：

「你不知道嗎？現在全部族的人都在慶祝勝利喔。」

「所以哥哥是去帶頭舉行囉？」

「是啊。總之，狩獵班已經先行查探過了，沒有發現任何敵蹤，也沒有後援軍埋伏的跡象。畢竟要動員那麼多兵力，也多少會引人注目啦。所以，目前暫且繼續警戒，但你哥哥已宣布獲勝，我會來這裡也是因為你哥哥吩咐。」

「哥哥吩咐？」

「是啊，你哥哥跟我說——『嘎哈哈哈哈，就讓他們兩人睡在一起吧。說不定他們已經在翻雲覆雨了呢，嘎哈哈哈，雖然有點不好意思去打擾，但很令人好奇呢，嘎哈哈哈』。」

「少騙人了！那種嘎哈哈哈的笑聲是怎麼回事！」

「哦……哦，好像真的沒有嘎哈哈哈那樣笑呢……」

「我哥哥怎麼可能會那樣笑啊，真是的……」

「不是啦，我只是將那種語感表現出來……」

「——真差勁。」

一道聲音伴隨著可能足以匹敵冰結炸裂的極冷寒氣，從蔻兒修口中發出。那可怕的聲音甚至令薩留斯都感到毛骨悚然。被罵的當事者任倍爾身體一震，瞬間全身僵硬。

「所以，你來幹什麼的？」

「哦，是來當……」

「如果你敢說是來當電燈泡，我就要你嚐嚐你想得到的所有魔法。」

蔻兒修不是在開玩笑，薩留斯和任倍爾都相當清楚。

「呃……怎麼說，我是來邀請你們過去啦。我們姑且也算是獲勝的關鍵人物吧？總不能不出席，而且，之後的事情也需要從長計議……」

「這樣啊……」

聽完任倍爾有點曖昧的說法後，了解話中含意的薩留斯露出苦笑。他的意思應該是說：考慮到可能還有下一戰，現在正是展示堅強實力的好時機。

「了解了，蔻兒修妳也可以去吧？」

有些不滿地嘟起臉頰的蔻兒修，看起來和棲息在溼地中的變種蛙很像，不過，可愛程度完全不同。薩留斯如此心想。

「那麼，要去嗎？」

任倍爾悠哉詢問互相凝視起來的薩留斯和蔻兒修。

「啊……嗯，也是，那就去吧。」

兩人答應之後，三人就一起往外走去。正當走下房子樓梯，踏進溼地時，薩留斯瞬間從蔻兒修和任倍爾的視野中消失。因為一個龐然大物突然撞飛了薩留斯。

——砰咕嚕咕嚕啪沙。

若以聲音形容，大概就是這種感覺吧。

薩留斯從兩人的視野中消失，取而代之的是出現了羅羅羅的身影。四個頭精神飽滿地扭動著，高興地將鼻子朝向跌進溼地的薩留斯。

「羅羅羅！你也平安無事啊！」

全身泥濘的薩留斯站起來走到羅羅羅身邊後，溫柔撫摸牠的身體，仔細打量。牠似乎有受到魔法治療，之前的燒燙傷已經痊癒，彷彿沒受過傷一樣。

羅羅羅叫著將全部的頭繞在薩留斯身上撒嬌，幾乎將薩留斯的身體完全遮住，纏繞得相當緊密。

「喂喂喂，羅羅羅，快住手啦。」

薩留斯笑著要求羅羅羅停下來，但羅羅羅只是開心地一直鳴叫，不肯離開薩留斯。

啪沙，啪沙，啪沙。

薩留斯突然聽見這踩著固定節奏的水聲。找到聲音來源的薩留斯感到一頭霧水。

水聲的來源是蔻兒修，她帶著溫柔微笑注視著薩留斯和羅羅羅。不過，尾巴卻以固定的節奏拍打溼地。

原本站在蔻兒修身邊的任倍爾，表情僵硬地漸漸遠離她。

羅羅羅停止撒嬌。牠大概也察覺到了一些異狀吧。

「怎麼了？」

「沒、沒什麼……」

薩留斯看著眼前疑惑問道的蔻兒修，感到不解。不管怎麼看，蔻兒修都是在微笑，都像是在替羅羅羅和薩留斯的重逢感到高興，但不知道為什麼就是會令人寒毛直豎。

「真是奇怪——」

蔻兒修再次露出微笑。

頭離開薩留斯的羅羅羅，獲得解放的薩留斯，還有戰戰兢兢的任倍爾。不曉得任倍爾是不是再也無法忍受這樣的詭異氣氛，急忙開口轉移話題。

「好，羅羅羅，你就和我一起先走吧。」

羅羅羅當然無法理解蜥蜴人的話，但牠就像是非常識相似地，當任倍爾騎上來之後，立刻以超乎想像的速度飛奔而去。

在兩者離開後，一股異樣的沉默籠罩在留下的薩留斯和蔻兒修之間。

蔻兒修抱著腦袋，左右搖頭。

「啊~真是的，我到底在做什麼啊，感覺自己的心好像不是自己的一樣，明明知道那樣不理智，卻無法制止自己。嗯，這就跟詛咒一樣呢。」

薩留斯也能理解她的心情。沒錯，因為和蔻兒修初次見面時，他也是那樣。

「蔻兒修，老實說——我很高興喔。」

「——什麼！」

啪沙，一道音量非比尋常的水聲響起。接著，薩留斯來到蔻兒修身邊。

「妳聽，聽得到嗎？」

「咦？」

「我們成功保護的事物，也是我們今後必須保護的事物。」

歡樂的吵鬧聲隨風傳來，應該是正在舉行酒宴吧。那是為了送回祖靈，慶祝戰勝，以及追悼死者的酒宴。

本來，酒是非常貴重的物品。能夠在這幾天不斷舉行酒宴，全都多虧了任倍爾他們帶來的四大至寶之一，才有無限量的酒可以飲用，而且也因為所有部族的人都聚集在此，現在才能擁有如此令人難以置信的歡樂氣氛。

薩留斯聽著如此興高采烈的喧鬧聲，對身旁的蔻兒修笑道：

「或許一切都尚未結束，或許那個叫偉大至尊的傢伙還會進攻，即使如此……至少今天就讓我們放鬆一下吧。」

接著，薩留斯的手便環上蔻兒修的腰。

蔻兒修順著薩留斯的力道貼近他，然後將頭靠上薩留斯的肩膀。

「走吧？」

「嗯……」如此回應的蔻兒修稍微遲疑了一會兒後，繼續輕喚一聲：「……親愛的。」

兩個蜥蜴人就這樣靠在一起，消失於喧鬧之中——

第四章 絕望的序幕

Chapter 4 | The dawn of Despair

走向王座之廳的科塞特斯，腳步非常沉重。而且就像是受到傳染一樣，跟在後面的僕役們腳步聲也很緩慢、沉重。

腳步沉重的原因是在這次的蜥蜴人戰役中吃下敗仗。因為他即使指揮光榮的納薩力克軍隊出征，還是以失敗劃下句點。

科塞特斯本身的確對蜥蜴人有很高的評價。被創造出來時就是武士的科塞特斯相當尊敬優秀的戰士。

不過，這完全是兩碼子事。

納薩力克絕不允許失敗，而且，這次戰鬥和以往的防衛戰不同，是第一次的遠征。如此光榮的首戰竟以失敗作收，任誰都會感到不快。

這次被分配到的兵團的確不強，令人想起迪米烏哥斯說過的話。不過，那只是藉口罷了。即使主人有將敗北的可能性列入考慮，但贏得勝利一定才是最好的結果。

不久，便可以看見王座之廳的前一個房間——所羅門之鑰（魔法陣）。越是接近，腳步變得越沉重，甚至讓人覺得像是被施加了什麼魔法。

即使被主人責備也無所謂，不管是要取自己性命，還是要求自殺謝罪，他都已做好了欣然洗刷汙名的心理準備。

科塞特斯害怕的是讓主人感到失望。

如果科塞特斯被僅存的最後一名無上至尊拋棄，那他該如何是好。

科塞特斯把自己當作一柄劍。是一柄握在主人手中，聽話地揮砍一切的劍。所以，被主人認定為無用、沒有幫助，是最為可怕的事。

不僅如此，若是其他守護者也因為連帶責任一起被拋棄的話，科塞特斯該如何向他們謝罪才好。

（絕對無法謝罪，如果嚴重到那種程度，即使賠上我的性命，也不可能被原諒。）

而且——

（若主人因此失望，和其他至尊一樣離開這裡的話，該如何是好……）

科塞特斯身體一顫。對凍氣有完全抗性的他，顫抖的原因當然非來自外在因素，而是內在因素。若是人類的話早已被壓得開始嘔吐的強烈精神壓力，正折磨著科塞特斯。

（不、不會有那種事。安茲大人絕對不可能……拋棄我們。）

其他無上至尊全都離去的大墳墓裡，最後的一位至尊。

既是最高統治者，也是絕對的整合者。

如此慈悲心腸的君主怎麼可能拋棄我們——他雖然一直如此安慰自己，但內心深處，還是會出現並非絕對不會發生那種情況的否定聲音。

到達所羅門之鑰。

平常，除了守在周圍的哥雷姆和水晶型魔物以外，這個房間不會有任何人，現在卻出現很多人影。分別是四位守護者——迪米烏哥斯、亞烏菈、馬雷、夏提雅，以及四人挑選出來的高階僕役們。

眾人目光一起聚集在科塞特斯身上，罪惡感讓他臉上浮現一閃而過的慌張神色。

因為他覺得大家好像都在指責自己的失敗。不對——科塞特斯覺得，大家或許就是在責備自己。剛才的想法再次掠過腦海。大家會不會也都和自己抱持著相同想法呢？

仔細一瞧，甚至覺得大家的眼中都帶著無言的責備之色。

「抱歉，我來晚了，連外出的迪米烏哥斯都比我先到。」

「不會不會，這點小事沒什麼好道歉的。」

迪米烏哥斯代表大家發言。

他的聲音和平常一樣，感覺不到任何負面情緒。不過，迪米烏哥斯是善於謀略的守護者，擅長控制情感和隱藏內心，無法判斷他是否真的沒有感到不悅。

從這點來看，之前看著安茲和夏提雅戰鬥時的迪米烏哥斯，模樣可說相當罕見。雖然那也是他懷有何等忠心的表現。

「已經事先告知其他守護者了，這次由我代替雅兒貝德擔任守護者代表，不知道大家是否有異議？」

「沒有，由你負責的話完全沒問題。」

雅兒貝德目前代替塞巴斯隨侍主人，因此不在場。

「那就好。那麼，等最後一人到達之後，就一起前往王座之廳吧，不過，考慮到雅兒貝德不在這裡，我想先商量一下拜謁的位置順序。原本應該預先練習，但已經沒有時間，這次就先省略，只以口頭說明，所以請大家仔細聽。」

各守護者和僕役們都表示了解，同樣如此回應的科塞特斯卻有一個疑問。守護者已經全員到齊了，究竟要等誰？

不過，那位人物出現後，立刻解答了科塞特斯的疑問。

科塞特斯突然感覺到有一個往這裡移動的生物跡象。

往那方向一看，便發現一個飄浮在空中的異形正往所羅門之鑰前進。

外型像個胎兒，不對，應該說胚胎才正確吧。長著一條尾巴，身體呈現異常明亮的粉紅色。頭上頂著一圈天使光環，背上有一對沒有羽毛的乾癟翅膀。這隻大小約一公尺左右的異形慢慢朝這裡前進。

「那是？」

迪米烏哥斯回答亞烏菈的疑問。

「他是第八樓層守護者，威克提姆。」

「那就是威克提姆呀……」

威克提姆來到所羅門之鑰後，轉了一圈。科塞特斯覺得他應該是在環顧四周。

威克提姆沒有脖子，所以要環顧四周時必須轉動全身。

「紫苑黃綠，青綠橙江戶紫青紫橙卵（初次見面，大家好。我是威克提姆）。素色山吹橙象牙辰沙檜皮卵紫卵代赭。」

迪米烏哥斯對威克提姆奇怪的說話方式完全不以為意，代表大家回應：

「歡迎，威克提姆，我是代替雅兒貝德擔任本次代表的迪米烏哥斯。」

「牡丹緋灰代赭丹青紫黑檀卵之花（我有從安茲大人那裡聽說這件事），栗練練橙卵栗卵之花青紫代赭。」

說完後，威克提姆轉動身體，再次打量所有人。

「紫苑黃綠丹青紫常盤栗黃綠青紫茜薄色栗練練橙卵栗卵之花青紫代赭常盤卵（我也已耳聞各位的大名，），橙黑檀炭辰沙象牙緋青綠茜灰卵之花黑檀丹茶卵緋山吹山吹練青紫代赭（就先不請各位自我介紹了，還請多多見諒）。緋砥黑檀辰沙橙黑膚山吹紅緋。」

「這樣嗎，了解了。那麼，既然全員到齊，就先說明剛才那件事吧。」

大家都仔細聽著迪米烏哥斯的說明，因為等一下要在納薩力克地下大墳墓的核心地帶，拜見整合所有無上至尊的安茲大人。如果稍有差錯，大概只能以死謝罪吧。

說明大致告一段落，再稍微給大家一點時間自行消化說明事項後，守護者便在迪米烏哥斯的帶領下，帶著僕役們一起進入王座之廳。

科塞特斯進入只來過數次的房間，內心感到無比歡欣。

傑出的建築，以及代表無上至尊的旗幟，還有位於最深處的世界級道具。稱這個房間是納薩力克的核心房間非常名符其實。耀眼奪目的景象，令人暫時忘卻內心的煎熬。

守護者在途中留下僕役們，來到王座下方的樓梯前，排成一列。隨後，便向掛在牆壁上的安茲．烏爾．恭公會標誌致上最敬禮，表達自己的崇敬與忠心。

接著單膝下跪，低下頭，靜靜等待主人到來。

不久，後方傳來沉重的開門聲，一個腳步聲也隨之進入大廳。不用往後看也知道，那絕對不是主人的腳步聲。因為納薩力克地下大墳墓的主人，不可能獨自現身。

「恭迎納薩力克地下大墳墓最高統治者安茲．烏爾．恭大人，以及守護者總管雅兒貝德大人入廳。」

那是戰鬥女僕，由莉．阿爾法的聲音。

開門聲再次響起，傳來清脆的鞋子聲與枴杖拄地的聲音。那聲音後頭則響著高跟鞋踩地的聲音。

主人入廳時，一般來說應該行禮表示敬意，但在場所有人卻完全沒有行禮。因為，他們早已表現出最大的敬意。

不過，只有科塞特斯不同。

完全占據內心的不安情緒化成了動作，顯現在外。他的動作其實非常小，但在這種場合中會大大影響現場氛圍。

科塞特斯以特殊技能察覺到，其他守護者都把注意力轉移到自己身上。走在主人後面的雅兒貝德，也散發出努力壓抑卻依然掩藏不住的憤怒。不過在這種狀況之下，沒有人敢開口說話。

腳步聲慢慢從排成一排的守護者們身旁經過，傳來爬上樓梯的聲音與在王座上坐下的聲音後，雅兒貝德的聲音就在廳內高聲響起。

「大家請抬頭仰望安茲．烏爾．恭大人的尊顏吧。」

眾人同時抬頭瞻仰坐在王座上的主人，他們的動作產生了摩擦聲。

科塞特斯也立刻抬頭。

手握統治者象徵的手杖，全身籠罩駭人靈氣，背後還散發神秘黑暗光芒的至尊，正是納薩力克地下大墳墓的最高統治者——安茲．烏爾．恭。

站在他身前的雅兒貝德，俯視樓梯下包含科塞特斯在內的所有守護者後，滿意地點點頭，把臉轉向安茲。

「安茲大人，納薩力克守護者已經齊聚大人面前，還請下達旨意。」

安茲低沉地「嗯」一聲後，將手杖往地板重重一敲。這吸引了所有人的視線，此時安茲緩緩開口：

「歡迎，各位來到我面前的守護者們。那麼，先表達我的謝意吧。迪米烏哥斯！」

「是！」

「每次有事都傳喚你，辛苦了，謝謝你的盡忠職守。」

「哦哦，您太過言重了，安茲大人！我是您的僕役，被傳喚後當然要立即參見，完全不需言謝。」

迪米烏哥斯帶著高興到發抖的表情，深深一鞠躬。

「是嗎。對了，你那邊有沒有出現什麼可疑人物？」

「沒有，我非常小心戒備，如果有人接近應該很容易發現……」

「……那就好。不過，千萬不可以放鬆戒備。因為對方或許會有一些我們料想不到的方法。除此之外，你拿給我的皮……根據司書長的結論，可以用來製作低階卷軸。有辦法穩定提供嗎？」

「是的！完全沒有問題，已經捕捉到相當充分的數量。」

「這樣啊……那麼，那些野獸叫什麼名字？」

「野獸？……啊！關於安茲大人說的野獸……」

迪米烏哥斯稍微猶豫了一會兒後，繼續回答。

「是聖王國兩腳羊，您覺得稱為亞伯利恩羊如何？」

迪米烏哥斯異常愉快的口吻讓科塞特斯感到納悶。基本上，迪米烏哥斯是一個脾氣不錯，還算溫柔的人，不過，他只有對無上至尊創造出來的子弟才會那樣。除此之外，他是一個非常殘酷的人。

可以在他表現出來的好心情底下，隱約窺見他的殘忍。雖然迪米烏哥斯深沉的惡意應是投向剛才提到的野獸，但他是會用這種態度談論缺乏智慧生物的人嗎？

以迪米烏哥斯的個性來說，感覺有點不對勁。不過，在這種場合當中實在不方便開口詢問他。

「原來如此……是羊啊。」

主人的話中稍微帶著一點笑意，讓迪米烏哥斯以及雅兒貝德都跟著露出笑容。

「雖然我覺得叫山羊比較好……不過那個名字也好。那麼，好好剝取那些羊的皮吧……過度捕捉的話會影響生態系嗎？」

「應該不會。而且，只要使用治療魔法，就可以立刻重新剝取，因此，只要不是大量生產，就不需要大量捕捉。這也全都是優秀酷刑師魔物的功勞。」

「嗯？施加治療魔法的話，被切斷的部分不是會消失嗎？」

「關於這部分……已經在治療實驗中了解到了一件事。在施加治療魔法之前，只要讓那個部位的形狀出現巨大變化——例如剁碎——那肉體部位似乎就會保留下來。也就是說，剝下皮開始加工後，治療魔法似乎就會認定那是其他東西，即使施加治療魔法也不會消失。讓牠們吃肉也不會死似乎就是這個緣故。另外，雖然這或許算是題外話，但如果治療一方或者被治療的一方拒絕時，治療魔法有時候好像會無法順利作用而留下傷痕。同樣地，位階越低，也越會因為時間流逝而留下傷口。」

「原來如此……魔法還真是偉大呢……很好，那就繼續進行吧。」

「遵命，今後我會根據年齡、性別分批進獻，屆時是否可以告知哪種年齡的皮最為適合加工？」

「這個嘛，這部分就交由司書長負責吧。下一位是威克提姆。」

「青綠緋，牡丹緋灰代赭丹青紫（是，安茲大人）。」

「傳喚你前來只為了一件事。如果發生意想不到的突發狀況時，需要你的特殊技能來保護我和其他守護者……抱歉，我保證會立刻幫你復活，還請見諒。」

「卵紫苑辰沙白磁緋砥代赭薄色緋黃土卵栗卯之花青紫橙山吹象牙，栗練萌黃丹乳白代赭萌黃牡丹緋灰代赭丹青紫，素色山吹橙薄色牡丹緋灰代赭丹青紫常盤橙薄色藍。焦茶乳白萌黃橙海松山吹江戶紫萌黃辰沙紫苑山吹丹乳白山吹常盤卵代赭，焦茶常盤黃肌象牙白卵橙緋砥辰沙常盤栗灰象牙山吹常盤栗肌萌黃山吹卵白磁常盤卵牡丹乳白青綠緋砥乳白緋橙黑炭辰沙常盤黑炭白練緋砥水淺黃青綠牡丹卯之花青紫茶灰。」（迪米烏哥斯已經事先跟我說過了，請安茲大人不需在意，我也是安茲大人的僕役。而且我是為了死而出生，如果這點微薄之力能夠幫助無上至尊，那真是令人感到無比喜悅。）

「是嗎……原諒我。」

看到至尊主人低頭的威克提姆大聲驚呼，表現出倉皇失措的驚慌模樣。

「薄色黃土山吹緋黃綠緋！」（萬萬不敢當）

「遇到特殊情況時，我們或許會為了不讓對手逃走而殺了你，即使如此也請你接受，我們絕對不是怨恨你才殺你。雖然你也是我心愛的小孩之一，不想傷害你，但如果放任未知敵人不管，或許會嘗到苦頭，所以……」

「黃綠萌黃薄色栗橙黑白黃綠緋卵肌山吹丹緋，牡丹緋灰代赭丹青紫。栗練薄色黃肌青綠橙濡羽辰沙青灰萌黃卵之花象牙緋橙卵栗卯之花青紫代赭。」（請您什麼都不必再說，安茲大人。您的心情我十分了解。）

「在納薩力克的某個機關上有用到一句話，雖然是從福音書中借用的，那句話是『捨命為朋友，這是最偉大的愛』。這句話簡直就是在說你，謝謝你的愛。」

安茲的目光，從誓死效忠的守護者移動到其他守護者身上。

「下一個是夏提雅。」

夏提雅大概沒有想到自己會被叫到吧，她的肩膀抖了一下，應答的聲音異常高亢。

「在、在！」

「……過來我這裡。」

和之前的守護者不同，只有自己被叫去主人身邊，夏提雅驚訝的同時也慌張地站起來。她的背影散發出明顯的不安，那模樣就像是要被送上斷頭台的死囚，不過卻昂首挺立，彷彿自己所求的光榮就在那裡一樣。

夏提雅爬上樓梯後，立刻在距離王座不遠的地方單膝下跪。

「夏提雅，我要說的就是讓妳坐立難安的那件事。」

光是聽到這句話，夏提雅就立刻知道主人在說什麼事，臉上露出愧疚之色。

「啊啊！安茲大人！關於那件事，還請務必賜下責罰！明明身為守護者，卻犯下那種愚蠢的重罪，還請賜予最嚴厲的處分！」

夏提雅痛苦萬分的聲音在王座之廳響起，科塞特斯非常能夠體會她的心情。不對，只要是守護者，以及所有無上至尊創造出來的子弟，誰都能體會。

即使是遭到控制，還是無法原諒與無上至尊為敵的自己。

「是嗎……那麼，夏提雅，妳過來。」

看到主人伸手召喚，夏提雅慢慢爬向王座。

安茲向來到王座前垂下頭的夏提雅伸出骨頭手臂，溫柔地撫摸她的頭。

「安、安茲大人……」

戰戰兢兢地抬起頭，幾乎已經嚇破膽的夏提雅，發出輕聲呼喚。

「……那次的失敗是我的失算，而且對付的是世界級道具，本來就非常占下風。夏提雅——我愛著所有效力於納薩力克的你們，從無到有被創造出來的你們。當然，也包括妳。妳要我勉強懲罰沒有罪，又是我所愛的妳嗎？」

主人像是感到為難般移動目光。科塞特斯無法知道主人看向什麼地方，但似乎有稍微開口。主人的臉完全是個骷髏頭，沒有嘴唇，無法從口型來推測，但應該是說了一個人名吧。

「哦，安茲大人！您竟然說愛我！」

夏提雅感動萬分的聲音響徹整個房間。

科塞特斯在夏提雅的後面，所以無法看見她的臉。不過，態度已經可以說明一切。她的聲音哽咽，肩膀還不時抽動。

可以看見主人的另一隻手溫柔撫摸夏提雅的臉，手上還握著一條白色手帕。

「好了好了，夏提雅，別哭了，這樣可是會糟蹋妳的美貌喔。」

夏提雅沒有說話，只是把臉——大概是嘴唇——貼上剛才撫摸她頭髮那隻手的手背上。

已經湧出淚水的是馬雷，以及亞烏菈。

迪米烏哥斯也稍微擦拭了眼角。科塞特斯有點羨慕能夠流淚的人，同時再次望著誓死效忠的同伴背影。

夏提雅最害怕的事情，應該是留在這裡的最後一位溫柔無上至尊，將沒用的自己、造成麻煩的自己、曾經不忠的自己捨棄吧。

不過，主人將這個不安徹底地粉碎了。

用「愛」這個字粉碎。

夏提雅內心究竟有多麼喜悅？站在和她相同立場──不對，自己的立場較差──的科塞特斯，只是帶著無比羨慕的眼神默默注視她的背影。

「那麼，夏提雅，妳可以退──」

「──安茲大人。」

一道冰冷的聲音打斷主人的話。這個不敬行為讓科塞特斯生氣地瞪向雅兒貝德。接著，他便感覺心情相當詭異。他心中湧現了一絲莫名的不安。

「賞罰分明是世間常理，我覺得還是必須給予處罰。」

「……雅兒貝德，妳對我的決定不……」

主人的話在途中停下。應該是科塞特斯不知情的某種理由讓主人不再說下去吧。最後的決斷取決於夏提雅的一句話。

「安茲大人，我也贊成雅兒貝德的意見，請務必賜下懲罰。這也會讓我為能夠盡忠感到相當高興。」

「……我知道了，等決定好懲罰方式後再處罰妳，退下吧。」

「是的，安茲大人。」

原本已經有點紅的眼睛變得更紅的夏提雅走下樓梯，回到剛才的地方，行了一個無比尊敬的君臣之禮。

接下來——

「科塞特斯，安茲大人有話要跟你說，洗耳恭聽吧。」

一觸即發的緊張氣氛瞬間湧現。

終於輪到自己了。

科塞特斯把頭垂得相當低。謁見主人時，這種只能看到地面的姿勢，的確可以表現出尊敬的態度，不過，科塞特斯會這樣更是因為沒有勇氣直視主人的臉。

「我已經看過你和蜥蜴人的戰鬥了，科塞特斯。」

「是！」

「最後以戰敗收場呢。」

「是！這次是我的失敗，真的非常抱歉，還請賜我——」

科塞特斯的賠罪被一道手杖敲地的聲音制止。接著，雅兒貝德冷冽的聲音立刻震動了聽覺器官。

「……你這樣對安茲大人很無禮，科塞特斯。要賠罪的話就抬起頭賠罪。」

「失禮了！」

他抬起頭，仰望坐在樓梯頂端王座的主人。

「……科塞特斯，身為敗軍之將，你有什麼話想說？這次你沒有親上前線，只以指揮官身分戰鬥後，有什麼感想？」

「是，都已經執掌兵權了，居然還無法取勝，甚至還失去安茲大人創造的指揮官死者大魔法師，真的非常抱歉！」

「嗯？啊，失去那種要多少有多少的不死者，一點也不可惜，別放在心上。科塞特斯，我想問的是你率軍戰鬥的感想。先把話說在前頭，我沒打算責怪你這次的失敗。」

守護者以及在後方待命的僕役們，個個都感到一頭霧水。除了迪米烏哥斯和雅兒貝德兩人之外。

（迪米烏哥斯說得果然沒錯……唔！）

科塞特斯感覺主人要繼續說話，急忙切換思緒。

「因為不管是誰，都會失敗。即使是我也不例外。」

王座之廳瀰漫著一股帶有苦笑的氣氛。無上至尊安茲．烏爾．恭怎麼可能失敗，事實上，他到目前為止也都不曾失敗過。也就是說，那不過是用來安慰科塞特斯的說詞。

「不過，問題是有沒有從那場戰鬥中得到什麼。科塞特斯，我換個問法，你覺得怎麼做，才能在這次戰役中取勝？」

科塞特斯開始默默思考。現在的他知道怎麼做就能戰勝，於是他脫口說出自己的缺失。

「我太過小看蜥蜴人了，應該更加謹慎行事才對。」

「嗯！就是這樣。不管敵人有多弱小，都不能小看……也應該讓娜貝拉爾看看這場戰役才對。還有呢？」

「是，還有情報不足。我從這次戰役中得知，在不確定對手實力及地形的狀態下，勝算肯定會變小。」

「很好，還有呢？」

「指揮官不足也是問題之一。因為上陣的是低階不死者，應該要派遣能夠隨機應變，適時下達正確指令的指揮官跟隨。另外，考慮到蜥蜴人使用的武器，應該以殭屍為主力進行攻擊，使對方精疲力竭，或者不要分散行動，全部一起攻擊。」

「除此之外呢？」

「……非常抱歉，臨時能想到的只有這些……」

「不用道歉，你說得沒錯，相當出色的見解。當然，還有其他地方需要改進，但你已經學得相當充分。其實我比較希望你能不問別人，自行發現這些缺失……但還算在可允許的範圍內吧。那麼，你為什麼不在一開始就那樣做呢？」

「……我沒有想到。以為只要用懸殊兵力就能打敗對方。」

「這樣啊。不過，在不死者犧牲後，你也有就各方面思考了吧？很好！只要能夠不斷精進，避免再度失敗，這次的失敗就有其意義存在。」

科塞特斯隱約覺得主人露出微笑。

「失敗有很多種，但你的失敗並非致命的那種。除了那個死者大魔法師，其餘全是自動湧出的不死者。即使那些不死者遭到消滅，對納薩力克也沒有任何影響。反之，如果守護者能夠學到教訓，不再失敗，那麼這次的失敗其實相當划算。」

「非常感謝，安茲大人！」

「不過，戰敗也是事實，我要你和夏提雅一樣受罰……」

這時候，主人停下了話語。短暫的沉默讓等待主人降下懲罰的科塞特斯稍感不安，但知道並沒有讓主人失望的科塞特斯已經放下心頭大石。不過，接下來的話還是讓科塞特斯的身體為之一僵。

「原本打算讓你退居後防，不過，還是這樣比較好吧。科塞特斯，你就自己洗刷失敗的恥辱……去殲滅蜥蜴人吧。這次不准求助任何人。」

如果將蜥蜴人趕盡殺絕，不讓消息走漏的話，納薩力克就不算失敗。

若是將納薩力克以外的人全都當成下等生物之人，一定會欣然為了洗刷自己和納薩力克的失敗，著手屠殺。如果是以前的科塞特斯，也會毫不遲疑地接受這個命令，然而——

科塞特斯全身發抖。

因為他知道，接下來的行動代表什麼意思。

數次吸氣，再吐氣。

科塞特斯沒有回應主人的要求，讓在場所有人感到不解時，科塞特斯終於出聲。

「有件事情想要請求安茲大人！」

世界彷彿突然停止，眾多注意力投向自己。

科塞特斯是名守護者，即使在納薩力克內也擁有最高的權力和能力，能夠與之相提並論的人屈指可數，這樣的他卻感受到了一股令人全身發抖的寒意。

雖然心中的後悔如雪崩般襲來，但一切為時已晚。

既然已經說出口，就沒有退路。

擁有許多複眼的科塞特斯視野相當廣闊，但他完全低著頭，無法看見主人的模樣，這算是唯一的救贖。因為，如果主人表示出憤怒或是不快，科塞特斯就會被震懾得無法採取任何行動。

「請您應允！安茲大人！」

主人還沒回應，其他人就打斷科塞特斯的話。

「大膽！」

斥責的人是雅兒貝德。震耳欲聾的吶喊聲，很有守護者總管的管理者威嚴。無法動彈的科塞特斯彷彿遭母親責備的小孩，不斷發抖。

「讓光榮的納薩力克吃下敗仗的你，有什麼資格請求安茲大人！太不識相了！」

科塞特斯不發一語，決意在沒有得到主人同意之前，絕不抬頭。即使雅兒貝德的憤怒更加強烈，也是一樣。

「還不退——」

不過，雅兒貝德的怒吼被一道男子的平靜聲音打斷，就此煙消雲散。

「——別這樣，雅兒貝德。」

主人重述相同的話，安撫驚呼的雅兒貝德。

「抬起頭來，科塞特斯。你有什麼要求，可以說說看嗎？」

那平靜的聲音中沒有任何憤怒，不過，這樣才更可怕。那恐怖和看著清澈見底的湖面時那種快被吸進去的感覺很類似。

科塞特斯穿戴的裝備可以抵抗由外在因素產生恐懼的精神攻擊。所以，現在侵襲著他的恐懼是來自他的內心。

吞了一口口水後——如果形容得更貼切一點是吞了一口毒液——科塞特斯緩緩抬起頭，看著身為統治者的主人。

閃爍在主人空洞眼窩中的燈火，似乎稍稍帶著鮮明的赤紅。

「我再重複一次，你有什麼要求，可以說說看嗎？」

無法發出聲音。雖然好幾次都想說出口，但就是卡在喉嚨，什麼話都說不出來。

「怎麼了，科塞特斯？」

一股凝重的沉默籠罩。

「……我並沒有生氣，我只是想知道你在想什麼，想要求什麼罷了。」

彷彿在安撫默不出聲的小孩，口氣相當溫柔。在這樣的溫柔攻勢下，科塞特斯終於開口。

「我反對將蜥蜴人趕盡殺絕，還請您大發慈悲。」

斬釘截鐵地說完後，科塞特斯感覺空氣似乎在震盪。不對，空氣應該是真的有震盪吧。

最大的震源來自正前方——雅兒貝德的殺氣，其次是其他守護者動搖的內心。迪米烏哥斯和主人則是平靜如水，感受不到任何波動。

「……科塞特斯，你知道自己在說什麼嗎？」

雅兒貝德充滿殺氣的冷冽聲音，甚至讓具有完全冰抗性的科塞特斯感到一股寒意。

「安茲大人命你殲滅蜥蜴人，將功贖罪，但身為當事人的你卻唱反調……第五層守護者科塞特斯，難道你怕了蜥蜴人嗎？」

那聲音有如嘲笑。但科塞特斯無法反駁。

雅兒貝德會有那種態度是理所當然的。如果兩人的立場相反，科塞特斯應該也會覺得火大吧。

「你倒是說說話——」

讓雅兒貝德住嘴的不是說話聲，而是碰撞聲。那是一道手杖敲地的高亢聲音。

「雅兒貝德，安靜點。是我在問科塞特斯，別太放肆了。」

「非常抱歉！請、請原諒我！」

雅兒貝德低頭道歉，回到剛才所在的位置。

主人轉回視線，銳利地直視自己。還是完全看不出主人的情緒。看起來像是憤怒至極，也像是覺得有趣。

「那麼，科塞特斯，你會那麼要求，應該有對納薩力克地下大墳墓有利的理由吧？你就說說看。」

「是！今後，他們之中可能會出現頑強的戰士，因此，這時候將他們趕盡殺絕，未免太過可惜。屬下認為，等以後出現更強的蜥蜴人時，先讓他們對納薩力克產生根深柢固的忠誠之心，再收為部下，才更為有利。」

「……這提議的確不錯。使用蜥蜴人的屍體生產不死者，和利用人類屍體生產出來的等級大同小異。只要能有完善的方法回收埋葬在耶．蘭提爾墓地的屍體，確實沒有拘泥於蜥蜴人屍體的理由。」

才正要把「那麼」說出口時，科塞特斯就發現主人的話還沒說完。他心裡湧現不妙的預感，且化作了事實。

「不過，比起利用蜥蜴人，由我使用屍體生產不死者，經濟效益應該比較高。不但可以確信其忠誠心，也不需要耗費軍餉。蜥蜴人的好處感覺只有將來數量會增加而已，而且這個好處應該也需要一段長遠的時間才能顯現……如果有我遺漏的地方，就說來聽聽。是否還有什麼可以讓我感到心服口服的好處？」

如果能夠說服慈悲的主人，自己的願望就能實現。不過，科塞特斯卻想不到還有什麼好處。

正因為一直以來都把自己當作武器，只會任由主人揮舞，也因為沒有自己先思考過，才會無法說服主人。他沒有先想過該怎麼做，才能讓組織有效獲得利益。

而且，主人追求的是和納薩力克地下大墳墓相關的利益。科塞特斯不想將蜥蜴人趕盡殺絕，是因為他們有耀眼的出色人才；是因為身為武士的自己受到那位人才想守護的群體吸引。他會這麼想都是個人情感使然，絕非替大局著想的判斷。

科塞特斯心急如焚。

如果讓默默注視著自己的主人焦急或不悅，這個奇蹟般的提問就會變得毫無意義，只留下剛才殲滅蜥蜴人的命令。

他拚命絞盡腦汁，還是想不出答案。

「怎麼了，科塞特斯，想不到嗎？那就決定殲滅囉？」

連續的問話。

科塞特斯的腦袋完全空白，嘴巴有千斤重，思緒只是不斷空轉。

一道低喃響徹了鴉雀無聲的王座之廳。

「……是嗎，真遺憾。」

正當這句遺憾幾乎快把科塞特斯壓得喘不過氣時，一道平靜的聲音伸出了援手。

「安茲大人，請允許我從旁插嘴。」

「……怎麼，迪米烏哥斯，有什麼事嗎？」

「是的，關於安茲大人剛才的決定，如果方便，是否能聽聽我的愚見？」

「……那就說來聽聽吧。」

「是！安茲大人，您也十分了解實驗的必要性，所以，您覺得把那些蜥蜴人也拿來用在實驗上如何？」

「哦，這提議滿有意思的呢。」

科塞特斯覺得，主人從王座挺出身子的時候，那紅色雙眼似乎瞬間望了自己一眼。

「是。首先，不管今後的納薩力克變成怎樣，終究會面臨需要整合不同力量的一天，或許還會有需要控制不同種族的一天。屬下認為有做好統治實驗，和沒有做好統治實驗，將會在那時候出現巨大差異。」

迪米烏哥斯站得更加端正後，便直視著坐在王座上的主人，告知結論。

「我認為，應該控制蜥蜴人的村落，進行非恐怖統治的相關實驗。」

手杖敲打地板的高亢聲音響遍四周。

「……很好的提議，迪米烏哥斯。」

「萬分感謝。」

「那麼，關於蜥蜴人集團，我就採納迪米烏哥斯的建議，將殲滅改為占領。有沒有異議？

有的話就舉手告知。」
閃動的深紅眼眸環顧所有守護者。
「…………看來都沒有異議，那就這麼決定了。」
所有人都低下頭，表示了解。
「不過，迪米烏哥斯，你這個主意還真是出色，令人佩服。」
迪米烏哥斯輕輕一笑。
「實在不敢當，安茲大人。您應該早就已注意到這部分了，只是在等待科塞特斯提出來對吧？」
主人沒有回應，只是露出苦笑。不過，主人的態度已經充分說明了一切。
科塞特斯覺得身體瞬間放鬆了下來。
明明指揮著光榮的納薩力克軍隊，還吃下敗仗。跟主人的意見唱反調時，也沒有準備其他替代方案。這該怎麼形容呢？那就是——
（無能。我到底是多無能啊。）
「……不，沒有這回事，迪米烏哥斯，你太抬舉我了。我只是希望你們能夠表達自己的想法，不管是什麼樣的想法都可以。」
主人的目光再次移動，且停留在科塞特斯身上的時間最長。了解主人話中含意的科塞特斯雖然感到慚愧，卻無法低下頭來。

「第一要務是了解命令的真正意義，仔細了解後，再做出最適當的行動。聽好了，守護者們，你們並非盲目聽命行事就好。你們必須在行動之前稍微思考，要怎麼做才是對納薩力克最有利。如果覺得命令內容的做法有誤，或者有想到更好的方法，務必向我——或者提議者報告——那麼，科塞特斯，回到剛才的話題，我剛才說過要處罰你，對吧？」

「是的，您要我將蜥蜴人集團趕盡殺絕。」

「沒錯。不過，現在不是要趕盡殺絕，而是統治。因此，我也要變更對你的處罰。蜥蜴人集團就由你來統治，並讓他們對納薩力克產生根深柢固的忠誠之心。禁止以恐怖手段統治，要讓蜥蜴人集團成為非恐怖統治的典範。」

科塞特斯不曾承擔過這樣的重責大任——不對，在所有守護者中，恐怕只有迪米烏哥斯有過這樣的經驗。

「自己難以達成這個任務」這個想法曾有一瞬間在科塞特斯的心中浮現，但他又怎麼可能說出這種窩囊話。不管是對必須誓死效忠的寬容統治者，還是對自己伸出援手的同伴，都說不出口。

「遵命。因為有許多擔憂，還煩請多方協助、指教。」

「當然，這件事想必會需要許多資材、糧食以及人才，關於這方面就交由納薩力克來負責吧。」

「非常感謝。我科塞特斯在此保證，一定會好好表現，絕對不會辜負安茲大人的慈悲之心！」

科塞特斯由衷吶喊。

「很好。那麼，在此下令所有守護者出擊。一隊當作誘餌，另一隊負責展現實力，讓蜥蜴人知道我們的實力不是只有那樣。當然，如果科塞特斯你覺得對你之後的統治有影響，我可以收回成命。」

科塞特斯仔細思考過後，開口回應：

「我認為應該沒有問題。」

「是嗎。那麼，所有守護者，立刻準備出發。」

在場的守護者全都異口同聲地表示了解。

「雅兒貝德，我也要前往。幫忙備好兵力。」

「遵命。考慮到也有喜歡偷窺的敵人，是否可以當作是也要順便讓他們誤會我方的真正意圖？」

「就是那樣。不過，別忘了也要展現令對方望而生懼的一面。」

「那麼，可以派出納薩力克資深護衛當作主力，軍容看起來也會比較壯盛。」

科塞特斯也在心中同意雅兒貝德的回應。

有一種不死者的衛兵稱為資深護衛。

納薩力克資深護衛則是只存在於納薩力克地下大墳墓的衛兵，可說是資深護衛中的高階不死者。他們擁有附有各種魔法效果的武器，裝備著魔法鎧甲與魔法盾，並且身懷好幾項爐火純青的戰鬥系特殊技能，是相當優秀的不死者衛兵。

「那樣沒問題。數量有多少？」

「有三千人。」

「有點少呢。這樣的數量，很難達到震懾的效果……我們這次可是要贏得勝利，讓小看納薩力克的傢伙嚇破膽喔。如果數量比上次少就沒什麼意思了，我希望可以再多一倍的數量。其他還有什麼可用之兵？」

「那麼，也動員納薩力克老練護衛和納薩力克高手護衛，您看如何？這麼一來，總數就有六千人。」

真不愧是守護者總管，雅兒貝德回答得行雲流水。對此，安茲的回應簡單明瞭。

「很好！那麼，啟動高康大時有沒有出現什麼問題？」

「沒有，安茲大人。已經順利讓高康大聽命行事了。」

「那麼，夏提雅，妳就使用『傳送門』，將所有兵力一起傳送過去。」

「但只有我一個人的話，魔力實在有限。」

「請佩絲特妮協助，讓她傳輸魔力給妳。如果還不夠就找露普絲雷其娜協助。」

「遵命。」

「接著，將妮古蕾德和潘朵拉·亞克特的警戒網轉移到我們這邊。雖然這會讓塞巴斯的警戒網稍微鬆懈……但也只能強化物理監視了。很好！那麼，大家開始行動吧。明天要讓蜥蜴人見識一下納薩力克地下大墳墓的實力。」

2

「謝謝你，迪米烏哥斯。」

當主人離開王座之廳後，科塞特斯做的第一件事就是向迪米烏哥斯道謝。迪米烏哥斯對深深鞠躬的科塞特斯露出一如往常的微笑。

「不，你不用道謝。」

「那可不行，如果沒有你的幫忙，蜥蜴人一定會被趕盡殺絕。」

「……科塞特斯，我想安茲大人說不用在意，恐怕是因為安茲大人原本就期望事情會這樣發展。」

迪米烏哥斯豎起一根手指如此說道後，響起一道吃驚的聲音。發出那聲音的好像是自己，也好像是周圍的守護者們。

「也就是說，我認為安茲大人是預測到你會說出剛才那些話，才會派你當指揮官去進攻蜥蜴人村落。我會這麼想，也是因為你反對殲滅蜥蜴人村落時，安茲大人看起來非常高興，而在你無法提出取代方案時，卻顯得相當失望。」

「你的意思是說，安茲大人是因為事情沒有按照計畫進行，才感到失望嗎？」

「就是這麼回事。也就是說，在這裡的所有對話，很可能都在安茲大人的預料之中。」

「真不愧是安茲大人，竟然神機妙算到這種地步！」

「不、不過啊，那、那個……」

「……有什麼話就快說啦。」

姊姊亞烏菈嚴詞厲色地要吞吞吐吐的弟弟馬雷快說下去。

「好、好的。那個，我一直覺得很奇怪，當初為什麼要派那麼弱小的不死者。那、那個……說、說不定，安茲大人就是以戰敗為前提……」

「與其說是以戰敗為前提，還不如說主人或許早已想過科塞特斯會調查蜥蜴人的實力，並提出是否能夠獲勝的意見吧？」

科塞特斯回想當時和迪米烏哥斯的對話，同時感到慚愧。因為一切全被自己搞砸了。

「如果不熟知科塞特斯的性格，絕對無法擬定出這個計畫呀。真不愧是安茲大人……」

「雖然和夏提雅一戰時，就已經見識過安茲大人傑出的戰士才能，但沒想到竟然還具有謀略家的超級才能，實在令人佩服得五體投地。安茲大人雖然那樣說，但我覺得我們只要按照安茲大人的命令行事就夠了……」

「真的非常厲害呀。能夠整合所有無上至尊，果然不是浪得虛名呀。」

繼頭腦首屈一指的迪米烏哥斯之後，夏提雅也興奮地如此稱讚，而其他守護者們也全都點頭表示認同。

●

安茲回到房間，往床上跳去。經過頗長的滯空時間後，安茲的身體才往床上一沉，然後——開始滾動。

往右滾，再往左滾。

正因為床夠大，他才有辦法這麼滾。

雖然豪華的長袍已經皺巴巴，但完全不在意的安茲繼續帶著微微笑聲左右滾動。安茲會做出這種孩子般的舉動，當然是因為這個房間除了安茲以外，沒有其他人。

不久，安茲童心未泯地享受完柔軟的床鋪，就這樣躺著望向天花板。

「唉，好累啊……啊～好想盡情暢飲，喝個爛醉……雖然都辦不到就是了。」

安茲發完牢騷，大大嘆了一口氣——不過安茲沒有呼吸，所以只是假裝嘆氣的樣子。

因為是不死者，所以肉體和精神上的疲憊都與安茲無緣，不過，如果以人類的形容方式來說，最近這一個月他天天都過得心力交瘁。如果胃還在，絕對會把胃搞壞。

安茲目前充滿了壓力。

飛飛這名戰士打倒了銀髮吸血鬼——夏提雅。對於毫不知情的人來說，或許只會覺得很厲害而已，但對於向夏提雅使用世界級道具的神祕人物來說，則具有其他意義。對方應該很可能因此盯上安茲，或前來接觸。

所以安茲全天候保持警戒，也準備許多付費道具以便隨時逃亡。空閒時，他除了保持警戒之外，還在腦中進行角色扮演——或者說妄想的練習——想像對方前來時，自己邊謹慎檢視是否能夠逃掉，同時努力收集情報的模樣。

如此膽戰心驚的每一天雖然對安茲．烏爾．恭完全沒有影響，但卻會讓殘存的人類部分——鈴木悟這個人格身心俱疲。他會在進入可以獨自放鬆的空間時，拋開納薩力克統治者應有的態度，展現童心未泯的模樣，應該也是因為安茲底下那個被逼得很緊的鈴木悟想要那麼做吧。

「記憶中不曾這樣不眠不休工作過……不知道這個月的加班費會有多少？」

可能是鈴木悟這個人格壓過了安茲，才會發出這樣的牢騷。

「納薩力克地下大墳墓……不對，安茲．烏爾．恭……不是股份公司。合資公司是良心企業，應該會保證全額支付員工的加班費……」

如此嘟嘟囔囔後，安茲皺起不存在的眉毛。

「嗯？……該不會因為有職位津貼，我就沒有加班費可領了？哇啊……」

安茲再次左右滾動，大概來回滾了五六次後，就突然停止不動。

「好了……無聊的胡思亂想就到此為止……話說回來，科塞特斯還真厲害呢，竟然能夠說出那種話。」

出乎意料之外。科塞特斯竟然會對蜥蜴人心懷慈悲。

科塞特斯那番行動，是讓安茲非常傷腦筋的行為。

鈴木悟是那種在做簡報時，會事先充分準備資料，然後照本宣科行事的個性。因此，他不擅長應付意料外的問題。不過，只要資料上有寫，就能按照資料應付。換言之，對鈴木悟來說，簡報成功的關鍵在於能夠調查與應付到何種程度。這樣的男人非常不擅長需要隨機應變的場合，甚至到了討厭的地步。

總不能把資料帶進王座之廳裡面，還說「那麼，請看下一頁」吧。所以，安茲早已把這次在王座之廳的一連串流程，在腦海中演練過十次以上了。心中還祈禱著，中間不會有人出現意料外的舉動。

而這個小小願望卻被科塞特斯打破。

他非常擔心科塞特斯想說什麼，但也覺得開心。

因為他也同時具有類似家長的喜悅——彷彿家中從來不會任性的小孩，第一次發表自己意見的感覺。最重要的是，對方的成長可說是遠遠超乎安茲的想像。

安茲之前在回到納薩力克之際，曾經讓一位女僕做菜過。他請女僕做的是排餐。如果考慮到熟度等各種重點，或許還需要一些練習，但安茲要求的排餐等級並沒有那麼高。他也不是想要像ＹＧＧＤＲＡＳＩＬ遊戲中的料理那樣，能得到什麼特別獎勵。只要做出一道能夠下嚥的菜就沒問題。

但做出來的成品只能說是一塊黑炭。

即使那個女僕不斷重複練習，做出來的除了炭化的肉塊之外，還是炭化的肉塊。

在接受女僕衷心道歉的同時，安茲也非常能夠接受這種預期中的結果。這和安茲之前在衣物間裝備巨劍的情況沒什麼兩樣。

在ＹＧＧＤＲＡＳＩＬ中，需要專業的特殊技能才能做菜。因為飲食具有暫時提昇戰鬥能力的額外獎勵，所以需要專業的特殊技能也是理所當然。不過，那位女僕並沒有做菜的特殊技能。

也就是說，即使想做需要特殊技能，自己卻沒有該技能的那些事，最後也只會以失敗告終。

關於科塞特斯的這件事是安茲的目的，也算是一項實驗，要測試已經定型的安茲等人是否還能夠得到新的東西。這項實驗關係到一項證明，那就是如果學會戰術和戰略等知識後，安茲等人是否還能成長。讓科塞特斯指揮弱小不死者，也是因為他單純覺得或許失敗能夠得到更多。

最後得出了讓安茲感到滿意的結果。科塞特斯讓安茲看到了成長的可能性。

當然，動手學習技術和用腦學習知識有很大的不同。

安茲將來的目的是把這個世界特有的魔法體系學到爐火純青——如果真有那種魔法的話。目前安茲的心中，依然存在著魔法到底屬於技術還是知識的疑問。不過，這次的實驗是在證明知識方面是否能夠成長。

科塞特斯證明了有成長的可能。他表現得非常好。

安茲心想。

沒有成長就等於停滯不前。即使現在算是強者，總有一天也一定會被超越。

就算擁有領先一百年的軍事技術，但若是不再進步，總有一天還是會失去最強的地位。目前在鄰近國家中可能算是強國，但如果認為永遠都能保持強國地位，不再求進步，那簡直是愚蠢到極點。

「想是這麼想……但為小孩成長感到開心的同時，也會很擔心自己是否是一個值得讓他們盡忠的統治者呢……」

如此喃喃自語的安茲望著床上的天花板。

「啊啊，我好怕，好害怕……」

鈴木悟這個殘餘人格再次因為新的不安而哀號。

成長即代表變化，那麼，又有誰能夠保證現在的絕對忠心不會改變呢？即使不會改變，還是會擔心有一天會被認為不配擔任光榮的納薩力克統治者。擔心被烙上了公會會長失職的烙印。

「……我非得成為一個值得讓守護者盡忠的統治者才行啊……有沒有什麼人可以教我帝王學啊……」

納薩力克內應該沒有設定上這麼方便的人物。

陷入沉思的安茲腦中浮現兩個人的身影。那是極惡五人組的兩人，分別是有公爵爵位的恐怖公，和稱號有個王字的餓食狐蟲王。仔細思考是否可以向那兩人請教的安茲，直接以簡短的一句話回答自己。

「……駁回。」

除非走投無路，否則他不想請教那兩人。

「算了……只要行動時不要捅出什麼大簍子，應該暫時不會要我隱居才對。另外……對了，兩腳羊呢……」

安茲早已察覺兩腳羊的真正身分，才沒有詳細追問兩腳羊的外型。那是曾經在YGGDRASIL見過的魔物。

「擁有獅子和山羊的頭，還有蛇的尾巴，手是獅子，腳是山羊。應該不會錯了，就是混種魔獸（Chimera）……」

在YGGDRASIL中，混種魔獸是以兩隻羊腳站立行走，以獅子腳當作手臂來進行攻擊，身上同時生長著獅子頭和山羊頭的魔物。這是因為這種魔物流用了巴弗滅的外觀組成資料。

那迪米烏哥斯為什麼不直接說是混沌魔獸？雖然有這種疑問，但安茲也已經有了自己的答案。

「也就是說，那也有可能是混種魔獸的亞種。是這樣吧，迪米烏哥斯？」

安茲呵呵一笑，接著在迪米烏哥斯的評價中加上了一個備註：取名字的品味意外地還真差呢。

「在ＹＧＧＤＲＡＳＩＬ中也有像混種魔獸王（Chimera Lord）那種外觀有點……不對，魚的混種魔獸外觀還詭異到令人覺得噁心。兩腳羊會是新品種的混種魔獸……聖王國混種魔獸嗎……讓人帶一隻到納薩力克也不壞呢。另外還有威克提姆……呢。」

他的外觀和記憶中的一樣，不過，只有一個地方令人在意。

「他使用的語言……真的是被稱為天使語言的以諾語嗎？感覺像是在說另一種不同的語言……」

因為已經被翻譯過，所以安茲不知道是在講哪一種語言，但他就是覺得有點怪怪的。當然，也很可能只是因為安茲本來就不懂以諾語。

「算了，就不計較了。好了，也差不多得準備出戰了……」

安茲意猶未盡地再次左右滾動。他停下來趴著以後，開始確認從剛才就一直有點在意的事情。

他把頭埋進床裡，深吸一口氣。

安茲沒有肺，當然只是裝裝樣子，但不可思議的是，他可以聞到味道。

「這是花的香味……床上也有噴香水嗎？難道有錢人的床都是這樣？若是如此，那還真驚人呢……或許假裝有錢人時也該留意一下這個部分？唔嗯……」

3

有一種能力叫做危險感應能力。

在冒險者中，盜賊等具有探知系技能者最重視的那個能力，就如字面上所示，是能夠感應危險的能力。

這種能力分為兩種，一種是不靠推理和觀察，只靠感覺來瞬間察覺，另一種是靠經驗的推理和觀察來察覺。如果根據第六感這種內心直覺的是前者，那麼從周圍環境的微小變化——微弱的味道和聲音來判讀的，就是後者。

後者有時候在上戰場或獨自旅行時，即使不特意鍛鍊，也會自然而然地學會。這是從身處在危險環境的經驗中得來的。

而蜥蜴人這種生物在這方面的能力幾乎都比人類優越，這是因為生物能力——感覺器官比較敏銳，也是因為身處在嚴峻環境的緣故。若是人類的話，應該都會居住在遠離魔物的安全場所，不過蜥蜴人卻是與魔物比鄰而居。

對身為旅行者，經常獨自旅行的薩留斯來說，更是能夠敏銳地掌握外在環境的氣氛變化。

薩留斯感覺到空氣中傳來的緊張感，睜開眼睛。

眼前是熟悉的房間——雖然只有住過幾天。人類即使仔細凝視，也看不清楚這個沒有燈光的房間，但對蜥蜴人來說就沒那麼困難。

房間內並無異狀。

環顧四周，確認沒有異狀的薩留斯安心地吁了一口氣，同時坐起身子。

薩留斯是傑出的戰士，所以他即使到剛才都還在睡眠，現在也已經和平常一樣清醒。別說睡眼惺忪了，他甚至精神奕奕到可以馬上進入戰鬥。

這也和蜥蜴人這種種族的淺睡習性有關。

不過，睡在薩留斯身旁的蔻兒修並沒有醒來的跡象。

失去薩留斯溫暖的蔻兒修，只是在淺眠中稍微發出不滿的鳴叫。

若是平常的話，蔻兒修應該也會感受到氣氛變化，從睡夢中醒來。但這次似乎無法察覺。

薩留斯有些後悔，是不是讓蔻兒修承受了過重的負擔。

薩留斯回想起昨晚，覺得蔻兒修的負擔或許是真的比較大。在打倒死者大魔法師那個強敵的過程中，雌性的蔻兒修似乎比雄性的薩留斯承受了更大的負擔。

他自己是希望她能夠繼續睡，但仔細傾聽，可以聽到家門外有許多蜥蜴人匆匆忙忙的聲音。在這種已經發生某種緊急狀況的時候，不叫醒她反而比較危險吧。

「蔻兒修，蔻兒修。」

薩留斯有些用力地搖了蔻兒修數次。

「嗯，嗯……」

蔻兒修扭了扭尾巴後，立刻露出她的紅色眼眸。

「嗯？嗯嗚……？」

「好像有事情發生了。」

這句話令還沒睡醒的蔻兒修馬上睜大雙眼。薩留斯拿起旁邊的凍牙之痛後立刻站起，不久蔻兒修也跟著起床。

兩人走到外面，立刻了解了造成騷動的原因。

他們看到村落上方被一大片厚厚的烏雲覆蓋。

往遠方一看，就能瞬間了解那片烏雲和普通的烏雲完全不同。因為其他地方是萬里無雲的大晴天。

也就是說，這代表——

「又……來了嗎？」

敵人再次來襲的信號——

「好像是呢。」

蔻兒修同意這個意見。一起並肩作戰的五大部族蜥蜴人們也都看到空中的烏雲，議論紛紛。不過，每個人的臉上都毫無懼色。

因為在之前的戰鬥中——在絕對不利的狀況下取得勝利，使大家都變得更加堅強。

兩人朝著村落正門奔去，發出啪沙啪沙的水聲狂奔。他們經過幾名正在進行戰鬥準備的蜥蜴人身旁，沒耗費多少時間就來到了正門。

正門已經聚集了許多戰士級蜥蜴人，大家都在仔細向外窺探。其中包括熟悉的同伴，也是一起出生入死的蜥蜴人任倍爾，還有他身旁的「小牙」族族長。

任倍爾對踩著巨大水聲而來的兩人揮手致意後，立刻以下巴指向門外。

薩留斯和蔻兒修站在任倍爾旁邊，從正門觀察外面。

在對面岸邊，算是溼地和森林邊界處，有一支列隊的骷髏軍。

「竟然又來了啊。」

「嗯……」

薩留斯回答任倍爾後，咂了一下舌頭。

這是預料中的事，但未免來得太快。原以為折損得那麼嚴重，多少得花一些時間才能重整軍備，沒想到卻完全估計錯誤。對方竟然擁有足以再次動員如此大軍的能力。

「……不過，應該比那個死者大魔法師召喚出來的骷髏還弱吧。」

這句話別有含意。那就是任倍爾認為目前列隊的骷髏，比之前入侵的那些骷髏更強。

薩留斯也目不轉睛地觀察在對岸列隊的骷髏。這是為了確實掌握對方實力，以便做出適當的防備。

的確，全都是骷髏，但和前次的骷髏截然不同。

就外觀來說，最大的不同是武裝。之前的骷髏只有裝備生鏽的劍，但這次的骷髏武裝卻相當完備。而且，體格看起來也比上次的好了一點。那些骷髏似乎有三種不同武裝。

數量最多的骷髏身穿精良胸甲，一手拿倒三角形盾牌——鳶盾，另一隻手則拿著各式各樣的武器。背上還背著箭筒和合成長弓，是攻守兼具、遠近皆宜的武裝骷髏。

接下來是身穿同樣胸甲，披著破爛的紅色披風，手持圓盾和變形劍，頭戴頭盔的骷髏。

最後則是數量最少，武裝最為完備的骷髏。他們穿著閃亮華麗的金黃全身鎧，手握亮晶晶的長槍。那耀眼的鮮紅披風看起來沒有半點污損。

薩留斯觀察至此，發現一件事實。他不禁懷疑是不是自己看錯，揉了好幾次眼睛。不過，那依然是件事實。

「咦……不會吧……」

「怎、怎麼可能……」

在蔻兒修驚呼的同時，發現相同事實的薩留斯也不禁痛苦地低聲說道。這時，任倍爾開口回應：

「……哦，你們也發現了啊。」

任倍爾的聲音聽來也是非常痛苦。

「嗯……」薩留斯說完，就沒再說話。他不想說，因為一說出口就會感到害怕，但也不能不說：「……那些武器好像是魔法武器。」

蔻兒修在旁邊頻頻點頭。

骷髏軍身上的各式武器，都帶有魔法力量。有些骷髏手持火焰劍，有些手持藍色閃雷鎚。也有骷髏拿著槍尖籠罩綠光的長槍，又或是帶有紫色黏稠液體的鐮刀。

「看來不只如此，你們也仔細看看鎧甲和盾牌，那些……都是魔法防具。」

聽到任倍爾這句話，薩留斯立刻仔細觀察。

接著他便不禁發出呻吟，因為薩留斯發現，那些閃亮的鎧甲和盾牌簡直像本身就會發亮，一點也不像是日光反射所造成。

到底是什麼樣的當權者，才可以讓如此數量的骷髏士兵都裝備魔法道具？若只是單純提高銳利度的魔法武器，薩留斯聽說過的大國確實有可能透過長期計畫集齊這樣的數量。不過，要讓每一把魔法武器都具有屬性——而且效果種類還相當繁多，就另當別論了。

薩留斯想起幾天前任倍爾說過的矮人。

矮人是一種山地種族，擁有相當優秀的金屬相關技術。那些矮人在酒席中曾談過一些英雄傳說——建立起矮人大帝國的帝王、身穿精鋼鎧甲的英雄、單槍匹馬打倒龍的人，以及過去十三英雄之一的「魔法工」。連那些矮人的傳說故事中，都沒有故事提到像這樣魔法武裝齊備——超過五千個裝備——的軍團。

那麼，薩留斯現在看到的景象是什麼？

「……那是神話軍團嗎？」

如果這不是人類的故事，那一定是神話故事的境界。

薩留斯全身劇烈一顫。因為他發現自己招惹到超乎預料，且絕對不能招惹的敵人。

不過，自己原本就是帶著全滅的覺悟聚集大家到這裡，發起這個離譜作戰的自己又怎麼可以害怕？已經了解對手是超乎想像的強敵了，重點在於這樣的話該怎麼應對。

「不可能，那應該是幻影吧。」

在場的所有人聽到這句話，全都短暫露出像在說「你在說什麼傻話」的表情。對方確實是靜止不動，但他們的存在感相當明瞭，還散發出令人毛骨悚然的氣勢，絕不可能只是單純的幻影。

不過，這話會令人疑惑，就是因為如此斷定的人是「小牙」族的族長。他絕對不可能是因為發了瘋，才說出這種話。

「你這麼說有何根據？」

面對薩留斯的問題，「小牙」族族長很有自信地回答：

「我們有輪流派出偵察員，但沒有人看過那樣的不死者。數量那麼多的話，絕對不可能沒有發現，當然，輪流派出的偵察員全都平安歸來。」

「原來如此……不過，我還是不認為那是幻影。」

「……可是……不，或許不是幻影呢。若不是幻影，可以想到的就是利用挖掘地道等手段過來。如果有地道，就能解釋他們為什麼可以不被發現地來到這裡。」

「……不管是挖地道過來還是從天上飛來都無所謂啦，我們該怎麼辦啊？雖然他們看起來似乎還不想開打，但感覺也不像是要來交涉。」

「好像如此……不過，想想之前的狀況，我覺得對方應該會採取某些行動……」

薩留斯瞪著骷髏軍。

他想要找出應該在陣中的敵方指揮官——這時候，一陣刺骨寒風突然吹過。不是只有一次，寒風不斷吹來。

如此突然又異常刺骨的寒風，絕非自然現象，可以確信那一定是魔法造成。

「風？咦……不會吧！這又是不同的魔法嗎……怎麼可能……」

蔻兒修抱著自己的身體發抖。那實在不像純粹感到冷而已，所以薩留斯開口發問：

「蔻兒修，這陣寒風到底是怎麼回事……」

「……或許你無法相信，但聽我說，薩留斯。我原本認為之前的天候變化是由第四位階魔法『雲操控』所造成，但我錯了。『雲操控』雖然能夠操控雲，但無法產生這樣的寒風。所以……這並非只是操控雲，而是讓天候或氣象產生變化。也就是說，我認為對方發動的是第六位階魔法……『天候操控』。」

不過，那種魔法屬於自己沒辦法使用的領域，所以沒什麼自信就是——蔻兒修壓低聲音，以其他人聽不見的聲音說道。

薩留斯知道第六位階魔法這個領域有多驚人。那魔法屬於連薩留斯習武以來遇到的最強敵手伊格法都無法使用的領域，也被認為是這世界的最高位階魔法。

「這就是……那個偉大至尊的力量嗎？原來如此……這樣就說得通了……」

如果能夠使用第六位階魔法，那麼稱其「偉大」的確也不過分。

「喂喂喂，總覺得每個人看起來都很不妙呢。」

任倍爾的嘀咕明確點出了周圍的氣氛。

這個時期不可能出現這樣的寒風——也就是說，這是超乎常理的自然環境變化。這讓蜥蜴人的士氣降到谷底。

上次只是出現雲的程度，如果只是操控雲，讓祭司們架起巨大篝火舉行儀式，還能辦到。不過，蜥蜴人一感受到這種如秋天般的風，就知道對方擁有異常的力量，足以控制氣候這種不可控制的自然現象。

即使沒有聽到蔻兒修的話，不斷吹拂過來的寒風就足以說明即將迎戰的敵人有多強大。

「嘖，對方開始行動了。」

薩留斯咬緊牙關，靠意志力壓抑住想要猛力甩動的尾巴。果然是在這時候出動嗎——他如此心想。

井然有序的骷髏軍踩著像是用尺量過般的整齊步伐開始前進後，周遭的戰士級蜥蜴人立刻感到驚慌失措，也有人發出警告的低吼聲。不過，觀察著骷髏軍動靜的薩留斯卻有不同見解。那並非企圖開戰。

正當薩留斯和任倍爾出聲要求驚慌的蜥蜴人冷靜下來時——

「——冷靜點！」

一道氣吞山河，撼動空氣的吶喊聲響起。

所有人全都朝同個方向望去，他們的視線全交集在夏斯留身上。

「我再說一次，冷靜點。」

在萬籟俱寂的空間中，只有充滿自信與威嚴的聲音縈繞耳裡。

「還有，不要害怕，戰士們。千萬不要讓你們背後的眾多祖靈感到失望。」

夏斯留穿過回復冷靜、安靜無聲的蜥蜴人群，來到薩留斯身邊。

「弟弟，對方有什麼動作？」

「嗯，哥哥，他們雖然開始移動……但似乎不是要準備戰鬥。」

「姆嗚。」

開始移動的五百隻骷髏排成十橫排。

「他們想做什麼啊？」

骷髏軍彷彿在等待這個問題似的，再度開始行動。

那支隊伍在分毫不差的完美指揮下，從中間往兩邊分開，就這樣空出一個約二十隻骷髏大小的空間，在那個空間中——有一個身影。

那身影沒有很大，即使相距兩百五十公尺，也可看出那身影比薩留斯嬌小。

那人身穿一件漆黑長袍，散發出可怕的邪惡氣息。身上的裝扮和昨天戰鬥過的強敵死者大魔法師類似。所以，對方應該也是一位魔法吟唱者吧。

不過，兩者有著決定性的不同，那就是實力。

看見那身影的薩留斯，背脊竄起一股冷顫。他的直覺告訴自己，現在現身的這個人和昨天的死者大魔法師相比，兩者的實力差距就像是嬰兒與戰士。

即使距離這麼遙遠，還是可以感受到那全身散發出的邪惡冰冷氣氛。不僅如此，對方身上的武裝也是不同境界。

彷彿無法抗拒的死亡——絕對統治者的體現。

「死之統治者……嗎？」

薩留斯不禁脫口說出最適合形容這怪物的一句話，而這句話完全命中核心。

那人正是支配死亡的王者。

「……哦哦！」

死之統治者到底有什麼企圖？

緊張望著死之統治者的蜥蜴人們，一起發出慌張的聲音。這時候，一個長達十公尺的巨大半球形魔法陣，以那個魔法吟唱者為中心向外展開。

魔法陣上面浮現散發藍白光芒、像是文字又像符號的半透明圖案。那半透明圖案瞬息萬變，浮現的文字沒有一瞬間相同。

清澈藍光不斷變換形狀、照耀四周的模樣看起來如夢似幻，如果這不是敵人所為，早就看得入迷了吧。但現在的他們實在沒心情那麼做。

無法理解那到底是什麼的薩留斯感到困惑。

魔法吟唱者在施展魔法時，並不會在空中投射那樣的魔法陣。敵人目前的舉動已經超出薩留斯的知識範圍。因此，薩留斯向這裡最懂魔法的母蜥蜴人發問。

「那到底是什麼？」

「不、不知道，我也不曉得那到底是什麼——」

蔻兒修回答得有些害怕。看來就是因為懂魔法，才更加害怕這種無法理解的行為。

正當薩留斯打算安撫她的下個瞬間。

不曉得魔法是不是發動了，魔法陣破裂，變成無數的光粒飛向天空。接著便一口氣——

像是爆炸般在空中擴散開來——

湖面——凍結了。

沒有人可以理解到底發生了什麼事。

族長資質出類拔萃的夏斯留；祭司能力傑出非凡的蔻兒修，以及見多識廣的旅行者薩留斯。連這些在蜥蜴人史上，都可說是擁有絕世奇才的人都無法立刻理解現在的情況。

無法理解自己的腳為什麼會在冰裡面。

不久——歷經一段足以讓腦袋接受眼前情況的時間後，慘叫響起——

每個蜥蜴人，沒錯——大家都發出哀號。

即使是薩留斯也一樣。蔻兒修和夏斯留，以及堪稱最有膽識的任倍爾也不例外。彷彿從靈魂深處竄出的懼意，讓大家不由得放聲尖叫。

眼前的事實實在太過恐怖。絕對不會凍結的湖，自從出生之後從來沒凍結過的湖，竟然遭到凍結。

蜥蜴人們急忙抬起腳，幸運的是，冰本身並沒有結得很厚，立刻破裂，但破裂的地方馬上就凍結起來。底下冒出的刺骨寒氣，證明眼前景色不是幻覺。

薩留斯倉皇爬上泥牆後，立刻環顧四周，然後為所見的誇張光景目瞪口呆。

視野範圍內的一切完全結凍。

的確是無法想像如此巨大的湖泊會整個凍結，不過，觸目所及全覆蓋著閃亮的寒冰也是事實。

薩留斯內心一角也擔心起魚塭的狀況，但現在不是擔心那種事的時候。

「不會吧……」

爬上來的蔻兒修環顧四周，和薩留斯一樣瞠目結舌。張大的口中發出了失魂落魄的聲音。

她和薩留斯一樣，不想相信自己看見的光景。

「怪物！」

大聲咒罵。同時希望藉由咒罵，多少緩和一下心中的恐懼。

「快點上來！」

哥哥夏斯留的怒吼響起。

幾名蜥蜴人已經無力地倒下。還能動的戰士級蜥蜴人們通力合作，一起幫忙將倒下的同伴從凍結的沼地拉上來。

被拉上來的蜥蜴人個個臉色慘白不斷顫抖。可能是冒出的凍氣剝奪了他們的生命力吧。

「哥哥，我去巡視一圈！」

持有凍牙之痛的薩留斯，不會受到這種程度的凍氣影響。

「不行……別去！」

「為什麼，哥哥！」

「敵人應該等一下就會行動，不准你離開這裡！掌握全局，不要漏掉任何情報！這是闖蕩過世界、累積了各種知識的你才能勝任的事！」

夏斯留的目光離開薩留斯，向周圍的戰士級蜥蜴人說話。

「現在我要對你們施展防禦凍氣的魔法『冰屬性防禦（Protection Energy Ice）』，快去通知村落中的每個人，不要接觸這些冰。」

「我也來施展魔法。」

「麻煩了！那麼，蔻兒修妳和我分頭進行，發現情況危急的人就立刻施展治療魔法！」

蔻兒修和夏斯留開始對平安無事的蜥蜴人施展防禦魔法。

薩留斯仍待在泥牆上，目光銳利地望向敵方陣地，徹底掌握對手的一舉一動。必須完美執行哥哥交付的任務。

「嘿咻。」

爬到身旁的任倍爾悠哉地眺望敵方陣地。

「你稍微放輕鬆一點啦，你哥哥是在期望你的智慧對吧？即使漏看了什麼，也不會挨罵啦。更重要的是，你可不要因為太過專注，而縮小了視野喔。」

任倍爾悠哉的聲音，給了薩留斯一記當頭棒喝。

就像和那個死者大魔法師戰鬥時一樣，讓大家分工合作，再由自己統一管理即可。

薩留斯環顧四周，發現戰士級蜥蜴人們也一樣爬到泥牆上，觀察敵人。沒錯，自己並非一個人單打獨鬥，而是和大家一起並肩作戰。

看來，自己似乎是因為見識到那壓倒性的力量——魔法，而亂了分寸。

薩留斯吐出一口氣，像是要把心中累積的穢氣完全吐出。

「抱歉。」

「沒什麼好抱歉啦。」

「……說得也是，因為任倍爾你也在嘛。」

「哈，動腦的事可別期待我喔。」

兩人相視一笑，繼續觀察敵人的動靜。

「不過，那還真是如假包換的怪物呢。」

「是啊，根本是完全不同的等級……」

死之王以不可一世的王者之姿，威風凜凜地眺望薩留斯他們村落。理應相當渺小的身體，看起來卻龐大得像是膨脹了數十倍。

「……他應該就是那個叫什麼偉大至尊的人。」

「八九不離十吧。而且，我也不希望能用魔法凍結湖水的人有兩個以上。」

「就是說啊，我也這麼希望。看在那種能夠凍結湖水的怪物眼裡，我們蜥蜴人不過像螻蟻吧，啊～可惡，可惡！我們大概就和小蟲沒兩樣。話說……有動靜了喔。」

凍結湖水的魔法吟唱者，舉起沒有拿手杖的手，朝向村落一揮。是在下達指示吧——薩留斯的這個直覺，在下個瞬間便以可怕的形式獲得證實。

「哦哦哦哦！」

聲音從村落的各個角落傳出。

「那是……什麼啊！那到底是怎麼回事啊！」

原本深信自己應該不會再感到吃驚的薩留斯，看到眼前的光景後，還是反射性地發出哀號般的聲音。

出現在眼前的是一個有著雙手雙腳，像是石頭雕刻出來的巨大雕像。

厚實的胸部岩盤部位還閃動著如心跳般的紅光。手粗腿胖的矮胖體型甚至有點可愛。如果身高沒有超過三十公尺的話。

這樣的巨大石像突然就出現在森林中。說它是幻影反而還比較能令人接受。

石像慢慢動了起來，不知從何處拿出並舉起一顆巨石。

然後，丟出去。

薩留斯不禁矇住雙眼，被巨石砸中的人絕對必死無疑。

在黑暗世界中，驚人的地動聲和巨響襲向了薩留斯。泥牆也劇烈搖晃起來。

隨著激烈雨聲——彈起的砂石掉落水裡的聲音響起，村落中也傳來大人和小孩的驚呼。

雖然已經視死如歸，但還是受不了這種超乎想像的恐怖。剛才的震撼教育，甚至讓撐過那場戰役的人都像小孩一樣驚聲尖叫。

小命還在讓薩留斯鬆了一口氣。他戰戰兢兢地睜開眼睛後，映入眼簾的是接著開始行動的不死者軍團，以及不見蹤影的巨大石像。

兩軍正中間的濕地有著到剛才為止都不存在的巨石，不死者軍團靠近那顆石頭，然後將扁平的盾牌往上平舉，蹲了下來。其他骷髏跳上那些骷髏舉起的盾牌，靈活地保持平衡後，也和底下的骷髏一樣舉起自己的盾牌。

明白對方在做什麼的瞬間，薩留斯就彷彿遭到雷擊般，全身顫抖。

「該不會是……樓梯吧？竟然將這些堪稱傳說的軍隊當作樓梯！」

骷髏以異常迅速的速度靠近巨石——由不死者軍團組成的樓梯終於成形。

接下來，其他的不死者士兵也開始行動，這些比剛才的骷髏更加精良的不死者，約有百隻。手持懸掛著一面布的槍，像是槍騎兵會拿的那種。

鮮紅的布——他們的槍旗上，全都繡著一個徽誌。

那些不死者披著隨風飄揚的披風，以一絲不亂的動作踏入溼地。他們邊踏碎腳下的冰塊，一邊默默前進。然後，同樣以整齊劃一的動作保持間隔、進入溼地的另一組骷髏，將手上的槍和對面戰士的槍相交。

相交的槍，形成一條通往巨石的道路。

「……是王者之路嗎？」

任倍爾說得沒錯。

「死」之魔法吟唱者踏上由不死者組成的道路，後面還跟著不知何時出現的數道人影。走在前方的是實力深不可測的魔法吟唱者。

其身上披著一件宛如截取一小片黑暗製成的漆黑長袍，手上的手杖散發出赤黑光芒。那光芒化作人類的痛苦表情，接著崩潰，最後消失。連衣帽底下是一個骷髏頭，空洞的眼窩中，閃爍著小小的鮮紅色光芒。

對方穿戴著無數——而且也是薩留斯絕對無法理解的——魔法飾品，帶著具有王者風範的腳步闊步前進。

有名白晰女性跟隨在死之王後方。雖然容貌有如人類，但有個地方和人類截然不同。那就是她腰間的翅膀。

「她該不會是惡魔……吧？」

惡魔。

以暴力帶來破壞的魔鬼，以智慧帶來墮落的魔人，這類異界存在統稱為惡魔。據說那是窮凶惡極的魔物，是為了消滅所有具有理智的善良者而存在。也就是所謂邪惡的代名詞。

薩留斯曾經在旅行時耳聞過惡魔的大名。

他聽說過惡魔是多麼可怕。據說在兩百多年前，一個堪稱惡魔之王的怪物——魔神，曾經率領旗下的惡魔，差點消滅整個世界。

魔神最後遭到十三英雄消滅，而目前也能在某些地方看到那場戰役的遺跡。

如果說不死者是憎恨生者的魔物，那惡魔就是折磨生者的魔物。

惡魔後面跟著一對黑暗精靈雙胞胎，再後面是一位銀髮少女。不僅如此，還有一個在空中滑行的詭異怪物，最後則是一位長著尾巴、像是人類的男性。

雖然只有詭異的怪物感覺沒有很強，但其他每一位都是光看一眼，就會讓尾巴前端開始發起抖來。野性的直覺正強烈警告自己，說必須快點全力逃跑。

一行人默默前進，從槍旗底下穿過，爬上通往巨石的樓梯。他們毫不遲疑地踐踏不死者士兵，彷彿王者般站在巨石之上。走在前頭的死者之王伸手一揮。

瞬間，一張散發黑色光芒的高背王座出現，死者之王直接坐了上去。

走在後方、看似親信的人物排成一列，像是在等待什麼一樣望向村落。不過，除此之外，他們並沒有做出其他行動。

這到底是什麼情況？

幾名蜥蜴人不安地面面相覷，最後決定讓在場最聰明的人進行判斷。

「……請、請問，我們應該怎麼辦，薩留斯先生？準備逃跑嗎？」

這段聲音中毫無鬥志。無力下垂的尾巴讓內心的想法不言可喻。

「不，沒有那個必要。想想之前的那個死者大魔法師，對方可是遠勝於那個死者大魔法師的魔法吟唱者，要在這種距離下發動攻擊應該是易如反掌。恐怕是……有什麼話想告訴我們吧。」

蜥蜴人露出認同的表情。

在這段時間中，薩留斯的目光依然緊盯著迎面而來的一行人，他就像是平民仰望國王般，不斷觀察著站在巨石上的強大怪物。

他這是為了不錯失任何情報。

距離如此接近後，已經可以相當仔細地觀察，彼此的視線甚至能夠交會。

坐在王座上的死之王是在觀察蜥蜴人們嗎？黑暗精靈意外的似乎沒什麼敵意，銀髮少女面露嘲笑表情，惡魔的溫柔模樣反而令人毛骨悚然，詭異的怪物則完全看不出來什麼名堂，長著尾巴的男子眼中沒有任何情感。

彼此互相觀察了一會兒後，死之王再次將沒拿手杖的那隻手輕舉至胸前。幾名蜥蜴人看見這個動作，尾巴隨即劇烈擺動起來。

「——不要怕，別在對手面前露出丟人現眼的模樣。」

薩留斯如利刃般銳利的斥責聲，讓在場的所有蜥蜴人全都立刻抬頭挺胸。

死之王面前出現數個黑霧，有二十個。那些黑霧不斷旋轉，愈來愈大，變成一個約一百五十公分的黑霧。不久，黑霧中浮現許多恐怖臉孔。

「那是……」

薩留斯想起那是以使者身分來到村落的魔物，也是在旅行中曾經看過的不死者魔物。

雖然曾經在蔻兒修的村落中大致說明過了，但除非使用具有魔法的武器、特殊金屬打造的武器、魔法，或是特殊武術，否則很難傷害這類非實體的魔物。

蜥蜴人所有部族加起來也只有少數魔法武器。也就是說，應該連打倒一隻都很困難。

對方竟然隨手就召喚出二十隻那樣的魔物。

「……原來，說能夠控制死亡，就是這麼回事啊。」

對方的確是能夠讓強大的死者大魔法師誓死效忠的超強怪物——薩留斯內心如此絕望地思考。

死之統治者不知道嘀咕了一些什麼後，就像是要大家進攻般伸手一揮。接著，魔物們飛過來包圍村落，開始齊聲合唱。

「在此傳達偉大至尊的旨意。」

「偉大至尊要求對話，代表者請立即出列。」

「浪費我們的時間，只會觸怒偉大至尊。」

單方面宣告完畢後，非實體的不死者就回到主人身邊。

「啥？……不會吧……這樣就沒了？」

薩留斯露出一副蠢樣開口說道。

（居然只為了傳達這點話，就派出那麼強大的不死者？）

不過，更令人無法置信的是隨侍在後方的銀髮少女收到死之統治者指示後，雙手用力一拍時發生的事。

拍手的瞬間——那些不死者就被消滅了。

「什麼！」

大吃一驚的薩留斯不禁叫了出來。

竟然不是讓召喚出來的魔物回去，而是消滅他們。

神官可以消滅不死者。雖然通常能夠驅逐他們就已經很不容易，但如果兩者的實力懸殊，就可以不只是驅逐，而是直接消滅。不過，要同時消滅眾多不死者可說難如登天。

也就是說，銀髮少女是實力足以和死之王匹敵的隨從。既然如此，旁邊的其他隨從恐怕也是一樣。

「哈哈哈哈——」

薩留斯無法止住自己的笑意。

這是理所當然的。這時候除了笑還能怎麼辦。實力如此懸殊——

「弟弟！」

「——啊，哥哥！」

薩留斯回應泥牆底下傳來的呼喚一看，發現夏斯留和蔻兒修都來到了牆下。兩人爬上泥牆，眺望魔法吟唱者一行人。

蔻兒修硬是鑽進任倍爾和薩留斯之間，差點讓任倍爾跌落。不過，這應該還算是在可以原諒的範圍內吧。

「那就是敵人的主將嗎？氣勢強到光看就令人毛骨悚然。雖然外表和你們打倒的死者大魔法師相似……但兩者的實力大概無法相比吧……」

「……哥哥，你那邊已經結束了嗎？」

「姆嗚，大致告一段落。我和蔻兒修的魔力都已消耗殆盡。而且聽了那使者的話……也覺得我們必須先解決這件事才行。關於那使者說的事……薩留斯，你願意一起來嗎？」

薩留斯默默看著夏斯留一會兒後，深深點頭。夏斯留短暫露出難過神色，但又馬上恢復原樣，迅速得沒有人發現他那樣的表情。

「抱歉。」

「別在意，哥哥。」

夏斯留只說了抱歉就跳下泥牆，踏破溼地上的薄冰，發出水聲。

「那麼，我過去了。」

「小心點。」

薩留斯緊緊抱住蔻兒修後，也跟著夏斯留跳下溼地。

薩留斯和夏斯留踏碎著湖上面的薄冰，一起前進。走出大門後，薩留斯感覺死之王一行人注視他們兩人的目光，彷彿帶著實體壓力。他也感覺到了後方傳來的不安目光，當中最為擔心的視線應該是來自蔻兒修吧。薩留斯拚命忍住不想離開的強烈心情。

這時候夏斯留冒出一句話。

「……對不起。」

「……對不起什麼，哥哥？」

「……如果談判破裂，對方或許會殺死我們以儆效尤。」

薩留斯早有這種心理準備了。正因如此，他才會先緊抱了一下蔻兒修。

「……考慮到對方的人數，我不能讓哥哥你獨自前往。如果只有一人前往，對方大概也會認為我們瞧不起他們。」

在蜥蜴人之中，薩留斯的確是名號響亮的人物，非常適合參加談判，不過，他的身分是旅行者，就算犧牲也不會影響到蜥蜴人的團結。從這點來看，應該也不令人遺憾。

即使英雄殺身成仁，只要還有其他族長在，就能繼續戰鬥下去。可惜的是手中的凍牙之痛，如果沒有它，便無法抵擋冰湖傳來的寒氣。

兩人默默前進，一步一步接近死亡。

他們來到通往王座的不死者階梯前，拉開嗓門。如果王座位在更後面的地方，也可以選擇爬上樓梯，但對方站在邊緣處，就表示應該是不想讓己方爬上去。

王者必須處於高處。

蜥蜴人雖然沒有這種規矩，但很多種族都有這種上位者應該居高臨下的習慣。當然，如果是以對談的名義前來，這種應對方式算是相當失禮。

亦即表面上說是對談，卻一點也不想要平等對談。

然而要求平等對談是不自量力。薩留斯他們確實是贏得之前的戰鬥，不過看到巨石上那排敵方幹部，即使再不願意，也會被迫理解那次的勝利沒有任何意義。一切只是一場兒戲。

「我方已到！我是代表蜥蜴人的夏斯留．夏夏，至於這位則是蜥蜴人的最強英雄！」

「我是薩留斯．夏夏！」

即使如此，鏗鏘有力的聲音中依然沒有任何諂媚。他們知道這是愚蠢的舉動，但這是僅存的尊嚴。或許之前那場戰爭看在對方眼裡只是場兒戲，但也絕不能辜負在那場戰役中犧牲的戰士們的尊嚴。

沒有回應。坐在王座上的死之王只是像在品頭論足般，毫不客氣地上下打量，完全看不出有想要採取行動的意思。

回答的是腰間長著一對黑色翅膀的惡魔。

「我們的主人認為你們還沒有做出恭聽的姿勢。」

「……什麼？」

女子聽見疑惑的聲音後，呼喚身旁一位長著尾巴、像是人類的男子。

「——迪米烏哥斯。」

「『叩拜吧』。」

薩留斯和夏斯留突然跪了下來，頭甚至陷入溼地中。他們的行為看起來只像兩人覺得這麼做是理所當然。

冰冷的泥水沾上兩人的身體，破裂的冰塊立刻再次凍結起來。

無法站起來。即使全身再怎麼出力，也紋風不動。彷彿有一隻看不見的大手從上面壓住似的，兩人的身體完全失去自由。

「『不要抵抗』。」

當再次發出的聲音傳進耳裡的瞬間，薩留斯和夏斯留感覺身體好像多生出了一個腦袋——接收他人命令的器官，身體就好像順從著那器官在動作。

看到失去力氣的兩人狼狽跪趴在泥地後，女惡魔似乎感到很滿意，開口向主人報告：

「安茲大人，已經做好恭聽姿勢了。」

「辛苦了——抬起頭吧。」

「『允許抬頭』。」

薩留斯和夏斯留轉動唯一能夠自由動作的頭，彷彿謁見國王般向上仰望。

「我是……納薩力克地下大墳墓的主人，安茲·烏爾·恭。先感謝你們幫助我完成實驗。」

（實驗？奪走我們那麼多同伴的生命，竟然還敢說是實驗？）

心中的厭惡讓他們燃起熊熊怒火，不過，還是忍了下來。因為現在還不是翻臉的時候。

「那麼，就直接進入主題……接受我的統治吧。」

魔法吟唱者安茲的手輕輕一舉，制止有話想說的夏斯留。

知道硬是說話也非明智之舉的夏斯留只好乖乖閉嘴。

「——不過你們才剛打贏我們，也不願意接受我的統治吧。所以四小時後，我們會再度進攻。如果你們還能獲勝，我絕對不再對你們出手，甚至保證會支付你們合理的賠償金。」

「……可以請問一下嗎？」

「沒問題，儘管問。」

「進攻的人是……恭閣下嗎？」

隨侍在後的銀髮少女稍微皺起眉頭，女惡魔則加深了微笑。可能是對「閣下」這個稱呼不太滿意吧。不過，她們並沒有做出特別的行動，或許是因為主人沒有多說些什麼吧。

安茲不理會那兩人，繼續說話。

「怎麼可能，我才不會出手。進攻的是我可以信賴的親信……而且只會派一個人，他叫科塞特斯。」

聽到這句話的薩留斯，感受到一股有如世界末日的深沉絕望。

如果是大軍進攻，或許蜥蜴人也有勝利的可能。也就是說，他原本認為這次也有可能是延續昨天那場令人不快、被稱為實驗的戰爭。若是那樣，應該還有渺茫的戰勝機會。

不過，並非派出大軍進攻。

進攻的只有一人。

曾經戰敗的軍隊再次擺出這種大陣仗，卻只派一個人進攻。除非是要懲罰，否則隱藏在這句話背後的意義，肯定是他對那個人抱有絕對的信賴。

擁有超強實力的死之王信賴之人。那麼，答案只有一個，就是那人也擁有超強實力，而且是可讓蜥蜴人毫無勝算的實力。

「我們選擇投降……」

「不戰而降未免太無趣了，稍微戰鬥一下嘛，我們也想稍微品嚐一下勝利的美酒。」

安茲打斷夏斯留，不讓他繼續說下去。

總之就是想殺雞儆猴嗎，這個王八蛋。

薩留斯在心中如此咒罵。

以強者的殺戮來洗刷敗北的事實。

也就是說，對方等一下要進行的是一場活祭儀式。根本是一齣徹底剷除蜥蜴人反叛之心的蹂躪戲碼。

「我想說的就只有這些。那麼，四小時後就盡情享受吧。」

「請等一下——這些冰會融化嗎？」

不管輸贏如何，在湖泊結凍的情況下，蜥蜴人實在很難生活。

「……啊，差點忘了。」

說自己忘記這件事的安茲態度輕浮地回答。

「我只是不想走在溼地被污泥弄髒而已，回到岸邊後就解除魔法效果。」

「什麼！」

薩留斯和夏斯留驚訝地說不出話，懷疑自己是不是聽錯了。

（不想被污泥弄髒就凍結湖水？）

這已經不是難以置信的等級了。對方的力量實在太過驚人，連自然力量都能輕易改變，

而且，還只是因為那種無聊的理由。

原來自己是在跟如此強大的人物作對——薩留斯和夏斯留都感受到一種小孩孤身一人時會有的恐懼。

「那麼，後會有期了，蜥蜴人——『傳送門』。」

覺得該說的話都已經說完的安茲，伸手輕輕一揮，王座前就產生了半球形的黑暗，接著他便跳入那黑暗當中。

「再會了，蜥蜴人。」

「再見，蜥蜴人先生。」

「再見呀，蜥蜴人。」

隨侍的兩女一少男，帶著彷彿失去興趣的態度告別後，也跟著跳進黑暗之中。

「呃、呃、那、那麼，再見，多多保重。」

「卵青綠，丹黑炭辰沙黃綠白（那麼，再見了）。」

繼黑暗精靈少女之後，詭異怪物也跟著沒入黑暗中。

「『可以自由了』。那麼，盡情享受吧，蜥蜴人。」

最後那位長著尾巴的男子跳入黑暗的瞬間，響起一道溫柔的聲音，同時束縛兩人的重量也隨之消失得無影無蹤。

被遺留在原地的薩留斯和夏斯留都趴在泥土中不動，已經沒有起身的力氣。

他們甚至已經不為不斷傳來的冰冷寒氣感到痛苦。因為內心受到的衝擊遠遠超過身體受到的痛苦。

「畜生……」

不像夏斯留風格的低聲咒罵中，混雜著眾多的情感。

迎接兩人的是為了躲避寒氣而爬到泥牆上的各部族族長，四周沒有其他蜥蜴人。可能早已想到有事需要保密商量才會這麼安排吧。夏斯留大概是覺得既然如此，也不需要多加隱瞞，他將剛才那說不上是談判的談判過程，一五一十地直接告訴在場的所有人。

大家對於夏斯留沉重的說明，都沒有產生太大反應，只是稍微吃驚而已。大概是早已料想到談判結果，才會如此吧。

「了解了……那冰會融化嗎？如果不會融化，想要戰也戰不成喔。」

「沒問題，對方說會解除魔法。」

「是用談判換來的嗎？」

對於「小牙」族族長的詢問，夏斯留並沒有回答，只是輕輕一笑。看見那反應，了解那代表什麼意思的「小牙」族族長無奈地搖搖頭。

「在你們前往談判時，我們稍微調查了一下……發現湖裡面有敵蹤，好像是骷髏士兵，恐怕是以包圍我們的陣形在那裡待命。」

「不覺得……對方……想放過我們。」

「對方相當認真，這就表示……」

「就是猜想的那樣吧。」

沒有參與談判的四人長嘆一聲。他們得到的結論，應該也是認為接下來要進行的是一場活祭儀式。

「那麼，要怎麼辦？」

「……動員所有戰士級蜥蜴人，以及……在場的……」

「哥哥……可以只讓五個人參與嗎？」

薩留斯以眼角餘光看著露出不解神情的蔻兒修，向包括哥哥在內的所有公蜥蜴人懇求。

「如果對方的目的是要展示自己的強大實力，應該就不會將蜥蜴人趕盡殺絕。那麼，我們就必須有一位可以帶領倖存蜥蜴人的中心人物。在場的所有人如果全都犧牲，對蜥蜴人的將來實在是一大損失。」

「……言之有理，對吧，夏斯留。」

「嗯，薩留斯、說……得對。」

兩位族長交互看看薩留斯和蔻兒修之後，表示同意。

「——沒什麼不妥吧，我也贊成。」

得到最後一位族長任倍爾的贊同後，夏斯留也找不到理由可以拒絕弟弟的請求了。

「那就這麼決定吧。我也有想過，必須要有人活下來帶領團結起來的部族——蔻兒修應該很適合勝任這份職責吧。她的白化症或許有些影響，但她的祭司能力依舊不可或缺。」

「等一下，我也要一起作戰！」

蔻兒修大聲高喊，抗議為什麼事到如今才將自己排除在外。

「而且要留一個人下來的話，留下夏斯留不是比較好嗎！在我們之中，他是最受人信賴的族長啊！」

「就是因為那樣，才不能留下他。對方的目的是要展示壓倒性的實力，大概是希望讓我們感到絕望，好容易統治吧。不過，若是倖存的蜥蜴人中，還有那種能夠帶來希望的人，對方怎麼會允許……對吧？」

「而……在場的族長中，評價最低的人就是蔻兒修。」

蔻兒修啞口無言，因為白化症的她聲望最低是不爭的事實。

知道無法說服眾人的蔻兒修，注視著薩留斯。

「我也要一起去。你把我叫來這裡時，已經讓我下定決心，為何現在還要說那種話？」

「……那時候大家很可能都會犧牲，但現在卻有相當大的機會讓一個人存活。」

「開什麼玩笑！」

空氣彷彿在呼應著蔻兒修的怒氣，微微顫動。現場響起數次拍打泥牆的聲音，因為激動的情緒讓蔻兒修的尾巴不受控制地瘋狂翻騰。

「——薩留斯，你來說服她。四小時後再見。」

夏斯留只丟下這句話就邁步離開，接著，便傳來冰塊碎裂聲和濺水聲。三位族長跳下泥牆，跟在夏斯留後面離開。任倍爾也背對著兩人輕輕揮手致意。

目送眾人的背影離去後，薩留斯轉身面向蔻兒修。

「蔻兒修，請妳諒解我們。」

「誰能諒解啊！而且又還不一定會輸！如果有我的祭司力量幫助，或許能打贏啊！」

不曉得這句話聽來究竟有多空洞。連說出這話的蔻兒修自己都不相信這段話。

「我不希望自己喜歡的母蜥蜴人犧牲，妳就成全我這個愚蠢公蜥蜴人的願望吧。」

蔻兒修露出悲痛表情，抱住薩留斯。

「你太自私了！」

「抱歉……」

「你很可能會沒命喔。」

「嗯……」

沒錯，存活的可能性極低。不對，應該可以斷定沒有存活的可能吧。

「才短短一週，你就已經緊緊抓住我的心，但你卻叫這樣的我眼睜睜看著你犧牲？」

「嗯……」

「能夠和你相遇是我的幸福，也是我的不幸。」

抱住薩留斯身體的蔻兒修，加強了雙手的力道，彷彿一點也不想放開。

薩留斯不發一言。

該說什麼才好？

說些什麼才好？

思緒一直在同樣的問題中打轉。

經過一段時間後，蔻兒修抬起頭，表情中充滿了堅定。

薩留斯的心中湧現不安，覺得蔻兒修一定會硬跟上來。這時候，蔻兒修簡潔有力地向薩留斯拋出一句話。

「——去懷孕了。」

「——啥？」

「快來啦！」

第五章 冰凍的武神

Chapter 5 | The freezing god

安茲軍隊的大本營所在地，是科塞特斯昨天還來過——現在正由亞烏菈建設中的要塞。

如果仔細聆聽，可以聽見遠方傳來微小的施工聲。

一進入房間，一直靜靜跟在後面的威克提姆就突然向安茲說話。

「卵青綠牡丹緋灰代赭丹青紫，素色山吹橙青綠緋砥緋砥卵栗素色象牙乳白桑染丹茶卵緋山吹練青紫代赭。」（那麼安茲大人，我在此先行告退）

「辛苦了。那麼，在我們回去之前，先替我守好納薩力克第一層吧。」

「象牙橙緋砥青紫卯之花青紫橙山吹。」（遵命）

「『傳送門』。」

威克提姆跳進安茲變出的黑暗之門——目的地是納薩力克地下大墳墓的第一層。

目送著可以利用死亡來發動強力阻擋系特殊技能的守護者背影離去後，安茲便將目光移向室內。同時，他也感覺到亞烏菈在後面低著頭。

看來她大概是想盡了辦法處理房間裝潢以迎接安茲吧。房間的各個角落都可以看到令人感動的努力痕跡，不過，和納薩力克相比還是簡陋許多。亞烏菈可能是因此而覺得慚愧。

（其實看起來也沒有那麼差啊……）

對原本就是普通人的安茲來說，房間裝潢並不會讓他特別在意。納薩力克的主人房也不差，但太過豪華，有時候還會覺得不自在。這裡反倒可以放鬆一點，感覺還不錯。

（好想要四坪大的房間。看要不要在哪裡偷偷準備一間吧。啊，要好好讚賞一下部下，把我很滿意亞烏菈的努力這件事給說出口才行。）

人必須帶著感謝注視、信賴他人的努力，否則不會成功。

安茲想起到某家公司跑業務時，裱在社長室裡的一句話。雖然不知道是誰說的，但實在是一句名言。令人覺得理想的上司就該如此。

（要把心裡的感謝說出口才行，如果不稱讚，人就不會努力……的樣子？）

「硬把妳留在這裡真的很不好意思，亞烏菈。我沒有任何不滿。我很滿意妳的努力，也因為這是妳為我裝潢的房間，所以這裡已經足以媲美納薩力克了。」

「……是。」

亞烏菈稍微睜大她的雙眼。安茲不知道這樣算不算安慰，但他已經想不到更好的說法，只好再次環顧四周敷衍過去。

房間中還殘留著木材的味道。

本來，與其留在這個幾乎毫無防禦力的地方，不如回到納薩力克還比較安全。因為這裡毫無施加防禦魔法，等於是一間紙糊的房子。不過反過來想，如果想以自己當誘餌來釣大魚，就很適合利用這裡。

這裡離湖泊相當遠，所以能夠追到這裡的人——如果有的話，也只會是YGGDRASIL的玩家，或是實力相當的人。

也就是說，建造這裡的目的是要藉由遭受襲擊來找出敵對的強敵。

這做法當然很危險。但安茲的想法是不入虎穴焉得虎子。

（還沒來呢。還是說……這次的作戰也失敗了？不過……那東西到底是什麼？）

「……亞烏菈，我問妳一件事，那個是什麼？」

安茲的目光停留在房間內的一張白色椅子上。椅背相當高，結構相當紮實。因為太過精美，說它是藝術品也不為過。如果不去注意那個唯一的問題點的話。

「雖然有點樸素，但這是特意為您準備的王座。」

隨侍在後的部下——迪米烏哥斯充滿自信地代為回答這個問題。覺得不出所料的安茲繼續發問。

「……那是用什麼骨頭做的？」

「各種動物的骨頭。我挑選了鷲獅和飛龍等動物的優質骨頭。」

「……原來如……是嗎。」

使用許多骨頭製成的那張王座，並非從納薩力克帶來的家具，所以應該是迪米烏哥斯在外出所在打造好之後帶來。而且，那張王座還用了許多怎麼看都是人類，或是亞人類的頭骨。雖然椅子沒有沾染任何血或肉，完全以純白骨頭組成，但總覺得好像會聞到腥臭味。

覺得有點噁心的安茲，有點猶豫是不是要坐上那張王座。不過，放著部下特意替自己打造的椅子不坐，也有點說不過去。若是有什麼正當理由可以拒絕，就另當別論了——

安茲思考過各種方法後，突然雙手一拍。

「……夏提雅，之前好像有說過要懲罰妳呢，我現在就在這裡給予妳懲罰。沒錯……要給妳一些羞辱。」

「是！」

突然被點到的夏提雅似乎有點吃驚。

「跪在那裡低下頭，趴在地上。」

「是！」

一臉莫名其妙的夏提雅來到安茲指示的地方——房間的正中央後，便做出安茲所要求的姿勢。

安茲來到夏提雅旁邊後，立刻坐上她的纖細背部。

「——安、安茲大人！」

夏提雅發出聽起來像是「鼾茲大人」的走音驚叫聲。她相當慌張，卻一動也不動，這都是因為安茲正坐在她的背上。

「妳在這裡當椅子，知道嗎。」

「是！」

安茲的目光從聲音聽來異常愉快的夏提雅身上，轉向迪米烏哥斯。

「——抱歉，迪米烏哥斯，就是這樣了。」

「原來如此！太了不起了！竟然想到要坐在守護者身上！這的確是沒人可以打造出來的椅子，換句話說，這才是真正符合無上至尊身分的椅子！真不愧是安茲大人，完全讓人出乎意料！」

「是、是嗎……」

迪米烏哥斯露出燦爛神情，表現對主人所抱持的敬意。安茲不懂他為何面帶如此燦爛的笑容，不安地轉過頭去，接著，一位美女突然笑容滿面地對安茲說話。

「對不起，安茲大人，我可以暫時退下嗎？很快就會回來。」

「怎麼了，雅兒貝德？算了，無妨。妳去吧。」

雅兒貝德說了聲謝謝後，便離開房間。之後，外面立刻傳來「唔喔——！」的女子叫聲和牆壁受到猛烈撞擊的聲音，房子也跟著劇烈搖晃。

大約一分鐘後，雅兒貝德就帶著一如往常的溫柔笑容，走回被沉默籠罩的房間。

「我回來了，安茲大人。對了，亞烏菈，我剛才離開房間時，不小心撞到了牆壁，好像有些損壞，等會兒可以幫忙修一下嗎？真的很對不起。」

「啊，嗯，好的……OK～我會去修。」

安茲嘆了一口氣，吞回許多想說的話。他將差點飄到空中的目光收回，直盯著散發出邪惡靈氣的手杖。

他不可能將真的安茲．烏爾．恭拿到危險的地方，這是在仿製公會武器的過程中製造出來的實驗樣品。裝上放在寶物殿中用於實驗特效的道具後，外觀已經接近完美，算是虛有其表的紙老虎。

如果公會武器毀壞，公會就會瓦解，因此不能隨便帶著走，所以目前寄放在第八層櫻花聖域的領域守護者那邊。

（雖然也有想過戒指被奪走時的防禦對策，不過實在沒辦法隨便找個地方……進行實驗……）

安茲想著這些事情時，夏提雅的身體突然蠕動起來。那動作就像是在調整位置，以便讓安茲好坐一點。奇妙的不自在感讓安茲不由得望向夏提雅的後腦杓。

她的氣息紊亂。

大概是太重了吧。安茲屁股底下的夏提雅，背部大概和十四歲的小女生差不多，相當纖細。一個大人竟坐在少女如此纖細的背上。安茲深深覺得這種行為實在太過變態、羞恥、殘酷，認為自己有點太得寸進尺了。

夏提雅是過去同伴所創造出來的ＮＰＣ，佩羅羅奇諾應該沒有想過夏提雅會被這樣糟蹋吧。這也等於是污辱過去同伴的行為，所以，安茲認為這也算是對自己的一種懲罰，但他現在發現這想法實在太愚蠢了。

（我竟然如此折磨夏提雅……實在是無藥可救了。）

「夏提雅，很難受嗎？」

如果覺得難受，就停止懲罰吧——夏提雅轉過頭來，注視著想要如此說下去的安茲。她的臉色泛紅，眼中盡是煽情神色。

「完全不難受！不僅如此，我還覺得這簡直是獎勵！」

她的嘴巴不斷吐出累積在體內的異常熱氣，迷濛的眼中映照著安茲的臉龐。閃閃發亮的紅舌舔過嘴唇，在唇上留下了妖豔的反光。微微蠕動身軀的模樣，看起來也像是一條蛇。

不管怎麼看，都是慾火焚身的狀態。

「……哇啊……」

實在令人退避三舍。

安茲差點忍不住站起來。

（不行，這種事怎麼可能幹得下去。）

這是給夏提雅的懲罰，而夏提雅會犯錯是因為安茲的失誤。那麼，忍住想要離開的情緒就是對自己的一種處罰。

安茲粉碎掉心中湧現的複雜情緒。

拚命忍耐底下那張氣息紊亂，不斷扭動的椅子。即使如此，他還是無法不產生「佩羅羅奇諾到底把她設定得多變態啊」的想法。

「……那麼，就認真地來聊聊正題吧。蜥蜴人他們驚嚇的程度有如預期嗎？」

「非常完美，安茲大人。」

「完全沒錯呀，看看那些蜥蜴人的臉。」

聽到守護者們的回應後，安茲放心地笑了笑。因為他其實幾乎看不出蜥蜴人的表情變化。雖然比起爬蟲類，蜥蜴人更像是人類，但表情變化卻和人類完全不同。

「是嗎，那麼，科塞特斯期望的下馬威，在第一階段已經算是成功了吧。」

安茲鬆了一口氣。

不愧是一天只能使用四次的超位階魔法。安茲特地使用了其中的「天地改變(The Creation)」魔法，如果毫不吃驚，那就只有一個慘字可以形容。

「那麼，迪米烏哥斯，湖水結冰範圍的詳細資料何時可以統計完畢？」

「目前正在統計中，不過結冰範圍比想像中大，所以稍微遇到了一點困難。如果方便，希望能夠再給一些時間。」

安茲伸手制止想要跪下的迪米烏哥斯，然後用他的骷髏手捂住自己嘴巴，沉思起來。看來魔法施展的範圍比想像中來得大，但以魔法實驗的角度來看，應該算是成功吧。

「天地改變」是可以改變場景特效的超位階魔法。在ＹＧＧＤＲＡＳＩＬ中的話，通常會用來防禦火山地帶的熱氣，或是用來抑制冰凍地帶的寒氣。

其實，不使用超位階魔法也能給對方下馬威。

但這次還是用了，是因為要順便實驗規模——效果範圍可以大到什麼程度。「天地改變」在ＹＧＧＤＲＡＳＩＬ中是效果範圍相當大的魔法，在安茲於納薩力克做的實驗中，效果可以遍及八個樓層的所有區域。但不知道在外面會有怎樣的結果。

在ＹＧＧＤＲＡＳＩＬ中，效果範圍是一個區域，但他想知道在這個世界中的話，有效果的一個區域到底有多大。如果對平原發動，範圍可以遍及整座平原的話，那就太大了。

如果這次的效果範圍也是整座湖泊，那就太大了。看來在使用超位魔法時必須十分小心才行。

「那麼，亞烏菈，警戒網的情況如何？」

「是！現在已經派遣從安茲大人那邊借用的不死者，對兩公里的範圍進行警戒，但目前並沒有什麼特別的東西入侵。另外，也有派出我底下一些擅長偵察的魔獸，對方圓四公里進行警戒，但並沒有收到發現可疑者的報告。」

「是嗎……對方有可能採用完全無法察覺的方式接近，關於這方面的防範做得如何？」

「沒有問題，夏提雅有加以協助，所以也有派出擅長偵察的不死者。」

「很好。」

被安茲稱讚後，亞烏菈露出開心笑容。剛才的消沉已經消失得無影無蹤。

「不過，我們都已經露出這麼大的破綻了，對夏提雅使用世界級道具的人還是沒有任何行動嗎？」

在所有人的注視下，安茲重複發問，但他並沒有針對任何人。

「對方為什麼不對納薩力克和這裡進行監視呢？」

「對方會不會是使用了一般的警戒網無法發現的世界級道具，來進行監視？」

對於迪米烏哥斯的反問，安茲疑惑地歪起頭來。

「……就是也有考慮到那種假設，才會利用飛飛……如果對方使用世界級道具進行監視的話，就無法監視一樣擁有世界級道具的飛飛。因此，我一直以為對方會改以一些能夠利用肉眼等物理……雖然也有可能是魔法，總之就是以那一類的手段來進行監視……」

安茲發現周圍的守護者有些疑問，察覺到自己的解釋不夠清楚。

「這個嘛……該怎麼說才好呢……過去我們曾私下擁有能夠產出稀少金屬的礦山，也因為是我們獨占，市場價格就跟著飛漲，所以有人就計畫出手搶奪。那時候，對方使用的是永劫蛇戒(Ouroboros)。那是過去號稱『二十』的其中一項世界級道具。」

安茲瞇起眼睛。

被搶的當時雖然非常火大，但現在回想起來，那也算是一段美好回憶。即使想到當時遭到追殺，還掉了不少稀有道具。

「什麼！竟然有人敢奪走無上至尊們統治的土地！無法原諒！請立即下達奪回命令！」

聽到雅兒貝德如此憤怒，安茲急忙轉動目光。

他看到所有守護者都露出強烈殺氣與敵意，甚至連沉著冷靜的迪米烏哥斯都露出猙獰表情。不僅如此，馬雷那畏縮的表情上也隱約可見他想動手奪回的決心。順道一提，因為夏提雅變成椅子，有點看不到她的表情，但是她僵硬起來的身體，將她的堅定意志透過屁股傳給安茲。

「冷靜點！那已經是過去的事了。」

安茲舉起手命令守護者們冷靜。雖然看起來稍微冷靜下來了，但還屬於底下有岩漿在流動的不穩定狀態。安茲也為了改變話題，急忙接續剛才的話題。

「對方使用永劫蛇戒，讓我們無法進入礦山所在的那個世界。對方大概是趁這段期間進行探索，而找到礦山了吧。等封印解除，我們可以進入時，礦山就已經遭到侵占。」

當時魯莽的奪回作戰中，幾乎有一大半公會成員都死過一次，但安茲也將這件事忍住不說。

「那麼，接下來才是我想說的重點。雖然我說過世界遭到封印，但那時候，擁有世界級道具的人還是能進入那個世界。因此，即使對方使用世界級道具監視，也應該無法發現我們。」

安茲聽著屬下們恍然大悟的回應，心裡卻在懷疑是否真是如此。

雖然可能性很大，但並無證據可以證明絕對無法發現。

當「五行相克」這個和永劫蛇戒一樣同為「二十」的世界級道具遭到使用時，遊戲公司向擁有世界級道具的人發出訊息，除了道歉之外，還送了一件道具當作賠禮。當時的道歉內容是這樣：「擁有世界級道具的各位，原本應該不會受到世界改變的影響，但我們得知，只讓各位的數據維持原樣，在系統上來說是非常困難的一件事，因此，我們只好當成特例，進行修改。」

因此，無法斷定絕對能夠防禦。不過，那件事也算是例外吧。

尤其，保護納薩力克地下大墳墓的世界級道具效果之一是可以防禦情報系魔法，如果無法防禦世界級道具的監視，那就沒有意義了。

「所以，我才認為對方會企圖接近飛飛……但接近的都是那些抱著剛出生嬰兒的母親或冒險者。」

前來的盡是要求摸摸小孩的頭，希望小孩茁壯成長的人，或是要求打自己或和自己握手，希望變強的人，沒有任何人要求私下談話。

因此，安茲才會像這次這樣，故意造成許多破綻，等待對方行動。

沒有讓科塞特斯帶著世界級道具也是計畫中的一環。安茲企圖以他為誘餌，將對手逼出來。正因為不知敵人真面目，才會覺得可怕，那麼，只要能夠確認對手底細，應該就能以正確的方法應付。

「關於這件事……可以允許我發表愚見嗎？」

「怎麼了，雅兒貝德？」

「是，如同剛才所言，安茲大人的方針是要揭開對方底細，那麼，敵人是否也會認為正因為自己尚未曝光，所以才不願接近呢？」

（……啊。）

「沒……問題，雅兒貝德，這點我也有想過。」

怎麼可能會有想過。安茲早已先入為主地認為敵人跟自己一樣，想揭開對方底細。

（……真是失策，該不會從一開始就已經全盤皆錯了？）

「失禮了，另外……」

雅兒貝德，可不可以不要再說了——安茲無法如此泣訴。這感覺就像是在考完重要考試後，重看一遍考卷時，發現答案欄上的答案全都寫錯了一格一樣。

「關於對外宣稱是以道具打倒夏提雅的這件事……」

「是啊，我是向公會這樣報告的，那是為了避免讓別人因為飛飛實力過於強大而感到害怕。封魔水晶在這裡似乎是一種非常稀有的道具，要破壞水晶來進行實驗應該是件難事。所以，讓封魔水晶失控——使用道具來打倒的這種說法就會比較具有說服力，飛飛也不會被過於提防。」

「的確如您所說。對於認為封魔水晶是稀有道具的人來說，那算是一個不錯的辦法。」

雅兒貝德這個有所保留的微妙說法，讓安茲感到強烈不安。

「……不過，如果對方和安茲大人一樣擁有複數水晶，那情況又是如何呢？」

「…………嗯？啊，妳是這個意思啊。」

雖然表現出恍然大悟的樣子，但安茲並沒有理解話中之意。

即使對方擁有複數水晶，那又如何？在這個世界中，封魔水晶非常有價值是事實。雅兒貝德是在擔心可能會因為實驗而破壞了水晶嗎？

但感覺不像是那樣。

安茲的心中掠過一股強烈的不祥預感。雖然安茲想要她細說分明，但現在的他很怨恨剛剛假裝知道的自己。

（話說回來，由我來當統治者，並決定納薩力克的行動方針，沒問題嗎？會不會發生明明在控制船，回過神來已經在爬山的狀況啊？）

他很想要一走了之，逃之夭夭。

安茲無法忍受至今體驗過數次的統治者重擔——失敗時會覺得更加沉重——在心中不斷哭訴。

不過，絕對不能一走了之。既然已經自稱是安茲．烏爾．恭，就不能拋下同伴們創造出來的事物——NPC和地下大墳墓中的寶物。最重要的是，他完全不想成為一個拋棄小孩的父親。

（我也會擔心你們是否會背叛、拋棄，或是放棄我，不過，我更必須扮演好你們期望及相信的安茲．烏爾．恭。）

所以，安茲表現出氣定神閒的態度，做出在鏡子前練習過，充滿統治者自信的姿勢。

「沒問題，不過，我非常了解妳的不安。」

這時候，安茲望向四周。

「雅兒貝德……也把妳的擔憂說給其他守護者聽吧。」

「啊，是！如果對方和安茲大人一樣，都是擁有複數水晶……熟知水晶性能的人，應該會看穿那個消息是假的。也就是說，會認為夏提雅並非被水晶打敗——雖然對方不知道夏提雅是否有全力戰鬥，但使用世界級道具的人，應該會認為夏提雅和飛飛的實力相當。因此，應該會覺得接近突然出現在耶．蘭提爾的神祕戰士飛飛是一件危險的事吧？而且，對方也有可能懷疑飛飛和夏提雅的關係……」

「……雅兒貝德，以及所有守護者，你們認為敵人下一步會採取什麼樣的行動？」

「那麼，請恕我失禮。我認為，如果對方打算與安茲大人為敵，不管有沒有證據，都會散播飛飛和吸血鬼狼狽為奸的謠言，並加以抨擊。對方應該不會希望飛飛這個人越來越聲名遠播。」

嗚啊——安茲在心中發出呻吟。

原本前往耶．蘭提爾的目的也包括取得情報，但主要目的是要提昇飛飛這個角色的名聲——也包括一點想要逃走的想法。原本計畫是想要等到大英雄誕生後，再公開飛飛的真面目，把他累積的聲譽全都變成安茲．烏爾．恭所有，揚名世界。

而且，原本也可以表現出過去的ＰＫ公會在這個世界改頭換面，以飛飛這個名字行俠仗義的形象。但現在那些計畫或許會成為泡影，就此消失。

「唔？迪米烏哥斯，我問你，那樣的話，不是等飛飛的名聲變大之後，再來散播狼狽為奸的謠言，傷害會比較大嗎？」

「亞烏菈，有時那麼做會是一步劣棋。因為如果安茲大人的名聲已經夠大，大家或許會認為那不過是一種惡意中傷的謠言。必須在壯大起來、廣為人知之前剷除才行。」

「非常精闢的見解，迪米烏哥斯。」

迪米烏哥斯低頭回應後，安茲從容地點點頭，假裝自己好像也是那麼想一樣。

「那麼，我再問一個問題。若是如此，敵人為什麼沒有散播謠言？」

聽到安茲的問題後，迪米烏哥斯豎起一根指頭。

「第一，對方還沒有將飛飛大人的情報調查完畢。這是如果飛飛大人真的是在正面交鋒下打敗夏提雅，就不想遭到怨恨，或者是想要拉攏成為同伴的情況。第二——」

他又豎起一根手指。

「如果對方只是偶然遇到夏提雅呢？或者只是為了其他目的而剛好遇到，根本是毫無關係的第三者。」

「不可能偶爾遇到吧，迪米烏哥斯。那機率有多低啊……」

雖然嘴巴上是這麼說，但安茲這才發現，那種情況並非不無可能。

安茲完全認定那是鎖定夏提雅——也可能是鎖定納薩力克地下大墳墓的人發動的攻擊，不過，夏提雅是在傳送後的不久遭到攻擊。在那種情況下，對方還能正確鎖定夏提雅，也令人覺得那攻擊異常準確。

太過懼怕那隻看不見的黑手了嗎？

安茲瞇起眼睛——眼窩中的紅光。

結果，問題還是在於情報不夠，人手實在不足。還需要更大的力量。

（總之，最大問題就是布下的情報網還不夠確實吧。）

目前也有命令塞巴斯他們做這類工作，不過，少數情報員所蒐集的情報依然有限。最初只是覺得可以獲得這世界的基本知識即可，但現在已經不是光得到那些情報就能解決問題的狀況。

只靠冒險者和商人的管家無法蒐集到想要的情報，就像一般人和政府高層能得到的情報和重要度完全不同一樣。

而且，也想不到有什麼人能夠將蒐集回來的情報進行多角度分析，判斷哪一條情報重要或不重要。

「哎，總之，最大的問題就是情報不足呢。我們必須小心提防看不見的敵人，所以行動才會綁手綁腳……」

聽到安茲的嘀咕聲，迪米烏哥斯露出一副身懷妙計的犀利笑容。

「這樣的話，找個國家投靠您看如何？」

在一陣短暫的沉默後，雅兒貝德發出「哦哦」的聲音，表示理解。不久，安茲也發出相同的聲音。

「原來如此，迪米烏哥斯，你是這個意思啊。」

不過，剩餘的三名守護者還是一頭霧水地歪起頭來。接著，亞烏菈老實地吐露出自己的疑問。

「安茲大人，這是為什麼呢？」

面對如此發問的亞烏菈，安茲為自己不會有任何表情感到鬆了口氣。

「哎呀呀……馬雷、夏提雅，你們知道迪米烏哥斯話中的含意嗎？」

兩人很有默契地同時搖搖頭。

「這樣啊，那就沒辦法了，迪米烏哥斯你告訴他們吧。」

「是的，遵命。那麼，各位，安茲大人擔心有底細不明的強敵存在，我覺得，假使遇到那個強敵，陷入敵對狀況時，需要有一個可以在交涉時用來解決問題的突破點。」

老師，我聽不懂——三名學生外加一名大人的臉上就好像浮現了那樣的文字。迪米烏哥斯老師好像也知道自己的解釋太難懂，配合學生的程度繼續說明。

「如果安茲大人受到世界級道具控制的話，你們會怎麼做？」

「我會殺了控制安茲大人的那個傢伙。」

「……不對，我不是那個意思，亞烏菈。我的意思是說，妳不覺得遭到控制這個理由，已經足以成為突破點了嗎？實際上真的有人能夠使用世界級道具控制對手，所以安茲大人受到世界級道具控制這種話，應該也有一定程度的說服力。」

副班導雅兒貝德老師接在迪米烏哥斯老師後面補充說明：

「也就是說，假裝投靠其他國家，今後納薩力克在行動時就可製造藉口。只要說是受到那國家命令，不得已才會那樣做，那麼，假使有同等級的敵人存在，也可以稍微轉嫁責任，對吧？而且，如果對方不想正面衝突，應該也會加以忍耐。」

「原來如此呀……即使有人對我們做的事感到不滿，只要有理由的話，我們還能拉攏第三者成為同伴……就是這麼回事吧，真不愧是安茲大人……」

安茲伸手撫摸擔任椅子的夏提雅的頭，那動作就像是黑幫老大撫摸著抱在膝上的暹羅貓一樣。

「想出這個妙計的是迪米烏哥斯，不是我，所以你們應該稱讚的人是他。」

「不，沒這回事。安茲大人看起來也像是早已想到相同的答案。」

「啊，唔……嗯。好像搶了你的功勞一樣，不好意思。而且……我想想，投靠他國，也比較容易獲得情報吧。」

如果是國家，應該已經擁有他們正在拚命建構的情報網了。那麼，光是讓納薩力克的人混進去，應該就能獲得遠比目前更加有用的情報。

覺得自己的意見能夠用在安茲大人剛才還在煩惱的事，以及聽到安茲大人像是在確認兩位智者意見的發言，讓迪米烏哥斯露出微笑。

「您說得完全沒錯。」

安茲知道這句話背後隱藏著「您果然也發現了」的意思。

「啊，原來如此，真不愧是安茲大人，竟然想得這麼透徹……這樣啊……人類這種低等生物也意外地能派上用場呢。」

繼雅兒貝德之後，其他守護者——包括成為椅子的夏提雅——都對安茲露出充滿純粹敬意的閃亮眼神。

安茲感到相當不自在，但姑且得到了兩人的贊同，讓他為自己沒說錯話感到放心。

「那麼……就找一個國家潛入吧。」

「如果考慮周圍國家，有王國、帝國和教國呢。」

「選、選偏遠國家如何呢？例如，評議國、聖王國之類的。」

「我想盡量不選偏遠國家，而且在有教國的充分情報前，我也暫時不想接觸教國。這樣就只剩王國和帝國了……從塞巴斯的情報來看，王國不怎麼吸引我，不過……關於這部分還需要再研究。」

安茲說了句「話說回來」中斷對話，把手伸向鏡子。

「已經給蜥蜴人一點時間了，讓我來看看有沒有發生什麼意料外的事吧。」

遠端透視鏡上慢慢浮現蜥蜴人村落的鳥瞰景象，上面有一顆一顆的小點動來動去。

安茲把手朝向鏡子，稍微動了動手，讓鏡子上的景象產生變化。

首先，當然是放大。

如此一來，蜥蜴人們努力準備戰爭的模樣就毫無保留地完全呈現出來。

「真是白費工夫。」

迪米烏哥斯溫柔地對蜥蜴人們嘀咕著。

（我來看看，到底在哪裡呢。蜥蜴人的差異還真是難以分辨。）

安茲尋找著在影像上看過的那六個人，皺起眉頭。

（喔——發現鎧甲了。這是那個丟石塊的傢伙嗎？然後，拿巨劍的是在這裡。差異果然很微妙呢。如果顏色、裝備，或外表有明顯差異的話，倒是滿好分辨的……發現其中一隻手很醒目的那傢伙了。）

安茲觀察到這裡，便困惑地不斷移動鏡子裡的景象。

「……沒有看到那個白蜥蜴人和拿魔法武器的蜥蜴人呢。」

「嗯……是不是叫薩留斯？」

「啊，沒錯，就是叫那個名字。」

聽到亞烏菈的提醒後，安茲便想起前來交涉的那個蜥蜴人的名字。

「會不會是待在家裡？」

「或許吧。」

遠端透視鏡還沒有厲害到連家中都可以透視。不過，那是以一般情況來說。

「迪米烏哥斯，替我拿無限背袋過來。」

「遵命。」

一鞠躬後，迪米烏哥斯便從被移到房間角落的桌子上拿起無限背袋，恭敬地遞給安茲。

安茲從背袋中取出一副卷軸。

接著，發動卷軸中的魔法。

魔法變出了一個隱形且非實體的感覺器官。如果遇到魔法類的障礙，感覺器官還是無法入侵，但如果是一般牆壁，不管多厚都能穿透。假使無法入侵，那就表示該處有不能掉以輕心的強敵。

將感覺器官和遠端透視鏡連結，讓守護者也能看到安茲眼中的光景後，安茲開始移動飄浮在空中、類似眼球的感覺器官。

「先進入這間房子看看吧。」

安茲隨便選了一間最近的破舊房子，讓感覺器官進入裡面。即使房內陰暗，透過感覺器官入侵的話，就會像白晝一樣。

在那間房子裡面，白蜥蜴人被壓在下方，尾巴被抬起，身上還騎著一個黑蜥蜴人。

一頭霧水。

一開始是不曉得那到底是怎麼一回事。下個瞬間，則是無法理解為什麼會在這種時候做那檔事。

然後，安茲便默默將感覺器官移動到外面。

「…………」

感到無限鬱悶的安茲按住自己的腦袋。隨侍在側的守護者們也不知道該說什麼才好，一臉傷腦筋地面面相覷。

「——真是一群令人不愉快的傢伙。科塞特斯不久之後就要進攻了，居然還有那種閒情雅致！」

「就是說啊！」

「呃、啊，那、那個……」

「迪米烏哥斯說得沒錯呀，應該要讓那兩個傢伙嘗點苦頭！」

「好羨慕喔……」

安茲的手輕輕一舉，使守護者們停下話語。

「……算了，他們不久後就要死了。我也曾經在電影上看過，遇到這種情況時，會激起延續種族的本能。」

安茲點點頭，肯定自己的意見。

「您說得沒錯！」

「只是那樣而已，應該原諒他們。」

「完全沒錯！」

「呃、啊，那、那個……」

「我也同意安茲大人……」

「……你們住嘴。」

守護者全都閉上嘴巴後，安茲嘆了一口氣。

「……感覺有點沒勁了呢，算了，蜥蜴人村落中應該沒什麼人需要提防了吧。不過，還是不能大意，因為或許有人正前往我們這裡。亞烏菈……」

安茲突然停下動作，看向兩名小孩。

（糟糕！這該怎麼辦！他們兩人還不到接受性教育的年紀……不對，還太早了！）

安茲覺得自己似乎可以體會一個老爸在一家團圓時，正好看到電視上演著激烈纏綿鏡頭時的心情。

（世上的爸爸、媽媽被問到嬰兒是從哪裡來的，會怎麼回答呢！不妙！竟然讓泡泡茶壺的兩個小孩看到這種事——唔，應該不要緊吧。雅兒貝德不考慮，迪米烏哥斯……感覺他會從醫學角度教導……當作備案吧。夏提雅……好像也不壞。總之，暫時把這件事當作日後的課題吧。）

安茲將問題置之腦後，接著咳了一下，說：

「如果警戒網有發現任何蹤跡，包含我在內，所有守護者都要一起出動。」

如果有其他ＹＧＧＤＲＡＳＩＬ的玩家存在，他就不打算遵守放過蜥蜴人村落的約定。對方若無法成為同伴，就必須盡全力消滅，以防情報走漏。到時候，就算要用上第八樓層的所有戰力，也要消滅村子。

安茲甩開想要違背和科塞特斯之間約定的罪惡感。如果是為了最重要的事，稍微說點謊也會比較好辦事。

「……那麼，接下來，就等好戲上演後……再來慢慢欣賞科塞特斯的戰鬥英姿吧。」

2

四小時轉瞬即逝。

戰士級蜥蜴人在已經在融冰的溼地——村落正門集結。經過前幾天的激烈戰爭後，能存活下來參加本次戰鬥的戰士級蜥蜴人已經為數不多。

全部共三百一十六名。

戰士級以外的蜥蜴人沒有參戰，主要是因為夏斯留提出「敵人數量不多，我方多人應戰反而會礙事」的意見所致。

乍聽之下似乎頗有道理，但事實上當然並非如此。

薩留斯站在離蜥蜴人們稍遠的地方，眺望集結的戰士級蜥蜴人。

所有人身上都畫著代表祖靈附身的圖騰，臉上露出如鋼鐵般堅定的意志，看起來彷彿大家都不覺得自己會敗戰。

四周的蜥蜴人們向出征戰士加油打氣。在這群人中，倒是可以看到不少人臉上難掩不安神色。

薩留斯為了不讓內心的不安表現在臉上，努力裝出若無其事的表情，不讓其他蜥蜴人察覺這是一場向死之王獻上活祭的戰爭。

這是場死之王向蜥蜴人展示戰力的戰爭，是要完全粉碎蜥蜴人反抗意志的戰爭。打從一開始就毫無勝算，而其實剛才夏斯留說的那句話，背後還隱藏著「希望能將犧牲降到最低」的想法。

薩留斯的目光離開蜥蜴人，眼神銳利地瞪向敵方陣地。

骷髏軍依然留在原地，沒有移動半步。其中並沒有看到像是科塞特斯那名怪物的身影。應該不可能是其中一隻骷髏吧，他可是死之王的親信，怎麼可能是那種小嘍囉級的怪物。絕對是只要看一眼，就會連尾巴末端都能理解其實力的人物。

憂心忡忡的薩留斯後方傳來一陣巨型生物踩踏溼地時特有的水聲——

「——嘿，薩留斯。」

——任倍爾一如往常地輕鬆打招呼。就算即將奔赴死地，任倍爾還是平常的那個他。

「感覺士氣正處於最顛峰呢。」

「是啊，如果面對科塞特斯那個強敵，還能維持這樣的士氣就好了……」

「就是啊。哦？時間已經到了嗎？」

夏斯留出現在正門，所有蜥蜴人的目光都聚集在夏斯留和他身旁的兩隻溼地精靈上。

蔻兒修不在這裡是因為她耗用魔力在召喚溼地精靈上。她先對薩留斯施加了好幾個長效型防禦魔法，接著又召喚精靈，耗用這麼多魔力讓她幾乎無法動彈。其實，在兩人離開房間時，蔻兒修就說過她應該會因為使用魔力而失去意識，所以已經無法再相見了。

身旁沒人相伴的薩留斯，落寞地望向蔻兒修所在的方向。蔻兒修離別時的表情，讓薩留斯感覺心如刀割。

「戰士們，出發吧！」

夏斯留振奮士氣的口號，將四周蜥蜴人的鬥志激發到極限，充滿慷慨激昂的氣氛。

要把思考轉換回戰士才行。薩留斯收拾起心中的混亂思緒。

蜥蜴人們在夏斯留和兩隻溼地精靈的帶領下，緩緩前進。

遠離村落是為了不讓村落受到波及。

薩留斯和任倍爾殿後。

這時候，薩留斯突然回頭看向村落。破舊泥牆、擔心地目送隊伍的蜥蜴人，以及——

薩留斯輕輕嘆了一口氣，拋開所有煩惱，邁步向前。他沒有脫口說出已經來到嘴邊的母蜥蜴人名字。

蜥蜴人們行經溼地，在敵軍骷髏和村落間的中間地帶布下陣來。

他們並沒有想什麼陣形，只是像一盤散沙等待戰鬥到來。頂多只有各部族的族長和薩留斯，以及兩隻溼地精靈站在前方而已。

骷髏軍大概在等待薩留斯他們的到來吧。他們敲打盾牌，踩出聲響。踏步時機稍有差池，聽起來就只會像雜音的行軍動作，在不死者的腳下卻變成有著完美協調的聲音。若不是在這種場合，精采的程度已經足以給予讚美的掌聲。

正當所有蜥蜴人都被那行軍聲吸引時，骷髏軍後方——有數棵森林裡的樹木倒下。粗大程度堪稱巨木的樹木會倒下，理由只有一個，就是被人砍倒。

這在蜥蜴人之間引起一陣騷動。

因為還無法看見人影，可以想像應該是幾個人合力砍倒。不過，若是如此，樹木倒下的間隔未免也太過一致。看到剛才骷髏軍那樣整齊劃一的動作，或許會認為原來幾個人合作也可讓樹木倒成那樣。不過，每個蜥蜴人都不那麼覺得。

奇怪的預感在心中不斷徘徊，覺得那一定是單獨一人造成的結果。

因為樹木倒下之前，完全沒有聽到刀刃砍進樹幹的聲音。也就是說，雖然很不可思議，但可能是有一個力大無窮的人一刀就把樹砍斷。

到底需要有多大的力量和武器，才能將巨木一刀兩斷？

撼地的樹木倒下聲隨著骷髏敲盾的聲響，漸漸接近有段距離的蜥蜴人們。

浮躁的情緒湧現。這是理所當然的，在這種狀況下，怎麼可能有人會不驚慌失措。即使是視死如歸的任倍爾、薩留斯以及夏斯留也是，雖然掩飾得很好，還是不免為此動搖。

不久，從森林中開出一條路的人物終於現身。與此同時，骷髏軍敲打盾牌的聲音也戛然而止。

在異常寧靜的空間中，出現在眼前的是一個平滑的藍色光團。如果天空沒有厚厚雲層，他的反光不知道會有多耀眼。

約莫兩百五十公分的龐大身軀看起來就像用雙腳站立的昆蟲。猶如螞蟻或螳螂的長相，感覺大概就像是一個扭曲到極致的惡魔所產生的融合體吧。

一身堅硬的外骨骼籠罩著冰冷寒氣，散發出鑽石星塵般的璀璨光芒。

比身高長一倍以上的剛猛尾巴長著無數尖刺，強而有力的下顎看起來似乎可以輕易咬斷人的手臂。

他有著四隻帶有銳利爪子的手臂，四隻手都戴著閃閃發亮的護手。脖子戴著圓盤型的金黃項鍊，腳踝套著銀白腳環。

媲美死之王的絕對強者——登場。

他就是科塞特斯嗎？

薩留斯的心臟劇烈跳動，不知不覺間呼吸已經變得急促。

沒有一個蜥蜴人開口說話。大家的目光全被現身的怪物吸引，無法移開視線。因為他們即使害怕，也已經嚇得無法轉移目光。

眾人在不知不覺間開始往後退。不管是鬥志高昂地來到此處的蜥蜴人，或是帶著必死覺悟迎戰的薩留斯等人，全都因絕對強者的登場感到震撼。

（我知道死之王他們並沒有全力以赴，即使如此，我還是沒想到有心想要戰鬥的強者，竟然這麼可怕。）

即使被施加了能夠消除恐懼的魔法，薩留斯心中還是不禁湧現想要逃走的衝動。毫無防禦魔法加身的蜥蜴人竟然沒有爭先恐後地逃走，已經堪稱奇蹟。

科塞特斯慢慢逼近。

威風凜凜地進入溼地，穿過骷髏軍——

科塞特斯在距離蜥蜴人約三十公尺左右的地方停下腳步。之後，科塞特斯細長脖子上的昆蟲臉開始轉動。那動作就像是在尋找什麼人。

薩留斯覺得，對方的目光有在自己身上停留片刻。

「——好了，安茲大人也在欣賞，就好好綻放一下你們的光彩吧。不過，在此之前，『冰柱（Ice Pillar）』。」

隨著對方發動魔法，兩根冰柱從蜥蜴人和科塞特斯之間，相距大約二十公尺附近的水面冒出。

「雖然對於以戰士身分帶著必死覺悟前來的你們有點失禮，但我要讓你們知道，從冰柱到我們這邊，是你們的死地，只要超過那冰柱就只有死路一條。」

科塞特斯抱起兩隻胳臂，一副決定權在你們身上的態度。

「喂喂喂，看不出來這傢伙人挺好的嘛……」

任倍爾脫口而出的這句話，讓薩留斯也深表同意地點點頭。

接著，踏出一步。任倍爾、夏斯留和兩名族長也跟著前進。

夏斯留回過頭，向想要跟著前進的戰士們說：

「你們留在這裡……不，回村落去，因為你們……會受到我們牽連而死。」

「什麼！我們也要一起作戰！雖然的確很可怕……但即使害怕，我們也要戰鬥！」

「撤退並非膽小，活著才是。」

「那麼——」

「也有蜥蜴人無法就此撤退，就是這樣。而且，身為族長的人，也不能接受沒經過戰鬥就受人統治，對吧？」

「不過，族長，我們要戰鬥。」

「等一下！年輕人給我滾回去，剩下的是我們老人的工作！」

推開人群走到前方的蜥蜴人已經有一定的歲數，但還沒有老到可以稱為老人。為數五十七人，看到他們的表情後，其他蜥蜴人都說不出話來。

如果露出的表情是覺悟、放棄，或許會要求同行吧，但他們臉上的表情是懇求，懇求比自己年輕的人能活下去，繼續歌頌生命。

無話可說的戰士級蜥蜴人們，不甘心地往後離去。

夏斯留重新轉向科塞特斯。

「……久等了，科塞特斯。」

科塞特斯向蜥蜴人們伸出一隻手，彎彎他那細長的手指，要對方放馬過來。面對敵人的挑釁，夏斯留高聲吶喊：

「進攻——！」

「哦哦哦哦哦哦！」

做好心理準備的蜥蜴人們從內心深處發出響徹雲霄的咆哮，衝向科塞特斯。

科塞特斯冷冷望著衝刺過來的戰士們。

「……雖然對你們這些戰士們有些不好意思，但先削減一下你們的人數吧。」

即使所有戰士全都來到自己眼前，自己也不可能戰敗，不過，科塞特斯覺得需要篩選一下對手。

科塞特斯個人是想展現武士的敬意，希望在對手也能攻擊得到的距離進行戰鬥。不過，他身受無以為報的恩寵，還讓這些烏合之眾和納薩力克地下大墳墓的守護者交手，對觀賞這一役的安茲大人太過失禮了。

科塞特斯解放封印的靈氣。

冰霧國之夜等級的能力——「冰霜靈氣(Frost Aura)」。這個特殊能力，會利用極寒凍氣給予傷害，同時稍微降低對手的速度。如果全力發動，會讓在旁邊觀戰的蜥蜴人們也進入靈氣範圍。而這並非科塞特斯所願。

壓抑力量。

縮小範圍，減低傷害量。

「差不多這樣吧……」

以科塞特斯為中心釋放的極寒凍氣，瞬間涵蓋半徑二十五公尺的範圍。

受到極寒凍氣影響，溫度急遽變化，使空氣發出轟然哀號。

「……呼，這樣就夠了吧。」

靈氣收斂下來。

時間非常短，剛才還如狂風般猛烈的凍氣，已經像幻覺般消失得無影無蹤。不過，那絕非夢境或幻覺，倒在溼地上的五十七名蜥蜴人屍體就是最好的證明。

目前還能動的只剩下五人，不過，他們是蜥蜴人中最強的五人。五人不為科塞特斯的能力及同伴之死感到害怕或困惑，一同展開行動。

石塊破空飛去。帶頭衝刺的是身穿鎧甲的蜥蜴人，後面跟著兩名蜥蜴人。另外，兩隻受到凍氣攻擊後全身皸裂的溼地精靈，因為動作較慢，所以慢吞吞地跟在兩名蜥蜴人後面。最後的蜥蜴人則不斷吟唱魔法。

第一擊是石塊，完全瞄準科塞特斯喉嚨的一擊。不過那攻擊完全沒有意義，因為——

「——我們守護者身上的武裝，全都具有抵禦飛行道具的能力。」

——他的身上彷彿有一道無形的防護罩，將石塊彈開。

一馬當先的蜥蜴人緊接而來，其身穿的鎧甲是蜥蜴人代代相傳的四大至寶之一——白龍骨鎧。堅硬程度足以彈開同為四大至寶之一的凍牙之痛，是蜥蜴人中硬度最高的鎧甲。

與其對峙的科塞特斯從空中拔出一把刀，彷彿刀原本就藏在空中。

科塞特斯抽出的是一把大太刀——刀身長度少說超過一百八十公分，刀名斬神刀皇。在科塞特斯擁有的二十一件武器中，是銳利度最高的一件。

接著，便朝向迎面而來的蜥蜴人——斬下。

劃破空氣的銳利刀法，讓周遭空氣發出哀號——平靜的音色。若不是在這種場合，倒是會令人想仔細聽聽那清澈的聲音。

在那聲音之後，族長的身體連同鎧甲從上而下遭到一刀兩斷，往左右倒進溼地。

即使斬斷蜥蜴人最硬的鎧甲，斬神刀皇的刀刃也是毫髮無傷。

兩名蜥蜴人沒有受到同伴慘死眼前影響，舉起武器，一左一右進行夾攻。

「喝啊！」

右邊是發動鋼鐵天然武器和鋼鐵皮膚的任倍爾所揮出的手刀，全力朝著科塞特斯的臉部衝去。

「吼喔——！」

左邊是朝腹部突刺過來的凍牙之痛。

這次的攻擊是看準肉搏戰時長武器比較難以發揮的常理。

當然，這只適用於常人身上。

科塞特斯只是稍微閃過身，以斬神刀皇的刀刃中央擋住任倍爾從旁攻來的手臂。動作出神入化，彷彿手上的長武器就是自己的手腳一樣。

雖然任倍爾的皮膚在鋼鐵皮膚的加持下，硬度足以媲美鋼鐵，但剛才的鎧甲已經證明斬神刀皇有多麼銳利。

滑進任倍爾手臂的刀刃，像砍進水裡般毫無窒礙地輕鬆砍斷手臂。

「嗚啊——！」

任倍爾被砍斷的右手臂噴出鮮血時，科塞特斯的另一隻手已輕輕夾住朝腹部刺來的凍牙之痛。

「——哦，原來如此，這把劍是還不壞……」

「咕！」

薩留斯放棄將動也不動的凍牙之痛抽回來，立刻朝科塞特斯的膝蓋踢出一腳。科塞特斯沒有閃躲，直接承受了這一腳。結果反倒是踢中膝蓋的薩留斯感受到劇痛。

就和用力往銅牆鐵壁踢上一腳是一樣的感覺。

「『魔法上昇・集體輕傷治療（Over Magic Mass Light Cure Wounds）』。」

需要耗用龐大魔力，但可強行發動原本應該無法使用的高階魔法——夏斯留吟唱出透過這種魔法強化發動的全體治療魔法。

「哦……」

看見對方使出自己不知道的魔法強化，讓科塞特斯深感興趣地注視著夏斯留，不過卻有兩隻溼地精靈跑來擋住視線。濕地精靈來到斷臂在治療魔法下已經逐漸復原的任倍爾和科塞特斯之間，伸出觸手般的手攻擊科塞特斯。但攻擊還沒命中，科塞特斯就不耐地往濕地精靈身上砍去。

就在溼地精靈化作泥塊潰散時，薩留斯的拳頭擊中科塞特斯的複眼、腹部與胸部。當然，受傷的人是薩留斯。拳頭上的皮膚已經破裂，流出鮮血。

「真是礙事。」

科塞特斯大力甩起他那長滿尖刺的尾巴，猛烈擊打薩留斯的胸部。

「咕啊！」

發出喀啦喀啦斷裂聲的同時，薩留斯彷彿被球棒打中的球般，飛得又高又遠，最後滾落溼地。他在溼地中滾了好幾圈後才終於停下，但胸部的劇痛和口中冒出的鮮血讓薩留斯難以呼吸。

斷掉的骨頭大概是刺穿了肺部，即使想要呼吸，也吸不進空氣，好像身在水中一樣。流入喉嚨的溫熱液體，令人不禁作嘔。往胸口一看，有如遭到利刃鑽挖般的傷口也流出了大量鮮血。

——光是一擊，就讓薩留斯這麼悽慘。

拚命維持呼吸的薩留斯帶著鬥志未熄的眼神，瞪向可能趁勝追擊的科塞特斯。

「還有鬥志啊，那就還你吧。」

科塞特斯將手中奪來的凍牙之痛，隨手往滾落溼地的薩留斯身旁一丟後就不理他，轉向剩下的幾名蜥蜴人。

夏斯留對已經長出手臂，但體力大幅耗損的任倍爾施展治療魔法。

正當科塞特斯快要來到兩人身邊時，石塊再度飛來，企圖轉移注意力——但完全沒有作用，遭到輕鬆彈開。

「——真是煩人。」

科塞特斯嘮叨了一句後，對「小牙」族長隨意地伸出手。

「『穿刺冰彈（Piercing Icicle）』。」

數十根像人類手臂那樣粗的銳利冰柱，在廣大範圍中進行攻擊。

有一名蜥蜴人位在攻擊範圍內，瞬間遭到冰柱刺穿。

胸部一根、腹部兩根、右大腿一根，每根冰柱都輕鬆貫穿蜥蜴人的軀體。

「小牙」族長——擁有最佳游擊能力的蜥蜴人，像斷線的傀儡般搖晃著身體跌落溼地，就此斷氣。

「唔喔——！」

「『魔法上昇．集體輕傷治療』！」

任倍爾往前衝刺，夏斯留也再度施展治療魔法。任倍爾的行動是要爭取治療薩留斯傷勢的時間。

他知道這是相當魯莽的舉動，也知道自己的力量在科塞特斯面前是多麼微不足道，不過，任倍爾還是毫不猶豫地向前衝刺。

科塞特斯對進入攻擊範圍的任倍爾，輕鬆揮出手中的斬神刀皇。

那一揮，超越任倍爾的視覺反應速度——

那速度，遠遠凌駕任倍爾的敏捷——

那一刀，輕鬆斬斷任倍爾的軀體——

身首異處的任倍爾，鮮血如噴泉般湧出，身體就這樣癱軟地倒臥溼地。不久，頭顱才跟著掉落溼地。

「……那麼，就只剩下兩人了……雖然有從安茲大人那裡聽說過你們的實力，不過，留到最後的果然是你們兩個。」

自從戰鬥開始就沒移動過一步的科塞特斯注視著剩下的兩人，把刀一揮。彷彿冒著白煙的刀身上，已經看不到任何鮮血與油脂。那動作美得彷彿一揮就能將所有一切甩落。

體力回復到勉強可以站起的薩留斯和拔出巨劍的夏斯留。兩人以前後包夾方式與科塞特斯對峙。薩留斯舀起胸口不斷流出的鮮血，塗在臉上。

以血塗成的模樣，看起來也像是用來召喚祖靈附身的圖騰。

「——弟弟啊，你的傷勢如何？」

「很不樂觀，傷口還是不斷傳來鈍痛，不過，還能再揮個幾劍。」

「是嗎……那應該夠了吧？其實，我的魔力已經幾乎耗盡，稍微不小心或許就會倒下。」

夏斯留的牙齒發出碰撞聲，可能是在笑吧。聽到這句話的薩留斯，表情有了些微變化。

「……是嗎，哥哥你也在勉強自己啊。」

輕輕一笑的薩留斯吁了一口氣，放鬆肩膀力道。持劍的手就這樣垂了下來。

胸口附近竄起一股劇痛，但薩留斯努力忽視那股疼痛。

不到最後絕不放棄——薩留斯打算戰鬥到最後一刻。

打從一開始，就非常清楚根本毫無勝算。

被打敗也是沒辦法的事，但還是無法接受戰敗。

因為這樣等於欺騙了無數的生命，欺騙他們說自己能戰勝。有人相信那樣的大騙子，既然如此，就不可能有辦法接受戰敗的事實。

直到最後一刻都要全力——

「揮舞手中的劍！」

薩留斯的咆哮響遍四周。

科塞特斯從上顎長到外面的牙齒傳來咬合的喀嚓聲。

「相當不錯的咆哮聲——」

科塞特斯大概是在笑吧。但那並非強者輕視弱者的笑聲，而是對同等地位的戰士發出的笑聲。

「很好，弟弟，就是這樣。我也和你一起戰鬥到最後一刻吧。」

夏斯留也跟著露出笑容。

「那麼……久等了，科塞特斯閣下。」

聽到夏斯留這句話後，科塞特斯聳了聳肩。

「無所謂，我還沒有不解風情到會打擾兄弟訣別。做好必死覺悟吧……不，抱歉，你們原本就已經做好必死覺悟了。」

面對踏出腳步的薩留斯和夏斯留，科塞特斯甩了一下斬神刀皇說道：

「報上名來吧。」

「夏斯留．夏夏。」

「薩留斯．夏夏。」

「……我記住了，記住你們這兩位戰士。另外，先跟你們道歉，本來我應該用所有手拿起武器應戰……我並非瞧不起你們，但你們還沒有強到需要讓我那麼做。」

「那還真是遺憾呢。」

「完全沒錯——要出招了喔！」

兩人朝科塞特斯衝去，溼地傳來啪沙啪沙的水聲。

兩者不同的進攻時機，讓科塞特斯稍感不解。

兩人並非同時進入攻擊範圍，就時機點來說是夏斯留較快。覺得對方似乎有所圖謀的科塞特斯，滿心期待地等待對方攻擊。

先進入攻擊範圍的是夏斯留，科塞特斯仔細觀察夏斯留的下一步。

夏斯留在科塞特斯的劍鋒差一點就能觸及的位置，停下腳步——

「『大地束縛』！」

——發動魔法。

泥土形成的無數鎖鍊朝科塞特斯飛去，薩留斯立刻趁機狂奔。為了讓敵人無法測出攻擊距離，他還將凍牙之痛藏在背後。

夏斯留所說的「魔力已經耗盡」，只不過是用來欺騙科塞特斯的詭計。上當的話，或許會遭到魔法鎖鍊束縛，然後被後方衝刺而來的薩留斯攻擊命中。

即使對方的外骨骼相當堅硬，但將全身力道注入劍鋒的話，應該還是能夠刺穿。薩留斯如此心想而棄守為攻的這招突擊，威力想必相當大。

（看來他對自己的劍相當有自信呢。）

科塞特斯非常能夠體會他的心情，因為科塞特斯也和他一樣，對自己的所有武器都抱有強烈情感，尤其對目前手上這把刀——創造者曾使用過的這把武器，抱有的情感更是強烈。因此，即使戰力會因此變得更加懸殊，科塞特斯還是要用斬神刀皇應戰，以對他們展示最大的敬意。

不過，他們錯估了一件事，那就是他們的對手是納薩力克地下大墳墓第五樓層守護者科塞特斯。

「……等級不及我的人所發出的魔法，不可能突破我的防禦。」

泥土鎖鍊在接觸到科塞特斯的前一刻就被彈開，變成一般泥土回歸溼地。低階魔法無法貫穿科塞特斯的魔法防禦。

「——冰結炸裂！」

隨著背後的吶喊響起，科塞特斯四周出現白色冰霧氣漩，將科塞特斯團團圍住。

無謂的努力。

對凍氣具有完全抗性的科塞特斯，感受著如微風吹拂般的極寒凍氣，靜靜等待薩留斯和夏斯留進入攻擊範圍。

只經過一息的時間，他所等待的時機就來臨了。但科塞特斯卻產生短暫猶豫，心想只砍斷頭，真的就能停下對方的動作嗎？

面對完全捨棄防禦的薩留斯，實在不覺得只要砍斷他的頭，就能阻止他前行。他的腦中浮現無頭身軀衝過來的畫面。那麼，就先把手砍斷，再砍頭吧。

（不好，那樣不夠乾淨俐落，還是讓他一刀斃命吧。）

薩留斯完全不考慮防禦的全力衝刺，對科塞特斯來說還是太慢。

白霧中隱約可見的黑影——薩留斯刺出的劍，和剛才一樣被科塞特斯的手指輕輕夾住。

科塞特斯沒有從指尖的觸感中感受到凍氣，可能是因為薩留斯後來知道凍氣對科塞特斯沒用，才沒發動吧。

突擊速度明明那麼快，卻被自己輕鬆擋下，這讓科塞特斯湧現疑問。不過，這疑問也是轉瞬即逝，因為只要手上的斬神刀皇一揮，就可結束對方生命，所以也不需要多做思考。

這麼一來，就只剩一人而已。

（原來只是毫無計畫的突擊嗎……）

感到些許失望的科塞特斯正要揮刀時，想法出現了改變。

（原來如此……）

「哦哦哦哦！」

隨著一道怒吼，一把巨劍穿過瀰漫在四周的凍氣揮砍下來。夏斯留的一擊帶著狂風，氣勢強如要揮散冰霧。

不管是「大地束縛」、薩留斯的突擊，還是冰結炸裂，都只是誘餌。

雖然也需要提防薩留斯利用凍牙之痛的突刺，但夏斯留高舉斬下的巨劍傷害更大，所以，這招肯定才是對方的真正企圖，不過——

「如果想要出其不意——就應該無聲無息地進招。」

只要無法完全消除在溼地奔跑的水聲，就不算出其不意。科塞特斯感到疑問，這次行動值得讓他們不惜承受凍氣傷害嗎？還是說，其實只是無謂的掙扎？

不過，敵人進到攻擊範圍內是事實。

被自己抓住唯一武器的薩留斯已經不足為懼，只是殺害的順序改變了而已。如此判斷的科塞特斯揮下手中的斬神刀皇。

一揮。

夏斯留連同巨劍被一分為二，飛出的身體還沒掉到地面，科塞特斯就抽回刀，打算繼續揮向薩留斯——

——這時候，科塞特斯夾住劍的手指滑了一下。

大吃一驚的科塞特斯確認自己的手指，看看為什麼被夾住的劍會往前滑動。

在瀰漫的白霧中，科塞特斯的手指還有劍身上，都沾著紅色液體。

科塞特斯瞬間理解造成手指滑掉的原因是什麼。

——血？

疑惑。

他思考著到底是在什麼地方沾到，然後在隔著霧氣看到薩留斯的臉之後，恍然大悟。

他在自己臉上塗血並不是為了畫圖騰，而是要舀血塗到劍上。

冰結炸裂也不是為了傷害科塞特斯，或者隱藏夏斯留的形跡，主要目的是為了隱藏劍上塗血的這件事。把劍藏在背後也是一樣的目的。

擋住薩留斯的攻擊時，科塞特斯是以手指夾住。薩留斯記得這個抵擋方式，所以賭上或許下次還會以同樣方式抵擋的些微可能性，費盡心思如此布局。這時候，一股電流在科塞特斯的腦中流竄。

（那時候！難怪那時候會覺得突襲的力道那麼小！原來如此！在劍身上塗血潤滑以直接貫穿的計謀，不可能每次都能得逞。原來是為了製造關鍵機會，讓我誤以為很容易就可夾住，才故意減緩力道啊！）

劍慢慢滑過來，逼近科塞特斯的淡藍身體。即使是科塞特斯，也無法以兩隻沾血的滑溜手指擋住薩留斯連體重都用上的全力推擠。

如果夾住的距離稍微遠一點，或許還有其他辦法可用。但距離這麼近，實在無計可施。

科塞特斯感動到全身發抖。

雖然也要靠一點運氣，但這是一次每個環節的賭注都賭贏的攻擊。最重要的是——如果沒有夏斯留，絕對無法造成這樣的狀況。

夏斯留應該不了解薩留斯的計畫吧，但一個哥哥完全信任弟弟，不惜犧牲了自己的性命。無意義的奇襲和吶喊，只是為了讓科塞特斯可以將注意力稍微從弟弟身上轉移。

只是一瞬間。

真的就是一瞬間的短暫時間中——薩留斯正使盡全力推擠凍牙之痛逼近時——科塞特斯的下顎動了一下。

「太精采了——」

劍就這樣刺中科塞特斯的身體——然後被輕鬆彈開。散發出淡藍光芒的身體甚至連一點擦傷都沒有。

這正是納薩力克地下大墳墓最高階NPC和蜥蜴人之間無法填補的實力差距，所造成的結果。

「——不好意思，我身懷特殊技能，可以讓低階魔力的武器攻擊暫時無效。只要發動這個技能，你們的攻擊就毫無意義。」

這一擊相當精采，科塞特斯自己倒是覺得，留下一道傷痕當作對這般戰士的敬意之證也無妨。不過，在無上至尊的注視下，身為守護者的自己絕不能那樣做。

科塞特斯故意退後一步，溼地上的泥土因此濺起，弄髒藍色的美麗身體。

只是退後一小步。

光是退後一步並沒有任何意義，即使退後也不會造成什麼影響。薩留斯注定一死，科塞特斯絕對會贏。

不過，退後一步，是絕對強者──科塞特斯，對弱者──薩留斯的讚賞表現。

薩留斯臉上浮現即使看透命運，也依然全力以赴的人才會出現的澄澈笑容。科塞特斯對這樣的薩留斯揮下手中的斬神刀皇──

3

「這一戰打得相當精采。」

安茲開口稱讚低頭跪在面前的科塞特斯。

「謝謝。」

「不過，我相信你也很清楚，這次給的是鞭子，但你今後必須給糖才行。不能採用恐怖統治。」

「我明白了。」

安茲點頭後，看向室內的其他守護者。

「很好。那麼，所有守護者，聽好了。之前在王座之廳已經說過，蜥蜴人村落將交由科塞特斯統治。如果科塞特斯有什麼需要幫助的地方，請大家盡力協助。科塞特斯，我希望你讓蜥蜴人對納薩力克產生根深柢固的忠誠之心……也希望能對他們實施菁英教育……這部分交由你全權負責……需要昇天羽翼等特別道具就說一聲。另外也暫時把動力套裝借你吧。」

在YGGDRASIL這款遊戲中，可以在中途變更種族，但這並非可以自由變更的意思。不僅需要一些條件才能變更，而且變更後就無法復原。

條件之一是道具。像是想變成死者大魔法師，就需要「死者之書」這個道具；想變成小惡魔的話，就需要「墮落種子」。至於安茲提到的「昇天羽翼」，則是變成天使時會需要用到的道具。

安茲覺得在這個世界裡或許也能像這樣轉換成異形種族，才不禁脫口說出這個想像。

「到時候再麻煩安茲大人了。那麼，安茲大人，您要怎麼處置那些蜥蜴人呢？」

「那些蜥蜴人？」

「是的，叫薩留斯和夏斯留的那兩個蜥蜴人。」

（是戰到最後的那兩個蜥蜴人啊。屍體應該還躺在溼地。不過，提他們做什麼？）

「這個嘛，將他們的屍體回收，在不使用我的特殊技能製造不死者時，把他們的屍體當成材料使用看看吧。」

「——那樣有點可惜。」

「哦，怎麼說？他們那麼有價值嗎？」

安茲利用遠端透視鏡觀戰，他看到的應該是科塞特斯的壓倒性勝利，並沒有什麼特別值得注目的地方。

「……他們的確很弱，不過，我看到了他們無懼強者的戰士光芒，把他們當成材料似乎有點可惜。我覺得，他們可能有辦法變得更強，甚至超乎想像。安茲大人應該還沒有做過復活死者的相關實驗，不知是否可以拿他們做實驗看看？」

（……他該不會很喜歡那些蜥蜴吧？）

老實說，安茲聽到戰士光芒這個詞，也無法想像是什麼感覺。他倒是常在漫畫或小說中看到殺氣這個單字，但也覺得沒什麼大不了，就像安茲在警告娜貝拉爾時，她會說「啊，是這樣啊，哦～」的那種感覺一樣。同樣的，這種戰士的共鳴，安茲也是完全無法理解。

這是因為，安茲現在雖然是這個模樣，但原本只是一個單純的社會人士。生在日本的一般人，如果對殺氣或戰士光芒這類單字深表同感，那才危險吧。如果說到優秀的業務員光芒，或許還能多少了解一點吧。

「原來如此……很可惜嗎。」

但安茲的真正想法，其實是聽到科塞特斯肯定蜥蜴人的說詞，還是會疑惑心想：「就算你說可惜，我也不懂啊。」

不過，冷靜想想，科塞特斯的說法聽起來非常有道理。

原本就想找個地方進行復活實驗，安茲自己也覺得拿他們進行復活實驗會有很大的好處。而且，和之前在王座之廳中不知所云的科塞特斯相比，現在的他已經能明確地提出有用方案。如果這是進步的象徵，那麼他早已遠遠超過合格門檻。

短暫思考後，安茲想起自己還有優秀的部下。

想起這些站在四周，擺出臣子應有的態度——不發一語，且立正不動的部下們。

「雅兒貝德，說說妳的意見吧。」

「和安茲大人的想法一樣。」

「……迪米烏哥斯你覺得呢？」

「我認為安茲大人的話最正確。」

「…………夏提雅，妳怎麼看？」

「我和迪米烏哥斯一樣，遵從安茲大人的判斷呀。」

「……………亞烏菈。」

「是的，我也和大家的看法一樣。」

「……………馬雷。」

「那、那、那個，是的。我也這麼認為。」

有回答跟沒回答一樣，讓安茲感到頭疼。

安茲左思右想，最後得到一個答案——或許站在守護者的立場來看，他們覺得沒什麼大問題。也就是說，不管決定如何，他們都覺得沒什麼大不了的好處或壞處吧。

當然，也要看守護者是站在什麼立場。有時也可能因為立場不同而產生問題。

簡單來說，當認為一百萬是筆小數目的人說「那筆錢沒什麼大不了」時，就會出現那句話有多少可信度的問題。也就是不同價值觀所產生的差異。

（簡直是白問了……不過，這應該可以當作是讓他們復活也沒關係吧？我是打算三思而行啦，畢竟這陣子失誤太多了。）

安茲不得已只好自己思考這件事的優缺點。

「……現在是決定要統治蜥蜴人村落了，不過，有適合當村落代表的人選嗎？他們有可以代表整個村落的組織嗎？」

「沒有，但有一個人適合當村落的代表。」

「喔？是什麼人？」

「是沒有參與戰鬥的白蜥蜴人，似乎擁有森林祭司的能力。」

「是她嗎！嗯，的確可行……」

她的話，應該有利用價值——安茲如此盤算。也可以用來監視之類。

不過，如果要執行安茲目前想到的點子，有可能會讓接下來要進行統治的科塞特斯感到困擾。那麼，該如何是好呢？想到此處的安茲突然靈光一閃。

（……直接問不是比較快嗎？雖然剛才沒問到什麼有用的答案……）

安茲向科塞特斯說明自己今後的打算，科塞特斯對此表示肯定。

雖然從科塞特斯的反應來看，無法斷定那絕非是顧慮到主人才那麼說，不過，安茲斜眼瞄向迪米烏哥斯和雅兒貝德，都沒有看到他們有出現異常舉動，讓安茲放心地覺得應該是沒什麼問題。

「很好。那麼要多少時間才能帶她過來？」

「屬下僭越，知道安茲大人可能會這麼指示，已吩咐她到附近房間待命。」

安茲不禁看向迪米烏哥斯，看到他輕輕搖頭。

（很不錯嘛，沒人指示就已經處理好了，也不像是別人的主意。）

安茲心想上司見到下屬成長的感動大概就是這種感覺，滿意地歪起臉——因為是骷髏頭，無法擠出表情。

「不不不，你做得很好，科塞特斯。浪費時間是愚蠢行為，你的判斷沒錯。很好，那就把她帶來吧。」

「那個，請等一下！」

「怎麼了，亞烏菈？」

「即使是歸附的人，讓對方在這種不起眼的地方拜見，還是有失安茲大人的身分。我覺得應該在納薩力克的王座之廳接見。」

除了馬雷之外，其他守護者都輕輕點頭表示同意。

「……非常抱歉，我沒有想到這點，還請原諒！」

「嗯……」

我完全沒考慮到這件事啊。如此心想的安茲開始思考該如何解決，這時候，他突然想起那時候的一句話。那麼——

「——亞烏菈。」

「在！」

「我曾經說過，妳用心打造的這個地方足以媲美納薩力克？這話並非謊言。科塞特斯，帶她過來，就在這裡接見吧。」

「安、安茲大人！」

「亞烏菈，退下。」

「雅兒貝德！」

不解為何遭到阻止的亞烏菈滿臉通紅地向雅兒貝德抗議，但雅兒貝德只看了她一眼後就不予理會，直盯著大門。反倒是迪米烏哥斯回應了生氣的亞烏菈。

「……安茲大人說的話不會錯，那麼，安茲大人說這裡和納薩力克一樣好，這句話同樣也是──」

「──不會錯呀。」

夏提雅接口說道。

（我不覺得我的話有那麼正確，是不太希望他們這麼認為……不過，他們這次能這麼想倒是幫了我一個大忙。）

「亞烏菈，我再說一次。我認為，身為我最信賴的部下──守護者之一的妳，正努力完成的這個地方和納薩力克一樣好，即使目前還在趕工中也一樣……知道了嗎？」

「……安茲大人，謝謝您！」

亞烏菈感激地低頭道謝，其他守護者們也一樣低下頭來。

（不需要……如此感動吧……這不是讓人很難為情嗎。）

「那麼，科塞特斯，帶她過來吧。」

「遵命！」

白蜥蜴人立刻被科塞特斯帶進房間。

蜥蜴人來到安茲面前低頭跪下。

「妳叫什麼名字？」

「是的，偉大的死之王至尊——安茲．烏爾．恭大人，我是蜥蜴人代表蔻兒修．露露。」

還真誇張的稱號。雖然有些納悶不知道是誰想出這個稱號，但安茲還是裝出符合王者風範的冷靜態度。

「……嗯，歡迎。」

「謝謝，恭大人，請務必接受我們蜥蜴人的誓死效忠。」

「嗯……」

安茲目不轉睛地仔細打量蔻兒修。

怎麼會有這麼漂亮的鱗片。在魔法燈光的照射下，鱗片閃閃發亮。不知道摸起來的感覺如何——安茲心裡冒出些許求知的好奇心。

正當安茲看得渾然忘我時，他發現到蔻兒修的肩膀不斷輕輕顫抖。科塞特斯散發凍氣的特殊技能應該已經解除了才對。所以，發抖應該是其他原因造成。

思考發抖原因的安茲終於發現，她會發抖其實非常理所當然。

只要安茲說一句不喜歡蜥蜴人，所有蜥蜴人都會人頭落地，因此，蔻兒修必須仔細聆聽安茲說的每一句話。對於如此提心吊膽的蔻兒修來說，安茲不自然的沉默，簡直是恐懼的根源吧。

安茲並沒有戲弄弱者來取悅自己的興趣。即使他可以為了納薩力克地下大墳墓的利益變得極為殘忍，他的精神狀態也還沒糟到會平常就做出這類舉動。

「你們蜥蜴人從今以後就歸附在我的旗下，不過，是由科塞特斯代替我統治你們，沒有異議吧？」

「——沒有。」

「那麼，就這樣吧，妳可以回去了。」

「咦？可以嗎？」

低著頭的蔻兒修發出有些驚訝的聲音。原本以為會被要求達成天大難題的人，會出現的失控反應就像那樣。

「妳暫時可以先回去。蔻兒修．露露，你們蜥蜴人今後將會迎向興盛時代。未來的蜥蜴人一定會衷心感謝能夠歸附到我的旗下。」

「太不敢當了。即使我們和恭大人這麼偉大的人物為敵，您還是如此慈悲為懷，這已經讓我們非常感謝了。」

安茲慢慢從王座上站起，然後走近蔻兒修身旁，蹲下來，把手繞在她的肩膀上。

吃驚的蔻兒修身子一顫，震動傳至安茲手上。

「另外，有件事想特別拜託妳。」

「請問是什麼事？若是恭大人忠心僕人的我能力所及，還請盡量吩咐……」

「這件事並不是把妳當成僕人拜託——但答應的話，報酬是讓薩留斯復活。」

說出從科塞特斯那裡聽來的名字後，蔻兒修猛然抬頭，臉上露出驚愕的猙獰表情。

安茲洋洋得意地繼續觀察蔻兒修。她似乎想隱藏自己心情，但表情卻是瞬息萬變。蜥蜴人和人類的表情大不相同，因此安茲無法清楚判斷表現出來的是什麼情緒，但至少有喜怒哀這三種吧。

「有可能做到那種事嗎……？」

「我甚至能夠操控生死，死對我來說不過是一種狀態罷了。」

聽到蔻兒修幾不可聞的聲音後，安茲繼續回應：

「那不過和中毒或生病一樣，但壽命就沒辦法控制了。」

雖然使用一般方法無法控制壽命，但利用超位階魔法「向星星許願」，或許還辦得到……但他不會在這時說出這種話。「……那麼，您想對我這個忠心的奴隸要求些什麼呢……我的身體嗎？」

安茲語塞。

「不，那實在有點……」

下不了手啊，即使我有那麼飢渴，也不可能染指爬蟲類——安茲差點不小心將這句心裡話說出來，但還是努力維持住自己形象。附近傳來的咬牙切齒聲就先不管了。

「咳哼！當然不是。很簡單，我要妳仔細監視，看看有沒有背叛我的蜥蜴人。」

「沒有蜥蜴人會背叛您。」

聽到蔻兒修如此斷定後，安茲冷笑回應：

「我沒有笨到會相信這句話。的確，我還沒有厲害到連蜥蜴人的思考方式都知道，但像是人類這種種族，背叛就是件司空見慣的事。所以，我希望有一個在暗地裡監視的人。」

蔻兒修回復成原本的面無表情，讓安茲感到心慌，覺得是不是自己的說法不好。雖然原本的方針就是要復活薩留斯，但安茲是想要讓她自己懇求復活，賣個恩情將她綁住。若這時候被她拒絕，該如何是好？

（早知道就別那麼貪心了……這就是所謂的覆水難收啊。）

「……現在，妳的眼前有一個奇蹟，但奇蹟並不會永遠存在。如果無法抓住這個瞬間，一切將就此結束。」

蔻兒修的臉彷彿痙攣般抽動。

「並不是要舉行什麼恐怖的儀式，這個世界不是也有復活的魔法嗎？只要使用一下那種魔法即可。」

「那是傳說中的……」

安茲繼續裝出傲慢的態度，溫柔告訴欲言又止的蔻兒修。

「蔻兒修，我希望妳想一想，對妳而言，什麼才是最重要的？」

安茲仔細觀察眼神漸漸開始動搖起來的蔻兒修，覺得看到了跑業務時快要被自己成功說服的客戶。

接下來，就必須讓蔻兒修理解，安茲提供的奇蹟並非免費。因為，免費的東西會讓人感到懷疑，但若是需要付一些合理費用，人就會接受。

「我要妳在內部偷偷監視蜥蜴人同伴，根據情況，妳可能也會面臨困難抉擇。另外，以防妳背叛，我也會對復活的薩留斯施加特殊魔法。那是只要我認為妳背叛，薩留斯便會立刻死亡的魔法。妳或許會身受煎熬，但能夠讓薩留斯復活，應該相當值得吧？」

（其實沒有那種特殊魔法就是了。）

安茲表現出該說的全都說完的態度慢慢站起，然後張開雙手。

蔻兒修以充斥苦惱的眼神注視著安茲。

「對了，薩留斯復活之後，我會告訴他，我是因為他有利用價值才會幫他復活。我可以向妳保證，絕對不會提到妳的名字。好了，蔻兒修．露露，做出抉擇吧。這是讓妳心愛的薩留斯再次回到身邊的最後機會，妳要怎麼做？要掌握這個機會，還是放棄？選一個吧。」

安茲慢慢向蔻兒修伸出手，同時叮嚀守護者們，說：

「如果她拒絕，你們也不准輕舉妄動——那麼，蔻兒修．露露，妳的回答是——？」

Epilogue

一種溫柔的觸感傳遍全身。有一隻手試圖拉起位在深深水底的自己，但薩留斯卻撥開了那隻手。因為他從那隻手的駭人觸感中感受到一種令人厭惡的感覺。

經過一段不知是永遠還是剎那的時間後，又感覺到那隻手再次伸來，薩留斯想要再一次撥開，卻遲疑了。因為他聽到身旁有一道聲音傳來，並發現那是來自自己心愛的母蜥蜴人。

猶豫。

猶豫。

還是猶豫。

在不知時間是否存在的世界中，薩留斯經過不斷猶豫後，雖然不情願，卻還是抓住了那隻手。

然後，就被用力拉起，闖進白茫茫的世界。

全身完全無力。

就好像體內變成一團爛泥一樣。

異常的疲憊感。即使是極度激烈運動過後，也不曾感到這般疲累。

薩留斯努力睜開沉重的眼皮。

刺眼的光芒映入眼簾。蜥蜴人的眼睛能夠自動修正光線亮度，但還是無法承受瞬間的光線。薩留斯眨了眨眼睛——

「薩留斯！」

有人緊緊抱住自己。

「蔻、蔻兒修？」

照理說應該再也聽不到這道聲音了。但這卻是他以為再也聽不到的那個母蜥蜴人聲音。

眼睛終於適應光線的薩留斯，看著抱住自己的母蜥蜴人。

她果然是自己心愛的母蜥蜴人——蔻兒修．露露。

為什麼？這到底是怎麼回事？

薩留斯心中湧現無數的疑問與不安。最後的記憶是——自己的頭掉落溼地的那個瞬間。

自己應該已經被科塞特斯殺死了才對。

但為什麼還活著？難道——

「——蔻兒修，該不會連妳也被殺了？」

「咦？」

薩留斯張開彷彿麻痺般難以控制的嘴巴，如此問道。

但他得到的回應卻是蔻兒修一頭霧水的表情。看到那表情的薩留斯稍微鬆了一口氣，因為知道了蔻兒修並沒有死。那麼，為什麼自己還活著？

旁邊傳來的聲音給了提示。

「嗯……雖然復活了，但思考還很混亂啊，等級好像也消失了……這麼看來，情況應該和在ＹＧＧＤＲＡＳＩＬ裡的時候沒太大差別。」

察覺到是誰在說話的薩留斯，吃驚地看向聲音來源。

站在他眼前的是死之王，擁有超常力量的魔法吟唱者。

他手上拿著一根約三十公分的短杖，短杖還散發著與死之王毫不相稱神聖氣氛。那似乎是以白牙打造，前端部分裝飾著黃金，握把上雕刻著符文，是把相當美麗的手杖。

雖然薩留斯不知道，但那根手杖正是復活短杖，讓薩留斯起死回生的道具。通常無法使用神官系魔法的人，無法發動神官系魔法的道具，但這個系統的魔法道具是例外。

薩留斯的目光四處游移，發現這裡是不久前自己身處的那個蜥蜴人村落。

地點是廣場，有許多蜥蜴人趴跪成一圈。一動也不動的那副模樣當中，令人感覺充滿了異常的崇敬。

「到底是怎麼回事……」

見識到那麼強大的力量，會如此趴跪也不無道理。不過，從周圍蜥蜴人身上感覺到的不只是崇敬，而是更強烈的情感。蜥蜴人並無信仰的神，真要說的話，祖靈就是他們的信仰對象。但現在從周圍蜥蜴人身上感受到的，卻是對於神的信仰。

「嗯，退下吧，蜥蜴人，等有人叫你們再進村。」

沒人出言反抗這個命令，不僅如此，還悶不吭聲地接受。移動身體的聲音和行走在溼地的水聲響起，所有蜥蜴人就這樣默默離開村落。

大概是因為見識到那麼強大的力量，自己的主張也跟著被粉碎了吧。雖然蜥蜴人屈服強者的習性也是原因之一。也就是說，事情全都按照對方的劇本在走。

「亞烏菈，都出去了嗎？」

「是的，都出去了。」

應聲的是一位黑暗妖精少女。雖然她剛才一直站在安茲背後，也是薩留斯沒有發現到她存在的原因之一，但主要還是因為少女靜默的程度相當驚人。

「是嗎。那麼，薩留斯．夏夏，先讓我對你的復活說聲恭喜吧。」

復活。

薩留斯需要一點時間才能理解復活這個單字代表什麼意思。就在他理解的瞬間，內心也同時湧現一股令他全身顫抖的激動。

復活——意思是他讓我復活了嗎？

啞口無言，只發出類似喘息的聲音。

「怎麼了？蜥蜴人應該不會對復活感到太過厭惡吧？還是說，你忘了怎麼說話？」

「復、復活……你、你能讓死者起死回生嗎……？」

「沒錯。怎麼，你以為我連起死回生都辦不到嗎？」

「是舉行……大儀式復活的嗎？」

「大儀式？那是什麼？我一個人就能輕鬆讓人起死回生了。」

聽到這句話後，薩留斯已經無話可說了。復活魔法是傳說中擁有龍王血統的蜥蜴人，才能辦到的神蹟。

他竟然一個人就可辦到。

是怪物嗎？不對。

是擁有巨大力量的魔法吟唱者嗎？不對。

薩留斯已經完全理解。

率領神話兵團，還有惡魔相隨。

也就是說——眼前這個人足以和神匹敵。

薩留斯搖搖晃晃站起，趴跪在安茲面前。蔻兒修也連忙跟著趴跪下來。

「偉大至尊。」

薩留斯感覺俯視的目光中摻雜著一點困惑，但他認為那只是自己的錯覺。

「請讓我誓死效忠。」

「很好，你有什麼要求，我能以安茲．烏爾．恭這個名號向你保證。」

「請賜予蜥蜴人繁榮。」

「是這點小事啊，我當然能保證歸順我旗下的人獲得繁榮。」

「非常感謝。」

「話說回來，你現在講話還不太順暢呢，稍微休息之後，應該就會習慣了吧。現在先好好休息，之後還有許多事需要決定，當務之急是要好好戒備我旗下的這個村落……相關事宜，你就去找科塞特斯商量吧。」

安茲如此說完後，便準備離開。不過，薩留斯還有事想問，一定得現在問的事情。

「懇請您留步，任倍爾和我哥哥呢？」

「屍體應該在那附近。」

正要和亞烏菈一起離開的安茲停下腳步，隨意地以下巴往村外的方向頂了頂。

「能夠請您幫他們復活嗎？」

「……嗯……感覺沒什麼好處呢。」

「那麼，為什麼要讓我復活？任倍爾和我哥哥很強，一定能夠幫助您。」

安茲目不轉睛地打量薩留斯後，聳了聳肩。

「我考慮考慮……先把他們的屍體保存下來，再來研究看看吧。」

安茲揚起長袍邁步前進，表示言盡於此。亞烏菈和身旁的安茲說「那隻多頭水蛇真可愛」的聲音漸漸遠去。

薩留斯終於解除趴跪姿勢，放鬆力量。

「存活下來……應該說復活了嗎……」

不知道將面臨怎樣的統治。但若是能將蜥蜴人的有用之處展現出來，應該不至於有太糟的情況出現吧。

「蔻兒修，哥哥——」

「沒事的，之後再來擔心，好嗎？現在就先好好休息，消除疲勞。沒問題的，我還抱得動你。」

「嗯……麻煩了。」

薩留斯躺了下來，閉上雙眼。有如深沉的睡意在等著迎接那天過度操勞的身體般，一股睡意在他閉上眼時襲來。

薩留斯感受著溫柔撫摸自己的觸感，意識再度落入黑暗之中。

OVERLORD
Characters

角色介紹

Character 13

薩留斯・夏夏

亞人類種族

zaryusu shasha

蜥蜴人最強戰士

職位——旅行者。

住處——綠爪族村落的其中一間房子。

屬性——善～中立——[正義值:100]

種族等級—蜥蜴人（Lizard man）——1lv

職業等級—戰士——10lv

劍術專家——6lv

游擊兵——1lv

賢者——2lv

[種族等級]+[職業等級]——合計20級

•種族等級 總級數1級

職業等級• 總級數19級

status

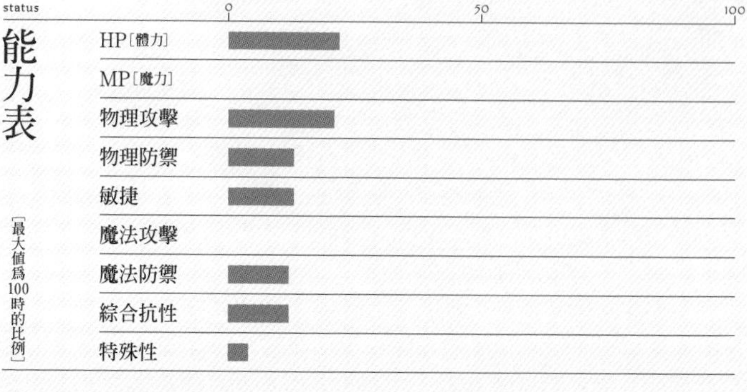

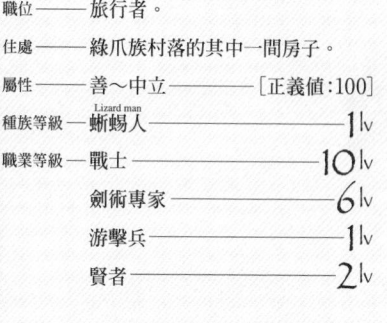

Character 14

蔻兒修・露露 | 亞人類種族

crusch lulu

白鱗美女

職位 —— 朱瞳族長代理人。

住處 —— 朱瞳族村落的其中一間房子。

屬性 —— 中立 ——[正義值：50]

種族等級 — Lizard man awaken elder blood 變種古種蜥蜴人 —— 1lv

職業等級 — 森林祭司 —— 8lv

靈能師 —— 5lv

召喚師 —— 2lv

馴龍師 —— 1lv

[種族等級]+[職業等級] —— 合計17級

●種族等級 職業等級●

總級數1級 總級數16級

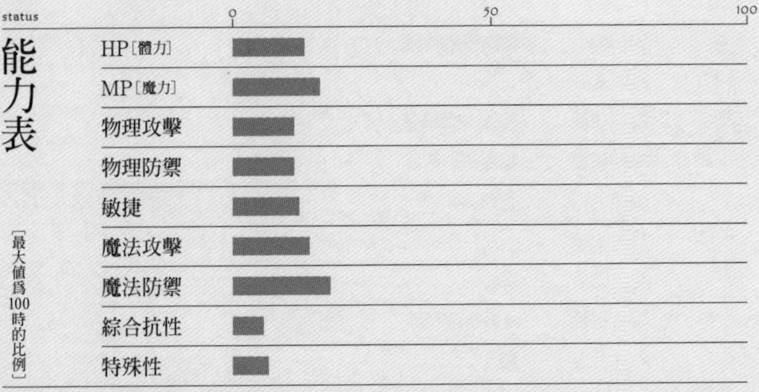

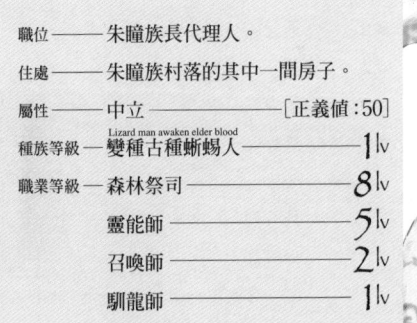

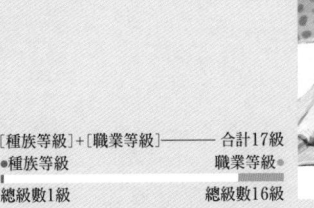

Character 15

任倍爾・古古

亞人類種族

zenberu gugu

巨臂莽漢

職位——龍牙族族長兼旅行者。

住處——龍牙族族長家。

屬性——中立——[正義值:50]

種族等級—蜥蜴人(Lizard man)——5lv

職業等級—戰士——1lv

修行僧——10lv

單擊戰士——1lv

氣功專家——1lv

[種族等級]+[職業等級]——合計18級

●種族等級 總級數5級

職業等級● 總級數13級

status

能力表

[最大值為100時的比例]

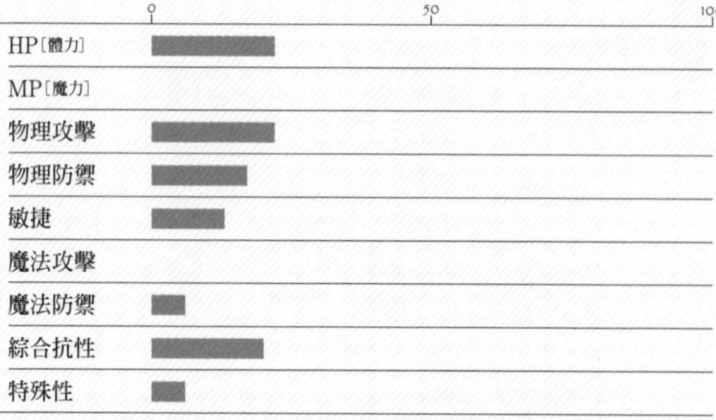

Character 16

伊格法＝41

異形類種族

iguvua=4I

41號檢體

職位——白老鼠。

住處——無。

屬性——極惡——————[正義值：-500]

種族等級—無。

※不過身爲魔物時的等級是22Lv（使用特殊技能增加能力之前的初期等級）。

職業等級—無。

status

能力表

［最大值爲100時的比例］

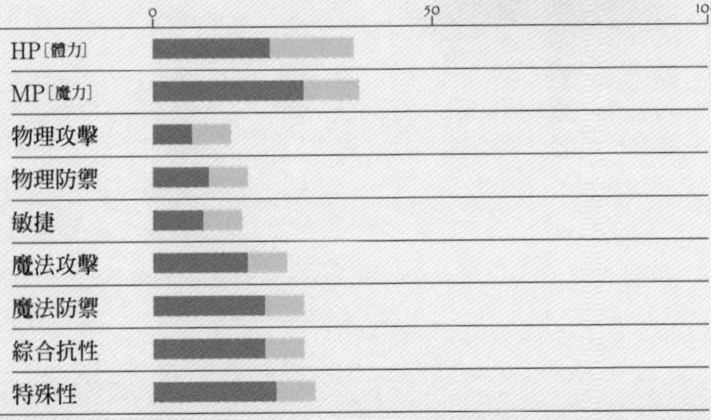

想必沒有讀者是從這一集才開始閱讀吧。所以，跟大家說聲好久不見，我是丸山くがね。

那麼就如同上一集後記中提到的一樣，本集變成了整本都在寫蜥蜴人故事的與眾不同小說。以輕小說來說，這樣的故事也很少見吧？或許只是我不知道而已，但感覺很少有這種由主角單方面進攻和平村落的故事。

各位覺得這樣的本作如何呢？

或許評價很兩極，不過，今後在本系

列中，還是很有可能會出現好幾次強者蹂躪弱者的劇情。

《OVERLORD》的主角，並非那種只處理眼前狀況或眼前危機的類型，而是會為了達成目的、追求利益而主動採取行動的人。也就是說，他不是聽到女主角有難才去相救，而是會主動尋找受難女主角的肉食系類型……這樣講好像有點不對就是了。

因此，有在玩戰略模擬遊戲的讀者應該知道，為了達成安茲擴充戰力的目的，比起挑戰強者，不斷收服弱者來增加戰力的行動就容易變得比較多。

所以，我想要將本作品寫成比較少見的侵略者角度的故事，而非比較常見的那種被侵略者角度的故事。雖說如此，只是互相打打殺殺也不算侵略就是了。

接下來，請讓我表達心中感謝。

so-bin大人，您畫的蔻兒修真的很可愛！讓我好興奮啊。把書衣、書腰、海報都設計得酷到不行的Chord Design Studio。每次校正都相當鉅細靡遺的大迫大人。以及給我各種協助的編輯F田大人。

謝謝你們。

幫忙修改的Honey，感謝每次的吐槽。收尾真的很花腦筋。

還有購買本書的各位讀者，請讓我表達衷心的謝意。真的非常感謝。

那麼，希望下一集還能有幸跟大家再見。

下集見。

講個題外話，其實每一集我都在其中的一個章節名稱中放進「死」這個字，但差不多開始想不到怎麼命名了，所以下一集或許不會出現這樣的標題。因為這只是我的一點玩心，沒有也不會造成什麼困擾……不過，這部分要是沒有一點取名品味的話，真的很困難呢！沮喪。

二〇一三年七月　**丸山くがね**

Postscript by So-bin

在安茲的命令下，塞巴斯一行人動身前往王國蒐集鄰近諸國的情報。在那裡遇到的一位女性，成了讓他們和強大祕密組織對峙的導火線。納薩力克地下大墳墓與王國這兩大陣營將會激盪出什麼樣的火花？

謎團、管家與女僕交織而成的

第5集

Volume Five

OVERLORD 5

王國好漢（上）

OVERLORD Kugane Maruyama | illustration by so-bin

丸山くがね

illustration◉so-bin

敬請期待
第5集

Kadokawa Fantastic Novels

OVERLORD 4
蜥蜴人勇者們

（原著名：オーバーロード4 蜥蜴人の勇者たち）

2015年3月26日　初版第1刷發行
2022年10月25日　初版第15刷發行

作　者：丸山くがね
插　畫：so-bin
譯　者：曉峰

發 行 人：岩崎剛人
總 編 輯：蔡佩芬
主　　編：朱哲成
美術設計：黃永漢
印　　務：李明修（主任）、張加恩（主任）、張凱棋

發 行 所：台灣角川股份有限公司
地　　址：104台北市中山區松江路223號3樓
電　　話：（02）2515-3000
傳　　真：（02）2515-0033
網　　址：www.kadokawa.com.tw
劃撥帳戶：台灣角川股份有限公司
劃撥帳號：19487412
法律顧問：有澤法律事務所
製　　版：巨茂科技印刷有限公司
I S B N：978-986-366-381-2

國家圖書館出版品預行編目資料

Overlord. 4, 蜥蜴人勇者們 / 丸山くがね作；
曉峰譯. -- 初版. -- 臺北市：
臺灣角川, 2015.03
　面；　公分. -- (Kadokawa fantastic novels)

譯自：オーバーロード. 4, 蜥蜴人の勇者たち
ISBN 978-986-366-381-2（平裝）

861.57　　　　　　103027601